D0818228

LE MONTESPAN

DU MÊME AUTEUR

Bandes dessinées

Gens de France et d'ailleurs (Éditions Ego comme X)

Romans
(Tous chez Julliard)

Rainbow pour Rimbaud
L'Œil de Pâques
Balade pour un père oublié
Darling
Bord cadre
Longues peines
Les Lois de la gravité
Ô Verlaine !
Je, François Villon
Le Magasin des Suicides

JEAN TEULÉ

LE MONTESPAN

roman

Julliard
24, avenue Marceau
75008 Paris

© Éditions Julliard, Paris, 2008
ISBN : 978-2-260-01723-3

Le roi a fait battre tambour
Le roi a fait battre tambour
Pour voir toutes ces dames
Et la première qu'il a vue
Lui a ravi son âme.

Marquis, dis-moi, la connais-tu ?
Marquis, dis-moi, la connais-tu ?
Qui est cette jolie dame ?
Et le marquis a répondu :
« Sire roi, c'est ma femme... »

(Chanson du Saintonge, XVIIe siècle)

1.

Le samedi 20 janvier 1663, vers onze heures du soir, au sortir du Palais-Royal où Monsieur – le frère du roi – donne un grand bal, deux jeunes hommes, suivis par six autres, déboulent dans la rue. Ils s'engueulent dans un éblouissement de plumes et de dentelles :

— Fils de prêtre !

— Cul-vert !

Un grand maigre aux lèvres étirées par-dessus les gencives, dans sa tenue flamboyante agrémentée de diamants, bouscule un petit ventru à perruque noire semblant monté sur des échasses tant ses souliers sont hauts. Plein de bagues et de bracelets, celui-ci titube sur ses talons en s'étouffant :

— Cul-vert ?! La Frette, tu oses me traiter d'esclave affranchi, moi, le prince de Chalais ?

— Prince des invertis, oui, sodomite ! Comme Monsieur, tu préfères le damoiseau à la caillette. Et moi, j'ai une aversion pour le vice italien. Tu vas à Naples sans passer par les ponts !

— Oh !

Pendant cette altercation, la porte de la salle du bal très éclairée, pleine de musique, de vapeurs, de mouvements des danseurs, se referme et les voilà, les huit, dans le noir glacé de la rue.

Un bossu accroupi contre une colonne, tenant au bout d'un bâton une grosse lumière enfermée dans une vessie, se lève, va vers eux et les hèle :

— Un porte-lanterne pour vous raccompagner chez vous, Messieurs ?...

Une jambe plus courte que l'autre, il boite, chaloupe. Cheveux plats sur le crâne, noués derrière la nuque en corde de puits, il tourne autour d'eux avec sa lanterne qui les éclaire.

Le petit Chalais gifle La Frette, dont la tête secouée dégage un nuage de poudre de fève. Humilié, le grand ferme sa gueule sur des dents qu'il maquille à la manière hollandaise – il colmate de beurre les trous de carie de ses incisives et canines, et c'est pour cela qu'il étire sa bouche sur les gencives afin de rafraîchir l'emplâtre laitier, éviter qu'il fonde. Mais là, tout à sa colère, il resserre ses lèvres en cul de poule et gonfle ses joues sur une rancœur brûlante. Quand il ouvre de nouveau la bouche, ses dents coulent : « Tu as vu, Saint-Aignan ? Il m'a gi... »

— Tu as souffleté mon frère, cul-vert ?

Un chevalier cruel de dix-neuf ans, coiffé du chapeau hérissé de très longues plumes et un œil crevé par la petite vérole, se campe devant Chalais. Le porte-lanterne propose à tous deux son service d'éclairage mobile, le justifie :

— La nuit, filous, détrousseurs et mauvais garçons, guettent le passant attardé qui se hâte de rentrer...

Les huit jeunes emperruqués, séparés en deux
camps, blasphèment, se font des mines effrayantes,
s'arrachent les soies et rubans des habits. Le porte-
lanterne lève sa vessie lumineuse. L'un d'eux qui
vient de s'entendre dire : « Flamarens, bougresse de
putain » a le visage blême. Il s'est tracé au pinceau de
fausses veines bleues, couleur de la noblesse et de la
pureté du sang. Le porte-lanterne baisse sa lumière
vers les souliers sur les pavés scintillants. L'huile
fume :

— Cinq sols la course ! Qu'est-ce que c'est cinq
sols lorsqu'on a, comme vous tous, les talons rouges
des aristocrates ?

L'éclair d'une lame de dague dégainée en traître
jette une blessure à un visage surpris : « Noirmoutier ! » L'estafiladé, main tirant l'épée, veut crever
Noirmoutier comme un porc. Celui qu'il appelle
d'Antin – « D'Antin, ne te mêle pas de ça ! » – intervient pourtant dans la bagarre qui dégénère : « Hé,
ho, soyez raisonnables ! »

Le porte-lanterne abonde dans son sens :

— Oui, soyez raisonnables... La forêt la plus
funeste et moins fréquentée du royaume est auprès
de Paris un lieu de sûreté.

La Frette crache le beurre rance de ses chicots
pourris au visage de Chalais :

— Grosse tripière, rendez-vous sur le pré-
aux-clercs, demain matin !

D'Antin en reste interdit :

— Le pré ? Vous êtes fous ! Les édits...

Mais le grand offensé La Frette, près de Saint-Aignan, ordonne :

— Arnelieu, Amilly, on s'en va.

Quatre partent vers les fenêtres éclairées des Tuileries, les quatre autres en sens inverse. Le porte-lanterne file quant à lui en chaloupant le long de la rue Saint-Honoré. La lumière de sa vessie projette une ombre bossue et dansante sur les murs tandis qu'il se remémore :

— La Frette, Saint-Aignan, Amilly, Arnelieu... et Chalais, Flamarens, d'Antin, Noirmou...

*

Aux toutes premières lueurs de l'aube silencieuse, dans le brouillard épais qui envahit le pré, quand d'Antin entend crisser sur des flaques gelées les chaussures à boucles d'argent du chevalier de Saint-Aignan, il demande à son voisin, Noirmoutier, sa fiole d'eau de Schaffhouse qui est excellente pour les apoplexies.

Paris est sans bruit. Le coq n'a pas encore chanté et, disposée en ligne devant une haie de noisetiers givrés, la bande de l'offenseur Chalais découvre la pâle silhouette brumeuse de la clique de l'offensé La Frette surgissant d'un vaste hangar à foin. Eux aussi en ligne avancent droit sur leurs adversaires.

Ils seront bientôt à portée d'haleine, le pré rectangulaire est étroit. À droite, des hôtels particuliers endormis. À gauche, la chartreuse du boulevard Saint-Germain avec son cloître et des cellules de moines qu'il ne faudrait pas alerter en se criant des invectives inutiles.

De toutes façons, il n'y a plus rien à se dire. On n'en est plus là. Il s'agit d'un duel au premier mort et d'Antin ne se sent pas bien sous sa lourde perruque bouclée. En manteau d'écarlate jeté sur les épaules et chapeau noir retroussé à la catalane, il se met pourtant en belle posture, avance un pied et place la main au côté. Mais ses doigts tremblent. Depuis l'annonce du duel, tout à l'heure, ses paupières ont enflé, une rougeur érysipélateuse a poussé à son front, ses oreilles suintent, une grosse gale lui est apparue derrière la tête, des dartres au menton et sous l'aisselle gauche le démangent.

Le hasard a disposé la jeunesse dorée. La Frette affrontera Chalais. Amilly sera pour Flamarens. Noirmoutier brettera avec Arnelieu et d'Antin voit venir sur lui le chevalier de Saint-Aignan.

Chevelure bouclée à la grecque, cet humain-oiseau, à long plumage et œil crevé par la contamination des putes dans les bordels, considère sans ralentir dans le brouillard, haut et bas, son adversaire d'un visage assuré qui ne témoigne aucune crainte. Il a du bel air et une épée au poing pour laver l'honneur de son frère. Il avance à grands pas en éprouvant le fer de sa lame. D'Antin se demande quand il va s'arrêter, se mettre en garde, mais l'autre continue comme s'il allait passer la haie de noisetiers. Toc ! D'Antin sent éclater l'os de son front par la pointe de l'épée qui lui traverse toute la tête, entraînant derrière le crâne sa perruque qu'il tente de rattraper, c'est bête... C'est bête de mourir ainsi dans un petit matin glacial et de tomber à plat dos en culotte collante gris perle et bas de soie rose qu'on a fixés avec des jarretières quand tout, autour de vous, a tourné au carnage. À droite, ses trois partenaires gémissent dans l'herbe. Les adversaires s'en vont.

Petit Chalais se relève en tordant ses chevilles à cause des épaisses semelles. Il plaque une main sur son ventre qui saigne abondamment. Flamarens traîne derrière lui une jambe sanguinolente en sautillant vers la silhouette pâle d'un carrosse. Noirmoutier, épaule déchirée, court dans l'autre sens vers un cheval.

— Où pars-tu ? lui demandent les deux autres.

— Au Portugal.

Le coq chante. Des charrons, maréchaux-ferrants, des tonneliers, des tisserands, des bourreliers, tirent les volets de leurs petits ateliers. La brume se dissipe. Le soleil passe par-dessus les toits des hôtels particuliers, éclaire un corps qui gît à terre...

*

À midi, les ombres verticales sont tranchantes. Elles tombent des toits autour de la place de Grève en triangles sur la foule. Le silence est impressionnant, les fenêtres louées à l'enchère. Des gardes, rangés en ordre, entourent une estrade.

— Et de six !...

La hache d'un bourreau cagoulé s'abat d'un mouvement si net et rebondissant que la tête de Saint-Aignan reste sans tomber du billot. L'exécuteur croit avoir manqué son coup et qu'il faudra frapper une seconde fois lorsqu'elle s'effondre sur cinq autres couvrant le plancher de l'estrade. En tas comme des choux, on dirait qu'enfin réconciliées elles se font toutes des bises partout : sur le front, les oreilles, la bouche (elles auraient dû commencer par là, de leur vivant). Le bourreau s'éponge le front en s'adressant à quelqu'un en bas de l'estrade :

— Monsieur de La Reynie, six d'affilée, c'est trop ! Je ne suis pas la *Machine du monde* non plus...

— Ne vous plaignez pas. Il aurait dû y en avoir huit, ricane le lieutenant de la police de Paris et procureur pour les affaires de duel en s'éloignant vers le Châtelet.

*

— Monsieur le marquis, rien ne viole plus sacrilègement la loi d'en haut que la rage effrénée des duels. On n'apprend pas ça sur vos terres de Guyenne natales ?!...

Le jeune Gascon qui se fait engueuler dans cette salle de tribunal du Châtelet contemple devant lui, par une fenêtre, le soleil de fin d'après-midi... Seul à être assis sur une des chaises de la salle du tribunal, il soupire :

— Vous dites ça à moi qui ne suis pas concerné

car de nature fort peu querelleuse. Mon frère ne l'était pas non plus d'ailleurs...

— Il s'est pourtant trouvé mêlé à un duel ! coupe, brutal, La Reynie. La noblesse doit absolument cesser de tirer l'épée à tout bout de champ ! Les duels déciment l'aristocratie française et les édits royaux interdisent depuis 1651, sous peine de mort, cette façon sanglante de laver l'honneur. Les duels sont d'abord un défi à l'autorité de Sa Majesté qui, elle seule, peut décider qui doit mourir et comment chacun devra vivre !...

La Reynie, debout et solennel, en est là de son sermon quand au fond de la salle, dans le dos du jeune marquis, une porte grince et que celui-ci entend venir des pas sur le dallage. Le Gascon accablé baisse la tête et regarde ses souliers à talons rouges lorsqu'il perçoit un feulement de manteau et de jupons s'asseoir auprès de lui à droite :

— Veuillez excuser mon retard, monsieur de La Reynie, mais je viens seulement d'apprendre la nouvelle.

La voix est douce et régulière. Le procureur lui annonce :

— Mademoiselle, si votre futur époux Louis-Alexandre de La Trémoille, marquis de Noirmoutier, revient en France, il sera décapité.

Le Gascon, entendant sa voisine dégrafer son manteau puis abaisser la capuche sur les épaules, observe La Reynie soudain bouche bée – de chaque côté d'un nez aquilin, ses yeux se figent. Quelle peut être cette fille propre à troubler un tel procureur ? Est-ce une

méduse qui change les hommes en pierre ?... Mais
La Reynie se reprend et vient se placer face au Gascon qui frotte ses mains moites sur sa culotte en
satin blanc :

— Monsieur, lui déclare le procureur, Sa Majesté
informe sans miséricorde, faisant même procès par
contumace à la mémoire de votre frère, feu sieur
d'Antin.

Le marquis, docile, répond :

— Je suis, avec tout le respect possible et tout le
zèle imaginable, le très humble, très obéissant et très
obligé serviteur de Son Altesse Sérénissime...

Sa voisine, sise près de lui, s'informe :

— Comment avez-vous été averti de ce duel ?

— Les porte-lanternes à la sortie des spectacles et
des bals sont nos meilleures mouches, sourit le chef
de la police.

Le marquis déconfit prend tristement son chapeau
à plume sur la chaise de gauche puis se lève et se
tourne enfin vers sa voisine qui se lève également.
Vertubleu !... Il manque de s'en asseoir à nouveau.
Elle n'est pas une beauté, c'est LA beauté. Le grand
Gascon de vingt-deux ans en a le souffle coupé. Lui
qui a toujours aimé les blondes un peu grasses est
subjugué par cette voluptueuse merveille de son âge.
Teint de lait, les yeux verts des mers du Sud, boucles
blondes à la paysanne... Sa robe à décolleté profond
couvre les épaules tandis que les manches s'arrêtent
aux coudes dans un flot de dentelles. Elle porte des
gants. Le marquis croit qu'il va en perdre toutes ses
dents. Par-dessus son immense perruque en forme de

crinière, pesant plus d'un kilo et tenant chaud, il se coiffe du chapeau blanc mais à l'envers. La plume d'autruche qui le garnit se trouve devant le visage du marquis. Voulant pivoter le couvre-chef, il déplace la perruque qui lui masque un œil. La fille a un rire charmant qui éveille la tendresse jusqu'au fond des cœurs. Il salue La Reynie – « Au revoir, madame ! Oh... » –, s'excuse tandis que la belle amusée rythme son allure et les bonds de sa taille près de ce dégingandé, les genoux en dedans, allant vers le fond de la salle. Il veut lui ouvrir la porte mais manque de l'assommer, décide de la laisser sortir la première mais passe devant. Elle est aussitôt émue par ses prévenances à l'envers, les regards adorateurs qu'il lui décerne.

— Où allez-vous ? demande-t-elle dans un sourire.

— Par là, euh, par là, et vous ?!

— Tout droit.

En sortant tout droit du palais de justice du Châtelet, ils sont immédiatement pris dans l'extraordinaire animation, l'encombrement permanent, le bruit, la boue, l'odeur désagréable de la ville. Les égouts à ciel ouvert, les tas d'excréments et les cochons qui fourrent leur groin dans les ordures, font des gants parfumés ou du bouquet de violettes qu'on place sous son nez les remèdes indispensables contre la nausée. Mais le marquis l'oublie :

— Je n'ai plus de frère, s'étonne-t-il. L'aîné Roger est décédé au siège de Mardyck, Just de Pardaillan est mort aux armées et le marquis d'Antin tué hier en duel...

« Je n'ai plus de futur mari », répond en écho la belle. L'air qu'elle souffle est plus pur que celui qu'elle respire. « Noirmoutier tient évidemment davantage à sa peau qu'à moi. » Elle a le profil fier et noble. De sous la capuche de son manteau, des cheveux blonds jaillissent en mèches rebelles. Ses narines sont mobiles comme des ailes d'oiseau. Sa bouche rieuse, un peu larronnesse, fout le feu au marquis pendant que le soleil se glisse entre les arbres...

La double perte les rapproche. Tandis qu'ils croisent des marchands de chansons – à boire, pour se réjouir à table, chansons à danser ou d'actualité –, les deux jeunes gens se parlent du défunt, du fiancé exilé, se congratulent, se plaisent, se consolent. Des Savoyards, chanteurs des rues, clament : « Rends-moi mon moineau, la rousse », « Ah, que le monde est grand ».

— C'est d'autant plus rageant, hoche la tête la si belle, que lorsqu'on m'a annoncé la nouvelle, rue Saint-Honoré, j'essayais ma robe de mariée pour dimanche prochain. Je ne sais plus ce que je vais en faire.

— Ce serait dommage qu'elle s'abîme...

Un saltimbanque avale de l'eau et la rejette ensuite de plusieurs couleurs et odeurs.

— Moi, je dis ça, s'embrouille le marquis, c'est surtout rapport aux mites. C'est vrai, parfois on range des habits neufs dans les coffres et plus tard, quand on les déplie, ils sont abîmés, mangés, troués par les larves... On regrette alors de ne pas les avoir revêtus...

La demoiselle aux chaussures pointues pourvues de hauts talons contemple ce Gascon embarrassé, amusant et ne manquant pas de séduction : « Seriez-vous en train de me dire que vous... ? »

— Comme on n'aime qu'une fois dans une vie.

Un pâtissier, sur le pas de sa porte, soigne sa mise – ruban en guise de cravate, béret à gros nœud et un brin de fleurs pour attirer les dames. La fiancée abandonnée pose familièrement sa tête sur l'épaule du marquis. Lui qui fréquente assidûment les cercles de lansquenet et les tables de reversi des hôtels particuliers du Marais pense avoir le plus beau jeu du monde. Abasourdi et perdu sur une place envahie de charrettes et d'ecclésiastiques, il se gratte le postiche :

— N'est-ce pas le Paradis, ici ?...

— Ah non, monsieur, il n'y aurait pas tant d'évêques !

Ils éclatent de rire. Lui, croit pour sa part qu'un ange le bénit et lève les yeux au ciel.

*

Les voûtes de l'église Saint-Sulpice forment un très haut ciel de pierre où résonne un rire. Après la lecture de l'Évangile, la blonde en robe rouge toute rebrodée de perles, s'agenouillant devant l'autel en même temps que le marquis en habit gris lavande, s'était esclaffée à son oreille :

— Les carreaux pour s'agenouiller, tu sais, les coussins de soie brodée qu'on avait oubliés et envoyé chercher, rue des Rosiers, à l'hôtel Mortemart...

— Eh bien ? lui demande le jeune Gascon.

— La servante s'est trompée. Elle a apporté ceux des chiens.

— Non ?!

Ils en rient et époussettent les poils canins comme des garnements dans leurs costumes de soie et broderies au cœur de cette vaste église en travaux où sont assis les invités derrière eux. Il a la physionomie heureuse, une perruque en crin de cheval déliée et claire. Elle, toute grâce et toutes nuances dans l'éclat doux de ses vingt-deux ans, possède la candeur des enfances.

Près du porche de l'église, assis sur un prie-Dieu, un duc joufflu – yeux verts à fleur de tête, petite bouche ourlée – s'extasie auprès de son voisin :

— Ma fille est extrêmement amusante ! On ne s'ennuie jamais avec elle. Vous voyez l'obèse, là-bas au premier rang ? C'est mon aîné, Vivonne. L'autre jour, alors que je reprochais à ma petite de ne pas faire assez d'exercice, elle m'a répondu : « Quelle médisance ! Il n'y a point de jour que je ne fasse quatre fois le tour de mon frère. »

Celui à qui il s'adresse, homme vieillot avec un grand nez de perroquet qui lui tient tout le visage, demande :

— À côté du fils, est-ce votre femme ? Elle a l'air très, très pieuse...

— Ah ça, dit l'autre, côté adultère, je me crois tiré d'affaire devant les hommes mais je me tiens pour cocu devant Dieu !

— Regardez la mienne qui préfère vivre loin de

moi, la grande Chrestienne de Zamet à droite, c'est pareil, grommelle l'homme à bec de perroquet. Elle assaisonne parfaitement sa tendresse de mère avec celle d'épouse de Jésus-Christ ! Hou, hou, hou !...

Ils pouffent tous deux, les pères des mariés, spirituels et gaillardement débauchés. Quelqu'un, devant eux, se retourne en fronçant les yeux puis lance à sa voisine : « Ah, ils se sont bien trouvés, ces deux-là... »

Ils se sont bien trouvés aussi, les deux qui se marient huit jours seulement après s'être rencontrés. Devant le curé et quatre témoins dignes de foi, ils se donnent le sacrement en un dimanche d'hiver. L'ecclésiastique inscrit la date – 28 janvier 1663 – sur le registre paroissial puis le nom des tourtereaux qu'il prononce à voix haute :

— Françoise de Rochechouart de Mortemart, dite Mlle de Tonnay-Charente et...

La voluptueuse blonde Françoise saisit la plume d'oie qu'on lui présente et, tandis que le curé articule aussi l'identité de son époux – « Louis-Henri de Pardaillan de Gondrin, marquis de... » –, elle signe pour la première fois de son nouveau nom :

2.

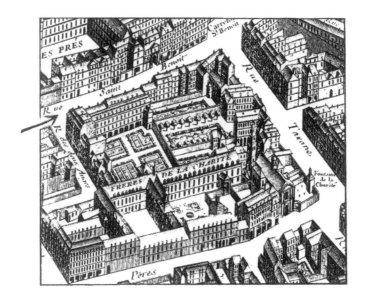

Un carrosse vert pomme agrémenté de dorures arrive rue Saint-Benoît avec, sur les portières, les armes du marquis de Montespan. De grosses courroies de cuir sur un train de quatre roues soutiennent la caisse suspendue du véhicule qui remue dans la rue abîmée.

Des boueurs, ramassant les vidanges urbaines éva-
cuées en tombereau jusqu'à la Seine, stoppent la
progression de la voiture. Françoise et Louis-Henri
contemplent l'extérieur par les glaces. Avec leurs
étals et leurs ateliers, leurs bruits, les artisans font la
vie et le fourmillement du quartier. Les hardes des
boueurs sont bien proches de celles des mendiants
qu'ils côtoient. Françoise raconte :

— Quand j'étais petite fille, un jour de fête religieuse, ma mère a voulu que je lave des pieds de
pauvres à la sortie d'une église. Après m'être appro-
chée du premier indigent, je ne pus me résoudre à
me baisser. Je reculai et pleurai. La misère était là,
présente et directe, et révulsait l'enfant que j'étais. Je
n'ai pas nettoyé les pieds des pauvres.

La voie soudain dégagée, le carrosse reprend son
allure et tourne, rue Taranne, pour s'arrêter presque
aussitôt à gauche sous une enseigne de bois où est
peinte une perruque. Louis-Henri descend de la voiture en commentant :

— Les malheurs du peuple sont la volonté de
Dieu et ne méritent pas qu'on gaspille ses sentiments.

Il contourne le véhicule pour ouvrir la portière de
Françoise :

— Ce n'est pas comme toi.

Il l'admire en se mordant une lèvre :

— Je sens bien que je t'aime plus que tout le
monde n'a coutume d'aimer, mais je ne saurais te le
dire que comme tout le monde te le dirait. Je suis au
désespoir que toutes les déclarations d'amour se ressemblent.

La marquise, belle sous son chapeau de fleurs, rejoint le sol de la rue en prenant la main qu'il lui tend :

— Tu es gentil... Mais elle blague aussitôt en minaudant et décomposant des gestes exagérés. La plus grande marque d'esprit qu'on puisse me donner, ah, c'est d'avoir de l'admiration pour moi, ah ! J'aime l'encens. J'aime être aimée !

Cette manière de cacher l'émotion derrière la plaisanterie réjouit Louis-Henri. Pendant que le carrosse manœuvre – poing du cocher au mors d'une jument – pour aller se garer sous le toit d'une écurie derrière le puits de la cour de l'immeuble, Françoise pousse la porte d'un perruquier en s'exclamant :

— Monsieur Joseph Abraham, notre dé-li-cieux propriétaire !... On a encore égaré la clef de chez nous. Peut-on passer par la boutique ?

— Dix heures du matin et c'est seulement maintenant que vous rentrez, tous les deux ? Encore passé la nuit dans le Marais à jouer à la bassette et au trou-madame ! J'espère que vous avez gagné des écus, cette fois-ci.

— Ah non, tout perdu !

Louis-Henri entre à son tour. C'est une boutique propre dans des teintes beiges et ocres où pendent de longues grappes de cheveux accrochées au plafond et frôlant presque le sol. Un « talon-rouge », crâne rasé enduit de saindoux pour éviter les irritations et parasites, attend le postiche capillaire qu'un employé finit de friser. Un ecclésiastique prend du recul et admire, dans un miroir qu'il tient entre ses mains, sa

perruque blond platine tonsurée. Près de lui, jovial et
bonhomme, Joseph Abraham voit son épouse venir
dire à Françoise :

— Mais c'est ouvert, chez vous, ma petite ! La
cuisinière, Mme Larivière, attend de servir le dîner
depuis hier soir avec votre nouvelle domestique. Je
crois qu'elle vous avait préparé des pigeonneaux de
volière en bisque et du chapon haché.

— Ah, je sais, et puis les parties de cartes se sont
enchaînées... On pensait se refaire mais... On passe
quand même par la porte de l'arrière-boutique, hein,
madame Abraham. Salut la compagnie. Nous, on va
au lit !

Six apprentis sur la mezzanine de l'artisan perruquier, penchés à la rambarde, contemplent du dessus
le décolleté profond de Françoise qui s'en va. Ils
paraissent statufiés. Le perruquier frappe dans ses
mains :

— Eh bien !

Le corsage de Françoise s'ouvre comme par
mégarde puis elle entre dans la sombre cage d'escalier. Louis-Henri sourit :

— Belle comme le jour, vrai démon d'esprit !

L'orgueil de ses beaux seins cambrés diffuse le
seul vrai parfum : son corps. Louis-Henri tend une
main vers la poitrine fluorescente.

— Oh là ! tout beau, monsieur ! fait mine de s'of-
fusquer la marquise. N'oubliez pas qu'il n'y a que
deux ans que je suis sortie du couvent.

— Et quoi !

— Faites-moi d'abord voir à quoi ressemble votre

figure : menton trop long, gros nez, paupières tombant sur les côtés, taches de rousseur. Tout cela qui en détail n'est pas beau est, à tout prendre, assez agréable. Ça va. Montez...

Sa jupe moirée va et vient comme une marée sur les premières marches de l'escalier. Louis-Henri, resté près de la boule de cuivre de la rampe, joue celui qui boude sa femme :

— J'hésite... Avec une épouse issue de la noblesse de robe, je ne sais pas... J'aurais pu en trouver beaucoup d'autres qui auraient mieux accommodé mes affaires, côté dot, car je suis de la noblesse d'épée, moi ! Montespan... on trouve cette noble famille dès les croisades, dans les combats entre les comtes de Bigorre et de Foix ou contre Simon de Monfort ! Alors une Mortemart... une maîtresse faite pour le clair de lune, une femme de rendez-vous secrets et de lits d'emprunt... J'hésite...

— Vous avez raison, s'amuse Françoise. Se marier par amour veut dire désavantageusement et par l'emportement d'une passion aveugle. N'en parlons plus, conclut-elle en grimpant quelques nouvelles marches et ondulant beaucoup des hanches.

La beauté du corps qu'il soupçonne, sous la soie de la robe aux longs plis bien pleins, dilate les pupilles du marquis. Alors, comme un cheval, il se met à souffler des narines tandis que la belle lui fait l'article :

— Savez-vous que dessous, je porte trois jupes légères ? Voyez d'abord la première, couleur bleu naissant, qu'on nomme la *modeste*, fait-elle en déga-

geant légèrement l'arrière de sa robe pour dévoiler
une jupe qu'elle soulève à son tour. La deuxième,
bleu mourant, porte le nom de *friponne*...

Louis-Henri veut saisir sa femme par la taille mais
elle s'échappe d'entre ses doigts. Elle est d'une élas-
ticité, d'un ressort admirables. La répartition de l'appartement des jeunes mariés est faite à la verticale
sur trois étages – une distribution aberrante liée à
l'étroitesse du parcellaire parisien qui oblige à
construire en hauteur. Que d'allées et venues dans
l'escalier ! – il faut monter le bois mis en réserve
dans la cave et aussi l'eau, dans des seaux tirés au
puits de la cour. Le marquis, soudain lubrique,
lorgne sa femme et gronde comiquement en roulant
des yeux :

— J'aurais fait ce que j'ai pu pour ne pas offenser
Dieu et ne pas m'abandonner à ma passion,
explique-t-il en gravissant quelques marches lui
aussi. Mais je suis contraint de t'avouer qu'elle est
devenue plus forte que ma raison. Je ne puis résister
à sa violence et je ne me sens même pas le désir de
le faire... Raah !

— Au secours !

Mme de Montespan s'enfuit vers les étages, pour-
suivie par son mari qui cavale après ses jupons
salauds qu'elle soulève trop. Elle offre la vision ten-
tante du fruit. Toutes ces jupes sont bien légères et se
lèvent à tous vents dans un parfum de tubéreuses et
de bois ciré à l'intérieur du sombre escalier.

Au premier étage, à gauche, une porte ouverte sur
un salon modestement meublé : sièges pliants faits

de sangles et fortes toiles, une glace de Venise, une table de jeu à plusieurs tiroirs. Sur un mur enduit de peinture verte, une tapisserie tendue, fabriquée à Rouen. Ce ne sont que fils de coton mais ils représentent l'histoire de Moïse. Louis-Henri pourchasse Françoise dans le fracas des marches. Il a une bosse à sa culotte de satin gris, devant. La marquise se retourne, s'en aperçoit :

— Mon Dieu !...

Au deuxième étage, c'est la cuisine : un four de brique, des broches et des poêles en fer, des pichets, pots et terrines en grès... Des aliments rangés dans des boîtes grillagées qui protègent des mouches et des souris. Des salaisons pendent au plafond par-dessus Mme Larivière et la nouvelle domestique. Assises côte à côte sur un petit banc, elles mangent leur soupe sur les genoux dans une écuelle de terre avec une cuillère en bois, regardent passer leurs maîtres qui les ignorent, tout à la fête des sens.

— Quant à la troisième jupe, éclate de rire Françoise, c'est la *secrète*. La mienne est bleu d'enfer !

Robe et jupons par-dessus tête, comme toutes les femmes de son temps, elle ne porte pas d'autre sous-vêtement. Louis-Henri file derrière un cul nu inondé par la lumière de la fenêtre de cet escalier qui tourne à droite, vers le galetas des domestiques sous le toit, mais le cul nu vire à gauche dans une chambre enorgueillie d'un immense lit. Ses quatre colonnes torsadées soutiennent des rideaux de serge vert et rouge vaguement noués. Les deux corps se jetant l'un par-dessus l'autre sur le matelas bousculent le sommier, alors les rideaux, sous le ciel de lit, se déroulent, se referment – rempart contre le froid et aussi refuge de l'intimité conjugale.

— Quel est ce doigt qui n'a pas d'ongle ?

Voilà ce qu'entend la nouvelle domestique, âgée de huit ans, car les Montespan n'ont pas refermé la porte de leur chambre. Dans la cuisine, près de Mme Larivière, elle regarde le plafond, écoute grincer les pieds d'un lit, ce qui agace la cuisinière :

— Ah, la marquise est de l'étoupe la plus prompte à s'enflammer. Je la surnomme « le Torrent » tant elle est vorace de plaisirs. Elle sait bien battre le velours, rôtir le balai.

Et c'est vrai qu'au-dessus, les maîtres sont pêle-mêle. Françoise, dans la bouche de son mari, souffle du bonheur comme au temps des fées. Puis ce sont des petites cochonneries qui plaisent toujours et ne cessent de chatouiller un peu. Les cent mille délices qui précèdent la conclusion. Mots et discours soutiennent l'action.

— Ah... Mmh... Ah !...

À l'étage inférieur, Mme Larivière – cheveux crépus et noirs, teint olivâtre et jambes en pattes de héron, pas franchement de la famille de Vénus – vide la cendre du four dans un broc qu'elle tend à l'enfant domestique :

— Tiens, Dorothée, plutôt que de les écouter jouer à colin-tampon, va vendre la cendre au blanchisseur du bout de la rue. Tu garderas l'argent pour toi, l'économiseras pour t'acheter plus tard une couverture car les chambres des domestiques ne sont jamais chauffées. Et puis aussi, pour ne pas remonter à vide, prends ce seau que tu empliras au puits de la cour. La fontaine à eau est presque vide, dit-elle en tapotant des ongles contre une cuve en cuivre rouge, garnie d'un couvercle et d'un robinet sonnant creux.

Dorothée, très troublée dans l'escalier, découvre sur les marches la grande perruque châtain dont le marquis s'est débarrassé. Elle gît, bouclée, comme un animal crevé.

Ce logement toujours sombre est finalement peu agréable à vivre mais là-haut, sous les draps, la ligne exquise du dos de Françoise ondule et, dans l'ombre des rideaux, l'haleine monte, rythmique et légère. Aux sens de la marquise, partout et longtemps, le bonheur de savoir la lèvre de son mari, sa main, son tout. Il est divin aussi le plaisir de Louis-Henri à bousculer la chemise et l'honneur de sa femme. Aux frissons polissons, elle tend une nuque vaguement déshonnête. Puis voilà un baiser prolongé. Qu'arrivera-t-il ensuite ? Dame ! Tout cela met la logique et la morale en fuite. Et allons-y d'une noce en tout, tous les vices et tous les sévices amusants !

3.

— Il faut bien que jeunesse se passe...

Au sommet d'une des collines du paysage mollement vallonné autour du château de Saint-Germain-en-Laye, le carrosse des Montespan bringuebale à l'arrêt dans la nuit étoilée de ce mois de juin. Le cocher assis sur le siège extérieur en subit les secousses avec philosophie :

— Ça leur passera avant que ça me reprenne.

Son corps remue, ondule, parce qu'à l'intérieur du véhicule ça se bouscule. Le marquis prend la marquise à la façon des chiens (*more canino*). Agenouillée le long d'une banquette et joue plaquée à la glace d'une portière, Françoise regarde la fête royale, au loin, en contrebas.

Des allées éclairées d'innombrables flambeaux. La lente errance des gondoles sur des eaux tranquilles. Une troupe de musiciens ajoute des accords fondus au charme de la nuit estivale. À chaque carrefour d'allées, des symphonies et des tables de collation servies par des gens déguisés en sylvains, satyres et divinités bocagères. Un orchestre joue la dernière composition de Lully, alors des nymphes sortent des bassins pour réciter des poèmes. Des lions, des tigres, des éléphants, déambulent, tenus en laisse.

— C'est beau...

— Ah oui, c'est beau ! Françoise, ton cul fait honte aux étoiles.

C'est vrai que la marquise a un bas de dos très beau et d'une gaîté folle auquel il ne manque que la parole. Royale arrière-garde aux combats du plaisir de Louis-Henri qui se fond à elle comme une neige au feu :

— Miracle charmant, divin paradis des yeux, chef-d'œuvre unique des dieux !

Elle se retourne complètement. Il aime maintenant sa bouche et les jeux gracieux de ses lèvres et des dents lui mordillant parfois la langue et là, même mieux – truc presque aussi gentil que de mettre dedans. Cette femme, sacré nom de Dieu, à lui faire perdre la tête, lui foutre le reste en fête et, vertubleu, le sang en feu ! L'heureux jouit et décharge de tous côtés.

Après la chose faite, après le coup porté, après chaque petite mort de l'un et l'autre – et quelles morts ! –, Françoise renaît dans un nouveau tumulte pour mourir encore et plus fort. Étendue sur le cuir rembourré de crin de la banquette, son galbe, son que sais-je, disent au marquis : « Viens là ! » Et la chaleur s'insinue : « Reste ! » Et il y reste en son corps mangeur (le dieu d'amour veut qu'on ait de l'haleine...). Jambes en l'air et seins au clair – « Des seins

joyeux d'être vus, dignes d'un dieu », commente son
mari –, la malice remue les mollets ensorceleurs de
Françoise.

— Et c'est reparti !... soupire le cocher qui balance
à nouveau et glisse sur son siège.

Tête basculée en arrière, c'est dorénavant à l'envers que la marquise contemple en contrebas la loin-
taine fête royale aux six cents invités. Louis-Henri
s'excuse de ne pas pouvoir l'y conduire :

— Côté Montespan, on est assez peu paré en
cour. Autrefois, les Pardaillan de Gondrin ont un peu
frondé... Le roi nous le fait encore payer.

Personae pas trop grata à Saint-Germain-en-Laye,
eu égard à la disgrâce d'un oncle qui fut rebelle aux
Bourbons, Louis-Henri n'a pas été invité. Alors,
c'est depuis leur carrosse que les Montespan assis-
tent à la fête.

Divertissements, spectacles, jeux, loteries, ballets,
etc. Entre les arbres du grand parc, des tapisseries de
la Savonnerie sont étendues et des pâtes d'amandes
servies aux bosquets. Ici, un saule pleureur doré dont
les branches font jaillir plus de cent jets d'eau et des
pétales d'anémone, de jasmin d'Espagne. Oui, mais
voilà le roi qui sort du château et la cour se presse. Il
est totalement scintillant dans la nuit.

— Il paraît qu'il porte pour douze millions de
livres de diamants sur lui..., se dresse Louis-Henri
par-dessus Françoise aux jambes écartées.

— On conseille à ceux qui souhaitent lui demander une faveur de l'apercevoir avant de l'approcher
au risque d'être frappés de mutisme à sa vue. Sur

scène, il endosse souvent le rôle de Jupiter..., poursuit la marquise.

Et elle se remet à balancer des reins. Soudain, des
lumières vives changent le grand bassin en une mer
de feu sous des cascades de feux d'artifice. Les statues se muent en danseurs nus peints en gris. Même
les arbres dont les ombres s'étirent semblent se déra-
ciner pour suivre l'évolution du roi. Dans ce monde
instable, scintillant d'illusions, il est le point fixe
autour duquel tourne l'univers. Tout paraît soumis à
sa volonté. Des bataillons d'aides-jardiniers sautent
d'une fontaine à l'autre, se battent avec des robinets
pour les ouvrir, les mains trempées, le souffle court –
quand le roi marche, la musique de l'eau l'accompagne. Quoique ce soit l'été, partout sont dressées
des pyramides de glace. Cette présence donne l'apparence d'un miracle et Louis adore ce qui atteste de
son pouvoir sur la nature (manger glacé en été...).
Fruits et vins sont servis dans des coupelles d'eau
gelée.

— On dit qu'il suffit que le roi sorte pour que la
pluie cesse.

Et puis, d'un coup, des fragrances d'ambre gris,
d'eau de rose, mêlées aux émanations d'une poudre
à canon, montent jusqu'au carrosse des Montespan
sur la colline. Un feu d'artifice compose au ciel de
gigantesques arabesques où s'entrelacent deux « L ».

— Pourquoi ce deuxième « L » ? questionne
Françoise.

— C'est l'initiale du prénom de Louise de La
Vallière, la favorite, répond son mari.

— Devant la reine et en public, il ose honorer sa maîtresse ? s'étonne la blonde marquise.

— Que pourrait ne pas faire Sa Majesté ? lui demande Louis-Henri.

Le vaste domaine royal est maintenant composé de fusées volantes, de saucissons tournoyants, de pétards, de lances à feu, de girandoles... Et puis soudain une explosion finale immense et tout le ciel devient bleu clair.

— Il peut même restaurer le jour en pleine nuit..., s'ébahit la marquise qui s'assoit et rabat les tissus translucides de sa robe sur les cuisses.

Ces transparents colorés sont habituellement portés par-dessus une robe noire toute simple mais Françoise, et c'est du plus bel effet, les porte à même la peau – tenue facile à ôter dans le privé permettant d'accéder plus vite au corps. Ah, les lestes déshabillés de Françoise !

— J'ai faim. Louis-Henri, que penses-tu du prénom Athénaïs ?

— Pourquoi ? sourit le mari, remontant sa culotte de satin gris.

— Pour sacrifier à la mode de l'Antiquité, qui est le dernier chic, je me ferais bien appeler Athénaïs...

— Athénaïs ou Françoise, moi, si c'est toi...

— Ça vient du nom de la déesse grecque de la Virginité. Vierge rebelle, Athéna refusa tout prétendant mortel.

— Ah bon ?

*

Saint-Germain-en-Laye est, en carrosse, à trois heures de Paris. Françoise, que l'amour physique sur la banquette a affamée, propose de s'arrêter à mi-chemin pour souper à *L'Écu de France*.

— Tout ce que vous voudrez, lui répond son mari s'amusant à la vouvoyer, car vous savez bien que vous seule me tenez lieu de tout. Et puis, justement, je voulais te parler, Athénaïs...

Dans ce relais de poste réputé – maison à étage rouge (la tuile et la brique y fourmillent) devant un gazon bordé de camomille –, l'atmosphère est tamisée ; les fenêtres faites de petits carreaux.

La salle étant déjà emplie de clients emperruqués comme Louis-Henri qui réajuste la sienne par-dessus ses épaules, on apporte et dresse pour les Montespan une table près d'un escalier luisant de cire et à côté d'une cheminée sans feu (c'est juin). Françoise s'assied avec gourmandise :

— Je ne vais prendre que des plats qui m'étaient défendus lorsque j'étais au couvent, des aliments qui poussent à la luxure : huîtres, haricots rouges dits « vénériques », asperges, interdites aux jeunes filles.

Elle éclate d'un rire de perles tombant d'une boîte sur des marches de marbre. Les clients de la salle se tournent vers elle. Belles mains, bras faits au tour du potier, dents parfaites et blanches si rares en ce temps, les talons-rouges et bourgeois de l'établissement, devant une soupe à la bière, en ont la mâchoire qui se décroche :

— Qui est-ce ?

— La plus belle femme de l'époque...

— Une triomphante beauté à faire admirer aux ambassadeurs !

Menton décidé, nez droit, poignets, taille et cou fins, sa chevelure blonde est épaisse et abondante. Elle a inventé un style de coiffure qu'elle a baptisé : *hurluberlu*. Tirés sur le front en arrière et maintenus par un cerceau au sommet du crâne, ses cheveux retombent de chaque côté en cascades de boucles qui encadrent le visage.

— Ça pourrait devenir à la mode, prédit un client devant les sourcils se fronçant d'une épouse revêche.

Louis-Henri, lui, admire le burlesque de la sienne, sa bouche éclatante et rouge d'où jamais rien ne sort que propos qu'il aime, nid de délices. Mais il baisse les yeux vers son assiette :

— Athénaïs, on joue aux cartes, on perd, les dettes s'accumulent tels des nuages. Je dois de l'argent à tout le monde, à mon tailleur, à mon armurier, à des amis. Financièrement, nous sommes mal soutenus et nous nous engageons dans une vie périlleuse.

Un valet de table apporte à Athénaïs une assiette d'huîtres « tout en vie » et du chou au lard pour Louis-Henri. Les muscles des mollusques ont été préalablement tranchés en cuisine si bien que la blonde n'a plus qu'à soulever, pencher les coquilles et laisser glisser l'intérieur vers ses lèvres. Tout comme à l'époque de la Rome antique, elle les préfère laiteuses alors, avant de les engloutir, elle croque la poche. Le lait s'écoule au bord des commissures et sous le regard de quelques ducs qui ont chaud. Ils s'étirent le col de chemise tandis que le marquis de Montespan poursuit :

— En cinq mois, nous avons déjà épuisé les quinze mille livres de rente annuelle versée par mes parents et les intérêts de la dot payés par les tiens, qui n'ont pas non plus tellement de moyens. Mais aussi, tout est cher à Paris, et deux domestiques à demeure ! Tout est double et triple ici. Cent livres de loyer pour l'appartement, l'entretien d'un carrosse et son cocher coûte douze livres la journée. Alors j'ai pris une décision...

— Nous allons partir vivre dans les contreforts des Pyrénées en ton château de Montespan ? sourit la marquise rêveuse, avalant une nouvelle huître tandis qu'on dépose aussi sur la table les asperges et les haricots rouges.

— Non, car tu n'y serais pas assez bien. Anobli par Louis XIII pour récompenser les services qu'un aïeul avait rendus, les terres de deux villages – Antin et Montespan – furent érigées en marquisat. La famille s'était d'abord installée au château d'Antin, mais comme il menaçait de s'écrouler elle déménagea pour celui de Montespan. Puis voilà que ce manoir fut à son tour en mauvais état. Donc ils sont venus habiter celui de Bonnefont, où je suis né. Hélas, ce n'est pas un beau château. Avec ses pierres fendues, envahi de ronces et entouré par l'eau croupissante des douves, il n'est pas digne de toi...

— Mais alors, votre idée pour nous tirer d'affaire,

mon délicat mari ? demande celle qui, toujours, offre
à Louis-Henri un sourire amusant, toujours.

Elle s'empare d'une asperge, la hisse au bord de
ses lèvres comme si elle jouait de la flûte. Elle pivote
les pupilles vers des comtes qui saisissent un pan de
nappe pour s'éponger le front pendant que Louis-
Henri déclare ce qu'il avait à dire :

— Je vais servir aux armées, verser l'impôt du
sang, devenir capitaine d'une compagnie de piquiers.

Athénaïs continue de regarder la salle et les
rideaux de velours aux fenêtres, les bouquets de
fleurs sur les tables.

— Monsieur, je vous interdis de mettre sur un
champ de bataille un seul de vos pieds charmants.
Puis elle fixe Louis-Henri dans les yeux. Vos trois
frères sont déjà passés par les armes et seule la paix
règne sur vos mains. Ne fais pas cela pour moi. Nous
allons...

Mais le Montespan l'interrompt :

— C'est le seul moyen de s'en sortir puisque les
aristocrates n'ont pas le droit de travailler et que les
affaires, le commerce intérieur, nous sont interdits.
Un exploit guerrier serait aussi la manière la plus
glorieuse d'amnistier les fautes de ma famille auprès
de Sa Majesté. Cela fait longtemps que j'y pense,
que j'attendais une guerre. Fort heureusement, une
cité lorraine vient d'entrer en rébellion contre le
pouvoir du roi qui a décidé de mettre le siège devant
cette place. Voilà l'occasion tant attendue. Je vais
nous endetter davantage pour équiper une troupe et

ne rêve plus que d'une bataille pour sortir de cette obscure situation.

— Tu ne manges rien ? s'étonne la marquise en picorant avec ses doigts un peu de lard dans l'assiette de son mari. Est-ce que ce sera dangereux ? Quel est le problème avec cette cité ? N'est-ce pas celle qui défend Metz, Lunéville et Nancy ?

— L'année dernière, Charles IV, duc de Lorraine, avait accepté par traité de céder la ville de Marsal au roi de France. Mais il revient sur sa promesse sous le prétexte fourbe que le traité fut signé seulement par son neveu. Le roi annonce son intention d'envoyer un corps expéditionnaire pour convaincre le duc d'honorer les engagements. Je me suis porté volontaire avec enthousiasme.

— Mais si tu mourais, là-bas ?! s'exclame Athénaïs, les yeux soudain embués.

— Alors le nom de Marsal, sourit Louis-Henri, te ferait souvenir de moi, mais il ne m'arrivera rien. Cette campagne nous apportera un cortège d'avantages... Et comme pour être agréable à Dieu il n'est pas indispensable de pleurer ni de mourir de faim, rions, ma chère, et faisons bonne chère ! Je peux te prendre l'huître, là ?

Sous les étoiles en direction de Paris, le carrosse des Montespan bringuebale sur la route et le cocher sent bien que les secousses ne proviennent pas uniquement des ornières du chemin royal. À l'intérieur du véhicule, Françoise-Athénaïs chevauche son mari avec frénésie (les huîtres, asperges, haricots vénériques ?...). Face à face et bouches en ventouse. La marquise serre les cuisses pour empêcher la sortie du membre viril dans les cahotages. Louis-Henri la retient de toutes ses forces, de tout son cœur :

— Accroche-toi à moi sinon je vais déconner.

4.

À soixante pas la minute et soutenue par le rythme d'une musique militaire – tambours, hautbois, fifres et trompettes –, une troupe de piquiers avance au pas cadencé sous l'œil d'un capitaine à cheval : le marquis de Montespan.

Il observe ses soldats d'infanterie progressant sur la grande plaine entourée d'un plateau circulaire, boisé par endroits. Marsal, la ville fortifiée qu'il faudra prendre d'assaut, est au creux d'une cuvette naturelle.

Les hommes au pas décidé et sous le commandement de Louis-Henri sont des garçons de ferme lourdauds trouvés par un sergent recruteur de la région de Chartres. « Plusieurs d'entre eux seront certainement abattus... », avait émis Athénaïs. « Qu'ils meurent en remuant la terre devant une place ennemie ou en la remuant dans les champs de la Beauce, c'est toujours pour le service du roi », s'était débarrassé son mari, d'un revers de phrase. Ces piquiers portent une pique de deux toises pour s'opposer à la cavalerie adverse. Lorsque les portes de la muraille vont s'ouvrir et que la cité lorraine donnera la charge, ils devront crever le ventre des chevaux profondément. Ça promet des jets de sang qui tachent les tissus et des déchirures dans des vêtements qui ont quand même coûté... Le marquis fait ses comptes.

La guerre est une entreprise ruineuse. L'aristocrate qui achète une charge militaire doit également financer sa compagnie : prévoir chevaux de monture, des charrettes, des mules, ustensiles de ménage et de campement, tentes, lits, vaisselle. Les soldats d'un gentilhomme n'ont ni droit au « pain du roi » ni à l'uniforme payés sur son escarcelle personnelle. Louis-Henri regarde avancer ses Beaucerons.

Chacune de leur tenue gris de fer complète – veste, paire de culottes, bottes, cravate, casque –, ça fait dans les... mais il ne peux quand même pas leur crier : « Attention aux habits ! » Et puis ça bouffe aussi, un soldat qui va aller affronter un cheval : deux livres de pain de munition, une livre de viande et une pinte de vin plus les cinq sols qu'on leur doit par jour. Ah, ce sont des frais !... D'autant que le marquis s'est aussi offert trois rangs de fusiliers – un qui tire, un prêt à tirer, un qui recharge son mousquet et tout le monde qui avance à tour de rôle derrière les piquiers. Louis-Henri, sur un cheval blanc, leur commande de rester calmes et muets pour entendre les ordres, leur rappelle qu'on se bat en silence et que chaque homme doit toujours avoir une balle dans la bouche pour recharger plus vite.

Montespan, aux avant-postes, n'a pas peur en ce 2 septembre 1663. Et bien que ce soit sa première bataille, le soudain fougueux Gascon, étendard de taffetas au poing, ne rêve plus que d'en découdre. Il sait qu'il a, là, l'occasion de montrer sa bravoure et d'espérer, s'il n'est pas tué, quelques largesses financières de Sa Majesté finalement reconnaissante.

Il n'est pas effrayé de découvrir les mineurs creusant des fourneaux d'explosifs sous la muraille, de savoir que quand elle s'effondrera, ce sera l'heure du corps à corps et qu'il faudra y aller, le fer dans la viande ! Il sait pourquoi il est là, pour qui surtout. Ça le porte, la pensée de sa femme et le confort qu'il pourra lui offrir. Les piquiers se donnent du courage en criant : « Tue ! Tue ! » Les fusiliers gueulent : « En avant et sans peur ! » Louis-Henri ferme les yeux, se mord la lèvre inférieure et pense : « Pour Athénaïs ! » Le galop de son cheval déplace des mottes de terre et les piquiers qui courent près de lui remuent de la poussière. Les cliquetis des armes à feu progressent derrière.

C'est maintenant qu'il va falloir montrer de quoi on est capable. Déjà, aux haies traversées, les mûres écrasées saignent comme des plaies. Les monticules se couvrent de fleurs. L'air est immobile. Ce ne pourra être que la fin du monde en avançant. Le drapeau de Louis-Henri, décoré de ses armes, va au paysage. Un oiseau vole avec quelque fruit d'une haie au bec et son reflet, dans l'eau d'une rivière franchie, survit à son passage. La tête de Montespan erre et s'abîme à l'aventure en quête d'ombres et d'un travail charmant. Il a des malices d'anthropophage. Pour sa femme – sa sœur, son précieux souci

– il fait un saut vers les abîmes sourds et brandit du taffetas jaune et noir sur le ciel. Les fortifications de Marsal paraissent de plus en plus hautes lorsque, soudain, on entend un air de musique provenant de l'intérieur de la ville.

— Mais qu'est-ce ? s'étonne le marquis tirant sur les rênes de son cheval.

— La chamade, répond un piquier près de lui.

— La quoi ?

— Un appel de trompettes par lequel les assiégés informent qu'ils capitulent.

— Hein ?! Ah non, ce n'est pas possible ! Pourquoi se rendent-ils ? Ils n'ont pas le droit ! C'est que j'ai emprunté douze mille livres tournois, moi, pour cette guerre ! Alors ils doivent se défendre, nous jeter de l'huile bouillante, nous tirer dessus, lancer leur cavalerie... me forcer à un exploit !

Mais des drapeaux blancs s'agitent au-dessus des tours de Marsal. Le marquis de Montespan, totalement déconcerté, se retourne. Et ce qu'il découvre au loin derrière lui !... Blasons au vent, une armée immense occupe tout l'horizon sur la falaise du plateau. Tant de canons, tant de timbales, tant de drapeaux, tant d'étendards ! Montespan en bégaie :

— Mais-mais-mais c'est qui eux tous ?

— Sa Majesté avec son armée personnelle...

— Ah bon, le monarque est venu ? Mais je ne le savais pas. Je me disais aussi : « Trois compagnies de hobereaux comme moi, on n'est pas tant que ça pour attaquer la ville... »

Un envoyé du roi arrive au galop jusqu'à une

porte de la cité, prend un message et court dans
l'autre sens en confirmant la nouvelle :

— Le duc de Lorraine consent d'honorer sa promesse !

Les fusiliers de Montespan tirent dans le ciel pour
manifester leur joie. Il n'y a que Louis-Henri qui fait
la gueule. Pour un peu, il en pleurerait. Il aura suffi
au roi de déployer sa force à l'horizon pour qu'aussitôt les rebelles rendent les armes sans tirer un seul
coup de mousquet. Et c'est donc sans avoir gagné
la moindre parcelle de notoriété que Montespan
devra retourner chez lui encore plus endetté. Voilà
une étrange guerre qui finit bien tristement. Les
arrangements de la Providence sont quelquefois très
contraires à ce que nous pensons. Au retour vers la
capitale, Louis-Henri chevauche un temps près du
maréchal Luxembourg, surnommé « le Tapissier de
Notre-Dame » pour le grand nombre de drapeaux
pris à l'ennemi qu'il envoie décorer la cathédrale. Il
porte sous le bras celui du duc de Lorraine...

Jusqu'à Paris, dans chaque ville traversée, le
monarque fait donner des spectacles de rue – ballets,
pièces de théâtre – qu'applaudit aussi sa cour qui
l'entoure. Tout ce qu'on a vu de magnificence des
rois de Perse n'est pas comparable à la pompe qui
accompagne Louis XIV. Par les rues, ce ne sont que
panaches, habits dorés, mulets superbement harna-
chés, chevaux de parade portant des housses tendues
de fils d'or, habits décorés de dentelles et de plumes.

Il est impossible à Louis-Henri d'apercevoir Sa
Majesté tant elle est entourée de quantité de gardes,

de courtisans, d'artistes éperdus en génuflexions. Un
homme d'une quarantaine d'années – Jean de La
Fontaine – lui récite un poème qu'il vient de compo-
ser : « Sonnet sur la prise de Marsal ».

Monarque le plus grand que révère la Terre
Et dont l'illustre nom se fait craindre en tous lieux,
Près de toi le pouvoir des ambitieux
A moins de fermeté que l'argile et le verre...

Le fabuliste, à la bouche aux lèvres avalées, articule
d'une petite voix tremblante d'émotion et pleine de
trémolos. Les courtisans lancent des « Jésus Marie,
que c'est beau, que c'est juste, que cela est bien
tourné ! Poursuivez, maître, de grâce ! ». Le pen-
sionné de Sa Majesté ne se fait pas prier.

Marsal qui se vantait de te faire la guerre,
Baissant à ton abord son front audacieux,
Dès le premier éclair qui lui frappe les yeux,
Se rend et n'attend pas le coup de ton tonnerre.

Tout le monde applaudit du bout de ses doigts pou-
drés, frénétiquement. L'inspiré de Château-Thierry
poursuit :

Si la fierté rebelle eût irrité ton bras,
Qu'il se fût signalé par de fameux combats,
Qu'il m'eût été doux d'en célébrer la gloire...
Mais ma muse déjà commence à redouter

De ne te voir jamais remporter des victoires
Pour manquer d'ennemis qui t'osent résister.

Ah... Pour un peu, tout le monde s'évanouirait
d'extase autour d'une petite personne dont Montespan n'aperçoit que le sommet de la perruque noire
qui dodeline de satisfaction. Il s'agit forcément du
monarque que Louis-Henri imaginait plus grand, tel
que représenté sur les tableaux. Justement, Charles
Le Brun s'approche :

— Sire, permettez-moi de vous soumettre ce car-
ton pour la tapisserie qui célébrera la reddition de
Marsal. Voyez, vous y êtes représenté à cheval et la
tête de profil en haut du plateau boisé qui domine la
plaine. Le duc de Lorraine, à vos pieds, vous supplie
d'accepter les clés de la ville de Marsal représentée
au loin.

Derrière le peintre, les courtisans prudents attendent le commentaire de Sa Majesté pour savoir s'il faut s'extasier encore. Mais comme la voix calme du roi, à hauteur de leurs épaules, déclare : « Monsieur, faites tisser aux Gobelins », les ducs, les princes, les marquis, s'époumonent : « Ah, que c'est joli, que c'est bien peint ! » Louis-Henri entend le monarque rappeler aussi aux auteurs de théâtre, musiciens, sculpteurs, autour de lui : « Je vous confie la chose la plus importante au monde : ma renommée. »

Dépité et de retour à Paris, le pauvre marquis de Montespan, la queue de son cheval entre les pattes arrière, arrive rue Taranne. Sa domesticité (Mme Larivière, Dorothée) l'attend dehors sur le pavé pour saluer le maître. Françoise se jette dans ses bras :

— Louis-Henri, tu es en vie !

Elle l'entraîne chez eux où il retrouve les vieux meubles massifs et encombrants. Le marquis finit de lui résumer son expédition – gouffre financier :

— Et tout s'est arrêté là. La seule apparition du roi a suffi. Alors me revoilà sans rien d'autre à te raconter, rien à t'exhiber, ni décoration ni titre mais plus désargenté que jamais. Douze mille livres de dettes supplémentaires prêtées par mon père qui dut emprunter à son tour. Moi qui t'avais promis : « Athénaïs, je reviendrai les finances à flot... »

Dans le salon sombre, devant la tapisserie représentant Moïse, Dorothée répand des parfums diffusés à l'aide d'un soufflet qui embaume l'appartement et Françoise veut consoler son mari :

— Louis-Henri, mets tes mains ici.

Il les pose sur son ventre. Ses pupilles s'écarquillent :

— Athénaïs !

— Je suis allée voir une devineresse...

— Tu crois en ces gens-là ?

— Pas toi ?

— Moi, je ne crois qu'en toi.

— Ce sera un garçon !

5.

— Marie-Christine, ne te penche pas autant vers ta mère ! Tu vas finir par tomber du berceau et te casser la tête.

Dans le salon du premier étage, assis face à face autour d'une table de jeu, le jeune couple Montespan démuni dîne en jouant au reversi. Entre les assiettes, Athénaïs distribue les cartes avec dextérité tandis que Louis-Henri mise déjà des graines de haricots en surveillant leur petite, à côté :

— Elle te regarde comme je te contemple.

— C'est vrai qu'elle a tes yeux, ton nez un peu grand et ta jolie bouche. C'est le portrait de son père...

— Elle n'arrête pas de tendre les mains vers toi. Peut-être qu'elle voudrait que tu lui donnes le sein.

La marquise glisse entre les lèvres de sa fille une tétine en forme de fleur de lys que recrache aussitôt le bébé, alors Athénaïs appelle vers l'escalier :

— Madame Larivière ! Prémâchez de la bouillie de céréales pour Marie-Christine car elle a faim.

Son mari s'étonne :

— Elle ne te tète déjà plus ? Tu veux la sevrer si jeune ? Elle n'est pas trop petite ? Elle n'a pas encore...

— Oh, ça dépend des enfants, dit la Montespan consultant ses cartes à jouer. Ils sont tous différents. Par exemple le roi, lui, a croqué les dames à belles dents dès son plus jeune âge car, chose exceptionnelle, il est né avec une bouche déjà meublée. Il est arrivé au monde avec toutes ses dents. Les premières femmes qu'il a fait souffrir furent donc ses nourrices, qui eurent les seins meurtris, les tétons arrachés par son appétit de lionceau.

— Comment le sais-tu ? demande Louis-Henri, augmentant sa mise de trois écus factices (trois graines de haricots secs).

Plantée dans un candélabre sur la table, une chandelle de suif de mouton fume. La flamme se promenant sur le visage d'Athénaïs met des lueurs sur ses mains qui se tendent en déposant son jeu :

— Tu as encore perdu. Je ramasse tes haricots-écus.

La cuisinière, Mme Larivière, arrive dans le salon sombre. Elle porte une coiffe à bavolet, tient à la main un bol dans lequel elle recrache une bouillie qu'elle a mâchée. Entre le pouce et l'index, elle en fait des boulettes molles qu'elle glisse entre les lèvres du nourrisson tandis que la marquise raconte :

— Un jour, pendant que tu étais en Lorraine, avec mon père et mon frère Vivonne, nous sommes allés voir le chantier du nouveau palais à Versailles. Au ministère de la Guerre déjà construit, mon gros

Vivonne a acheté une charge militaire pour la campagne contre les Barbaresques. L'embarquement à Marseille aura lieu le 13 juillet 1664. Ce sera la première guerre maritime du roi mais il n'ira pas. Elle sera sous le commandement de son cousin Beaufort.

Sur la table de jeu, le repas des Montespan amoureux est charmant en hachis et ragoûts comme on n'en trouve pas chez Dieu. Le vin n'a pas de nom car à quoi sert la gloire, mais puisqu'il est tiré, ne faut-il pas le boire ? Louis-Henri penche une bouteille à fond plat recouverte d'un clissage de paille. Le bouchon, abandonné près des cartes, est un morceau de bois entouré d'une filasse de chanvre suiffé. Le vin coule dans le verre d'Athénaïs qui fait mine de ne pas trop en vouloir :

— Tut, tut, tut, mon mari ! Le vin est déconseillé aux femmes car il peut les échauffer et les troubler jusqu'à leur faire perdre leur honneur !...

Mme Larivière lève les yeux au ciel en quittant le salon alors que Dorothée y entre pour remuer le berceau à bascule où la petite Marie-Christine s'endort. En bas de l'escalier, ça frappe soudain sèchement à la porte. La cuisinière, habituée, s'immobilise sur le palier.

— Ah, ces créanciers, c'est tous les jours et maintenant même le soir..., grogne Louis-Henri à voix basse.

Les Montespan entendent dans la rue Joseph Abraham – le perruquier et propriétaire solidaire – affirmer (genre la main sur le cœur) que :

— Mais puisque je vous dis qu'ils ne sont pas là

et que je ne sais quand ils reviendront. Hein ? Mais non, ce n'est pas de la lumière que vous voyez à la fenêtre de l'étage. Ce doit être un reflet de lune contre la vitre.

Athénaïs souffle la chandelle. Dans le silence et le noir, la fumée de suif de mouton est malodorante. La bougie de belle et pure cire, rare, coûte si cher.

— À Versailles, on ne brûle que de la cire, murmure la marquise.

Son mari chuchote :

— J'embarquerai moi aussi, comme ton frère, à bord d'un vaisseau de la Royale. Si Sa Majesté est absente, l'expédition contre les pirates sera moins aisée qu'à Marsal. Athénaïs, notre fortune est peut-être de l'autre côté des mers, vers Alger... Le plus difficile sera de trouver les dix-huit mille livres de frais d'équipage.

— Je t'interdis, Louis-Henri ! se fâche sa femme à voix étouffée. Tu m'entends ? Je t'interdis de partir encore risquer ta vie. J'aime mieux mourir que d'être trois mois sans te voir.

Le marquis pose ses lèvres contre celles de la marquise :

— Tu n'auras qu'à aller te distraire à Versailles avec ton père...

Ils entendent que, dans la rue Taranne, les roues de fiacre des créanciers s'éloignent, alors la mère de Marie-Christine rallume la chandelle avec une braise :

— J'ai rencontré dans le nouveau palais Louise de La Vallière. Tu sais, la favorite de... Elle m'a trou-

vée fort jolie et proposé de venir danser devant la
cour dans un ballet de Benserade : *Hercule amou-*
reux. Les représentations auront lieu cet automne.
Puisqu'il ne sera pas en Algérie, le roi y assistera
peut-être...

Elle se lève, entraîne son mari à danser autour du
berceau. Dorothée remonte à la cuisine. La marquise
souffle à la bouche de son époux :

— C'est dans la danse que tu apparais tel que tu
es. Et tous tes pas et toutes tes actions sont tribu-
taires aux yeux des spectateurs et leur exposent et le
bien et le mal dont l'art et la nature ont favorisé ou
disgracié ta personne...

Mais son trop grand marquis lourdement emperru-
qué est maladroit. Il lui marche sur les pieds, n'est
pas du tout dans le rythme qu'elle tente d'imposer.
Elle rit, saute à son cou. Ses mains le caressent. Sur
le front de Louis-Henri, elles font un fluide profond.
Il reçoit d'autres caresses que celles que fait le
devoir conjugal et il les reçoit aussi le jour qui n'a
jamais été le temps des maris.

Elle a noué ses jambes autour des hanches du
Gascon qui, après avoir remonté la couverture sur
Marie-Christine, emporte son épouse vers le palier
puis, là-haut, la chambre. Et la lune, à la petite
fenêtre de l'escalier, atteste sans mentir qu'ils s'aiment. Les ors du marquis sont les tas d'encore
d'Athénaïs. Elle est charmante envers son amour, le
dernier, hein, probablement. Sur le lit, ils se livrent à
leur nature dans l'oubli délicieux des pudeurs. Par-

dessus le corps de sa femme, tout en la déshabillant, il justifie la guerre qu'il devra livrer :

— Par une action d'éclat, Sa Majesté a décidé d'en découdre avec les Barbaresques. Ces insolents pirates turcs, sous la protection de l'Empire ottoman, sillonnent les côtes algériennes, pillent et sèment la terreur en Méditerranée que le roi entend dorénavant contrôler. Ils attaquent les navires marchands, volent les cargaisons, réduisent à l'esclavage les chrétiens à bord, prennent les femmes pour leurs harems.

— Pour leurs harems ?!... Aaah... Alors elles deviennent putains au soleil ?...

La marquise blonde et voluptueuse, cheveux défaits, est maintenant totalement nue. Louis-Henri est étonné par la curieuse boule qui pend au bout d'une chaîne autour de son cou :

— C'est quoi ?

— Un œil-de-chat porté sur la poitrine améliore la vue.

— Tu crois beaucoup aux sorcelleries.

Son mari lui lèche la pointe d'un sein mais il s'en dégage aussitôt en grimaçant. Athénaïs rit de sa surprise :

— J'ai badigeonné mes tétons de chicotin, cette pulpe de coloquinte au goût amer, pour contraindre Marie-Christine à une autre alimentation.

Le Montespan caresse la poitrine de *La*. Ses monts d'orgueil lui emplissent les mains :

— Les armées de Sa Majesté devront prendre et fortifier un petit port kabyle : Gigeri, qui ressemble à ton ventre. À l'arrière, comme tes seins, les pics arides de la montagne Sèche s'étagent doucement jusqu'à la mer.

Puis sous le sternum de sa belle, d'un pouce, il trace le contour arrondi de ses côtes flottantes :

— Gigeri marque l'entrée d'un golfe, petit mais profond : l'anse aux Galères.

Louis-Henri se glisse entre les jambes de sa femme puis, tête entre les genoux, il remonte le long des cuisses :

— Nous arriverons par là. Une flotte composée de quinze vaisseaux de guerre et dix navires de transport à bord desquels prendront place six mille soldats.

— Dont beaucoup vont mourir...

— Si la vie des hommes durait mille ans, il faudrait en avoir du regret. Mais, étant si courte, il importe peu qu'ils la perdent vingt ans plus tôt ou plus tard.

Les lèvres du marquis frôlent une toison blonde et frisée :

— Il s'agira en fait d'implanter et fortifier une base militaire permanente dans cette région stratégique et de damer le pion aux redoutables qui la convoitent. J'ai lu tout ça dans *La Gazette* de la semaine dernière.

La marquise sent le souffle chaud de son mari immobile et tellement proche. Elle ferme les paupières :

— On dit que la France n'a plus de marine ou pour le moins qu'elle est dans un bien triste état.

— Le départ n'aura lieu que dans deux mois,

alors d'ici là les navires seront consolidés. Il faut faire confiance en Sa Majesté.

Le mari, d'un mouvement de nuque, prend de l'élan pour plonger un baiser profond dans le sexe de sa femme, mais elle lui bloque le front avec ses paumes et le prévient qu'elle a ses règles :

— Le cardinal loge à la motte !

6.

Du sang plein le visage et des débris de cervelle au front, c'est la déroute. Sur cette plage de cité légendaire et fief des pirates aux effluves d'épices, l'officier Montespan est à genoux dans la poudre en dessous des étoiles, près d'une construction dont l'angle est heurté par des tourbillons de lumière. Il pousse ses hommes en habits de gala, se sent l'âme saoule. Une première ligne s'avance avec sang-froid, fait feu puis se retire. Une deuxième ligne prend sa place et ainsi de suite. Aux tirs s'ajoute le son des canons mais les ennemis sont si nombreux. Balles et boulets tirés à l'aveuglette. Les hommes de Louis-Henri tombent, les rangs s'éclaircissent. Bombardements et mousquetades redoublent d'intensité. Une déflagration signale l'explosion d'un ouvrage sous un feu intense. Comme des orgues noirs, les poitrines à jour des soldats du marquis, que serraient autrefois les gentes demoiselles, se heurtent longuement sur le sable dans un hideux amour. Et la foudre hurle à travers les espaces. L'incendie est au zénith, la mort dans la nature. Des curiosités vaguement impudiques épouvantent le rêve. L'ennemi bave aux murs, il monte, il pullule. Tous les bruits désastreux filent leur courbe dans de splendides lueurs de forge. C'est l'Enfer. Le feu gagne de partout, murailles attaquées, tirs d'armes. Depuis onze heures du matin, la situation est intenable. Après trois mois d'occupation de Gigeri, l'armée de Sa Majesté est soudainement rejetée à la mer le soir de la Toussaint 1664.

Deux jours plus tôt, Montespan, à l'écart, avait assisté aux délibérations d'un conseil de guerre. On s'y était demandé comment finir la muraille construite d'ouest en est – depuis la mer au pied de la montagne Sèche jusqu'à la pointe du Marabout – formant un demi-cercle en lignes brisées. Clerville, chargé des fortifications, avait poussé quelques petites crieries après Gadagne, commandant des troupes au sol :

— Il est soudain devenu impossible de s'approvisionner en bois et calcaire nécessaires à la fabrication de la chaux ! Pourquoi ? Et puis, vous m'aviez promis que les indigènes me fourniraient les matériaux. Où sont-ils ?

Le commandant des troupes au sol, en armure de fer, n'avait su que répondre, alors Beaufort avait ordonné :

— Si l'on a besoin de pierres, prenez-les dans le cimetière où doit passer la muraille.

Montespan, adossé contre un mur, avait osé émettre un doute à voix haute :

— Vous êtes sûr ? Les Kabyles ont déjà fort insisté pour que nous cessions les travaux avant la pointe rocheuse au bout de la plage. Pour eux, ce lieu est sacré. Il abrite le mausolée d'un marabout et des tombeaux de dignitaires de l'Islam. Si l'on profane les tombes musulmanes, Sidi Mohamed, qui jusque-là voulait bien nous laisser lutter contre les pirates, proclamera la guerre sainte...

— Mais de quoi se mêle ce capitaine ?! s'était énervé le cousin du roi qui dirige l'expédition. Monsieur, l'intrusion dans la marine de gens comme vous au pouvoir mal défini n'est pas du goût de tous. Les véritables guerriers de Sa Majesté méprisent les capitaines d'occasion qu'ils désignent sous le quolibet de « marquis frisés » ou, pire encore, de « bâtards du cotillon » !

Montespan s'était écrasé et ne l'avait plus ramené.

Il ne s'était pas une nouvelle fois surendetté et n'était pas venu ici pour se mettre à dos un cousin du monarque. Simplement, il lui avait semblé que... Mais presque tous les officiers – La Châtre, Martel, Charuel, Lestancourt, etc. – avaient ricané, serviles, autour de Beaufort. Seul le chevalier de Saint-Germain avait observé le marquis d'un air attentif. Le gros Vivonne s'était bidonné aussi (semblant oublier que lui-même avait acheté une charge de marine sans jamais avoir auparavant mis ses talons rouges dans une barque de rivière). Le cousin du roi, très sûr de lui, s'était gaussé en étirant ses moustaches parfumées :

— La plus grande puissance mondiale devrait-elle craindre une bande d'éleveurs de chèvres en burnou ? Allons donc, je n'aurai besoin que des blanchisseuses de l'armée pour garder les fortifications de Gigeri et les redoutes du djebel El-Korn. Servez-vous au cimetière.

Les soldats étaient alors allés desceller les pierres des mausolées pour terminer l'édification de la muraille. La nuit suivante, dans le désert, une voix avait psalmodié en arabe :

— Les morts privés de leurs tombeaux ont obtenu du Ciel la permission de se venger. Le Prophète leur est apparu et a promis de faire fondre les boulets des Français comme de la cire !

Montespan avait observé avec inquiétude les feux que les Kabyles avaient allumés sur les collines pour appeler la canonnerie turque et les douars éloi-

gnés à l'attaque contre le camp chrétien. Et puis
voilà.

C'est la révolte du Coran poussée par le sirocco !
Les étoiles crèvent les murs. Les fortifications sont
partout illustrées de chaudes fleurs et, dans le ciel,
ce sont des accidents de féeries scientifiques. La
réserve de poudre et de munitions explose, faisant
d'un millier de Français autour un tas fumant.
L'ordre d'évacuer ce pays poivré a été donné. Les
premières barques fuient en déroute avec les nappes
de brume. Près des tambours dorés et des rouges
canons abandonnés sur le sable, Montespan, dernier
capitaine à terre, tente avec ses mousquetaires de
ralentir la progression de l'ennemi pour que les
barques aient le temps de rejoindre les navires qui
les attendent au large. Mais l'armée turque est épouvantable avec ses bruits de houle, hurlant comme
une chienne, hurlant comme une mer, avec des
bâtons et des piques de fer, ses tambours et ses
grands cris de halle. Louis-Henri en a les yeux flottants. Il porte sur l'épaule gauche, pendant devant et
derrière, une double sacoche comme on en pose sur
le dos d'un cheval. Les sacoches de cuir ouvertes
débordent de bijoux, barres d'or, diamants en quantité, vaisselles fines et perles, qu'il a pillés, vite fait,
à son tour dans l'antre des pirates. Il n'a pas voulu
laisser toutes les richesses barbaresques volées dont
le port est empli. Cela remboursera cette expédition
désastreuse, l'ensemble de ses dettes, et il pourra
couvrir de cadeaux Athénaïs. Même à cet instant,

dans la lumière diluvienne des armes, il pense à *Elle*. Sa vue erre. Mais quoi, elle lui est tout – et merci ! Puis il court vers la mer mais les soldats tentent en vain de déséchouer une chaloupe où se sont entassés une centaine de blessés. Alors, avec Saint-Germain, accompagné de trois hommes, il retourne sur la plage. Saint-Germain, touché à la cuisse, s'effondre dans l'eau. Suivi de ses trois compagnons, Louis-Henri se jette avec furie contre les premiers Kabyles, en tue deux à coups d'épée (sans même savoir comment il s'y est pris) et casse l'élan des ennemis. Voyant la chaloupe s'éloigner enfin du rivage, il rompt l'engagement et se jette à la nage avec les derniers soldats. Les Turcs s'alignent maintenant sur la plage et comme à l'exercice tirent sur les cibles ballottées dans les déferlantes. Deux hommes sont abattus mais le troisième est sauvé de la noyade. Saint-Germain est encore touché à deux reprises. Les forces lui manquent. Dans un dernier élan, il réussit à tendre les bras vers l'embarcation. Louis-Henri, déjà à bord, agrippe sa main, le hisse lentement hors de l'eau. Saint-Germain, dégoulinant, lui promet :

— Je suis très proche du roi et saurai lui dire votre perspicacité et votre héroïsme. Sa Majesté vous récompen...

Mais un boulet, cette fois, l'atteint en pleine tête. Le torse du chevalier tombe dans les bras de Montespan.

La houle marine dans la nuit sans étoiles roule et déroule parmi les bruits sourds et les craquements du vaisseau – *La Lune* – à bord duquel le Gascon a

trouvé place. Le bateau surchargé de blessés est le
dernier à avoir levé l'ancre. Les autres navires de
transport – *L'Hercule, La Reine*... – (en meilleur
état) emmènent le haut commandement au large tandis que Louis-Henri est à bord de ce rafiot prenant
l'eau, qui se traîne. Il fut mal radoubé par Rodolphe,
le charpentier de Toulon. Des planches éclatent sur
le pont où les grands brûlés ont quitté leur chemise
de peau. Tout autour du marquis assis, les vents
rôdent sur des tronçons humains. Des linges blancs
ou bleus entourent les moignons de cette buanderie
militaire, ce bain populaire qui, pour les cœurs un
peu sensibles, rendent ces hommes plus effrayants
que des monstres. Et là, les formes, les sueurs de ces
centaines de christs aux yeux sombres et doux. Près
de Louis-Henri, un homme éventré fredonne. Sa
bouche est béante et ses manches font vaguement
par l'espace des signes fous auxquels personne ne
répond. Il chantonne :

> *Beaufort dans les conseils tonne,*
> *On le redoute avec raison,*
> *Mais à la façon dont il raisonne,*
> *On le prendrait pour un oison...*

De longues rames s'allongent et battent en
cadence la surface de l'eau. Au matin, à proximité
de la presqu'île de Giens, un terrible craquement
ébranle d'un coup *La Lune* qui s'ouvre en deux et
coule en un instant tel un bloc de marbre. Mille deux
cents blessés des régiments de Picardie et de Nor-

mandie sont perdus. Quelques-uns s'en sortent mira-
culeusement, s'accrochant à une chaloupe. Montespan, dans les bouillons aspirants, descend très profondément. Il a du mal à remonter, trop alourdi par
ses sacoches qu'il n'a pas lâchées du poing. L'or le
leste. Il doit s'en débarrasser. Dans les mouvements
d'eau provoqués par le bateau touchant le fond, tandis que les sables remontent et lui griffent le visage,
à tâtons il pioche dans le trésor dont il emplit
les poches de sa redingote militaire. Il lâche les
sacoches et remonte de son apnée au bord de l'as-
phyxie. La chaloupe est très au loin et il n'a pas la
force de crier. Il tente de se calmer et nage parmi des
corps mutilés, s'accroche à l'un d'eux pour
reprendre son souffle et, au ras de l'eau, contemple
le désastre de cette expédition manquée contre les
Barbaresques. Il se surprend à penser : « Où est donc
La Fontaine ? Le fabuliste n'en fait pas un beau sonnet ? Et Le Brun, ces moignons flottants ne l'inspi-
rent pas pour une jolie tapisserie ? » Puis il repart à
la brasse lente sur la Méditerranée en deuil mais il
est vraiment trop épuisé et, de chaque côté, les
poches pleines de sa redingote l'attirent encore vers
le fond. Il plonge la tête sous l'eau, arrache les cou-
tures. Il regarde, dépité, les lourds bracelets couler à
pic et les parures de diamants, colliers de pierres
précieuses, filer comme des serpents. Les rangs
brisés de perles ondulent et leurs petites taches
blanches s'échappent du fil. Elles s'éparpillent, scin-
tillent, et disparaissent dans l'eau noire.

Enfin, il voit au loin une prairie, et les derniers

boutons-d'or, les dernières marguerites, demandent grâce au jour. Il s'échoue sur la plage telle une méduse. Une joue dans le sable, sa bouche fait des bulles – un chapelet d'amour : « Athénaïs... »

Il rentre en France sans que son nom ait trouvé la moindre illustration dans cette guerre. Encore une fois, Montespan revient non couvert d'honneurs mais de honte et de dettes. Le cerveau bourré de chiffons, il arrive à pied, en chemise et tête nue, rue Taranne. Il grimpe les marches, ouvre la porte de la cuisine. Athénaïs, assise dans une cuve, prend un bain. Elle se lève, une serviette devant elle, puis, reconnaissant son mari, la laisse tomber dans l'eau. Louis-Henri regarde son ventre arrondi, bouche bée.

7.

— Une fille et puis maintenant un garçon : c'est ce qu'on appelle « le choix du roi » !

Constance Abraham, la femme du perruquier de la rue Taranne, s'extasie en contemplant un nourrisson endormi qu'elle soulève dans ses mains : « Ah, vive Dieu, qu'il est joli ce petit Louis-Antoine à la peau si blanche. C'est le portrait de sa maman ! »

Mais Athénaïs, près d'elle dans la boutique, se tord les doigts tandis que Marie-Christine – deux ans – s'accroche à la jupe de sa mère qui la repousse : « Laisse-moi. »

Louis-Henri de Pardaillan, assis dans un haut fauteuil, se fait raser et regarde sa femme :

— Ça va, Athénaïs ?

La marquise ne va pas bien. Elle se sent oppressée, a du mal à respirer et des envies brutales de pleurer. La bonne et dodue perruquière croit comprendre son malaise :

— Ne vous en faites pas, ma petite, il doit s'agir d'une réaction *post partum* relativement fréquente.

J'ai connu ça, moi, après la naissance de mon fils.
Tu te rappelles, Joseph ?

— Oh là ! s'exclame le perruquier, essayant un
nouveau postiche sur le crâne de Montespan. Tu
étais devenue tellement sensible : la moindre contra-
riété, et même parfois un compliment, te provoquait
une crise de larmes ou de colère. Tu perdais l'appétit, avais des insomnies et des difficultés pour te
concentrer à tel point que je me demandais si tu ne
pensais pas à quelqu'un d'autre.

— Bouh !...

La jolie marquise éclate en sanglots. Son mari
s'empare de la serviette sur ses genoux pour essuyer
d'un geste la mousse à raser de son visage. Il pousse
la bassine en cuivre devant lui, se lève :

— Athénaïs !...

Il enlace sa femme tandis que leur fille s'accroche
à elle : « Maman, maman. »

— Mais arrête de tirer sur ma jupe, toi, tu vas la
déchirer ! Oooh !...

Athénaïs fond en larmes, s'agenouille et s'excuse
aussitôt auprès de la petite : « Pardonne-moi, Marie-
Christine. Je ne suis pas une mère comme il faut. Je
n'ai pas d'instinct maternel... »

— Mais si ! lance à voix haute Constance Abraham, réveillant ainsi le nourrisson toujours dans ses
bras qui se met à pleurer. N'ayez crainte, ma jolie,
une dépression *post partum* ne dure jamais bien
longtemps. En l'espace de quelques heures à
quelques jours, vous vous sentirez à nouveau la plus

heureuse des mamans ! Et vous en voudrez plein d'autres, des enfants.

— Surtout que vous êtes fort féconde, votre poudre prend vite feu, constate le perruquier. À chaque retour de campagne, votre mari vous retrouve grosse.

Constance berce Louis-Antoine, qui continue de crier.

— La seule question qu'on peut se poser est : après le premier enfant qui ressemble tant à son père et le deuxième tellement à sa mère, à qui ressemblera le troisième ?

— Wouah !...

La marquise se relève, secouée de spasmes violents, dans un extraordinaire état de tristesse et d'angoisse. Penchés sur la rambarde de la mezzanine, les apprentis – portant des fers, des papillotes, de l'eau gommée à base de glu de cerisier pour durcir les boucles – lorgnent à la verticale les seins d'Athénaïs. Ceux-ci, dans les suffocations, bondissent, encore plus gros parce que destinés à allaiter, défont quelques boutons de la chemise. Les apprentis se penchent. La jupe moirée d'Athénaïs balance sur le carrelage de la boutique car elle s'enfuit en ondulant des hanches vers la porte du fond et l'escalier qui mène à l'appartement. Elle s'excuse :

— Pardonnez-moi, je suis ridicule !...

Les apprentis sont suffoqués par la rondeur remuante de son cul. Joseph Abraham, relevant la tête, découvre que plusieurs d'entre eux se touchent :

— Eh bien, là-haut, vous voulez que je monte vous aider ?

Montespan – de la mousse à raser traînant au menton et sous une perruque en chantier où pendent des ficelles de chanvre afin de lier les cheveux et des petites cares en fer pour les démêler et les étirer – est désemparé.

Mme Abraham, cherchant à calmer les hurlements du nourrisson, glisse dans sa bouche une sucette en forme de fleur de lys que Louis-Antoine tète aussitôt avec avidité, en silence.

— Montez prendre soin de votre femme, conseille la perruquière au mari, et trouvez de quoi la distraire. Ne vous en faites pas pour les bambins, je peux les garder jusqu'à demain si vous voulez...

— D'ici là, j'aurai fini votre postiche, ajoute Joseph. Donnez-le-moi que je le boucle.

Louis-Henri de Pardaillan, dorénavant en coiffe de dessous de perruque, remercie ses propriétaires. Il glisse le revers d'un index sur une joue du petit Louis-Antoine, se dirige vers sa fille qui vénère Athénaïs autant qu'il la vénère. D'ailleurs, adossée contre un mur, Marie-Christine, sous des grappes de cheveux vifs de Normandie pendant du plafond, soulève des mèches blondes de chaque côté de ses oreilles. En tournant ses doigts, elle essaie de faire des anglaises, d'imiter la coiffure inventée par sa mère.

8.

Quand Louis-Henri pénètre dans le salon, il trouve sa femme prostrée sur une chaise :

— Est-ce que ça va mieux, Athénaïs ?

Elle ne répond pas. Le marquis, devant la fenêtre, regarde les toits de la ville et le soir qui vient. Un avant-goût de l'ennui se profile à l'horizon. La marquise se mord l'intérieur de la bouche en faisant des grimaces. Enfin, elle se met sur le ton des oracles :

— Demain ce sera pire, après-demain pire encore.

Montespan s'assoit devant la table de jeu, ouvre une tabatière en ivoire. Il tend une prise parfumée à la bergamote à sa femme qui serre la bouche, détourne les yeux. Il allume une longue pipe blanche à petit fourneau, prend le tabac en fumée dans ce tuyau en os :

— Pourquoi tu dis ça ?

Elle accommode le cerceau au-dessus de son crâne, frotte son manchon, tantôt regarde son mari jusqu'à le pénétrer puis baisse les yeux en jouant de l'éventail, dit deux mots coupés incompréhensibles, laisse le temps suspendu, tombe dans un morne et long silence.

— J'ai que je voudrais être à l'abri du cortège de misères et de créanciers que mon mari m'offre chaque jour ! Je voudrais ne plus courir continuellement les tabellions et les usuriers, ne plus engager notre nom et nos insignes de noblesse ! Je voudrais ne plus te voir te cacher les jours d'échéance !

Louis-Henri hausse les épaules et reprend sa tabatière :

— Ah, je sais, homme peu considéré, j'ai du crédit comme un chien à la boucherie. Je suis plus pauvre que jamais mais j'ai ton cou, tes bras lestes et frivoles et la caresse, nuit et jour, de ta parole. Je suis riche de tes yeux. Je ne vis qu'en ton essence. Je suis riche de tes baisers sans nombre, la seule opulence, crois-moi, et que me fait que le temps soit sombre s'il fait soleil en nous.

— Il ne fait pas soleil en moi.

— Alors je tenterai ma chance dans une autre guerre. On raconte que la France et l'Espagne vont s'affronter en Flandre. Je te rapporterai des tissus de Gand, des titres de gloire, des bijoux d'Anvers, de l'or en barre...

— Ah, ne me parle pas d'or, je ramperais ! Je ne suis plus en humeur de vivre dans la pauvreté.

— Pendant ma campagne chez les Barbaresques, tu auras été pervertie par le luxe en allant danser à Versailles...

— Parbleu, j'aime le luxe. Je n'en dors pas d'aimer le luxe des habits et des repas et des danses et des lambris et tout le diable !

Elle étouffe :

— Je veux de l'argent, beaucoup ! Et il m'en faut tout de suite sinon ce serait une catastrophe.

Louis-Henri murmure :

— Pour moi, le pire serait de dire un jour : elle n'est plus ici.

Mme Larivière entre dans le salon et dépose sur la table de jeu le dîner des Montespan : des œufs frais et deux culs d'artichaut, un broc d'eau. Athénaïs tombe en larmes, Louis-Henri se lève :

— Allons dîner et jouer au hoca, au piquet, à la quadrille, dans un cercle du Marais. C'est là qu'on se divertit le mieux ! Et nous y boirons des vins de Champagne !

Dehors, le chalumeau d'un peuplier étire sa longue flamme verte et s'étonne. Le miroitement de ses feuilles aux vitres de la fenêtre répond aux frissons de la marquise qui relève ses yeux en pleurs d'entre les paumes. Son mari s'agenouille devant elle. Il lui baise les mains comme des châsses ou des bons dieux de métal plus ou moins précieux :

— Ce matin, j'ai loué pour un an les chevaux de notre carrosse au blanchisseur de la rue. Je devais reverser l'argent à un usurier. Tant pis, le Juif attendra ! conclut Louis-Henri en enlaçant brutalement la taille d'Athénaïs et relevant d'un geste ses jupes (*modeste, friponne, secrète...*).

Mme Larivière, gênée, demande :

— Bon, alors et moi, qu'est-ce que je fais du

dîner ?... Dorothée passe-t-elle la bassinoire pour tiédir votre lit ?

Le mari attrape sa femme comme une fille à soldat. Cuisses à nu de la belle et mollets par-dessus les épaules du marquis ! Caresses et coups bien tapés, ils défoncent la chaise. Mme Larivière s'en va, croise la domestique : « Ne rentre pas là, toi. »

Et les petits pieds d'Athénaïs effleurent à nouveau le plancher. Et les baisers répétés et la gaieté permise. Et les reflets sortis de la cheminée, sur les meubles cirés, aiment à nouveau tournoyer. Montespan dit :

— Ton rire éclaire mon cœur comme une lanterne une cave.

— Chéri, je vais mettre mon dernier bijou : ma parure d'émeraudes.

Louis-Henri se coiffe d'une perruque double usée qui n'est plus très à la mode. Dans la rue Taranne, ils hèlent deux chaises à porteurs. Une porte s'ouvre entre des brancards et Athénaïs pénètre dans la première caisse :

— À l'hôtel de Montausier !

Les valets du second véhicule, où a pris place Louis-Henri, s'évertuent à rester dans son sillage.

9.

Dans ce salon du Marais, Louis-Henri ne reconnaît plus sa femme. Celle-ci, cet après-midi, tellement désespérée, est maintenant comme un poisson dans l'eau. Elle déambule entre les tables de jeu. Bien des gens de la cour, venus ce soir à Paris, fixent aussitôt leurs regards sur elle, s'approchent et la flattent : « Quelle robe merveilleuse, et vous la portez avec tant de grâce ! Ce sont les fées qui ont fait en secret cet ouvrage ; âme vivante n'en avait eu connaissance ! » La conversation d'Athénaïs éclate en mots charmants plus naïfs que roués, bien que roués quand même. Alors qu'on lui propose sur un plateau d'argent des chocolats, elle fait mine de vouloir se raisonner :

— Ne pas en prendre trop... La marquise de Coëtlogon raconte que ce n'est pas parce qu'elle pratique le trafic d'esclaves mais parce qu'elle a mangé trop de chocolats étant grosse qu'elle a accouché d'un petit garçon noir comme le diable !

Autour d'elle, ça rit. Les perruques ébrouent leur poudre de fève. Passant près du billard où l'on

évoque ce duc d'Auvergne ayant récemment reçu le
bâton fleurdelisé, Athénaïs commente : « C'est un
maréchal que la seule vue d'un marcassin fait tomber en syncope. » Son humour féroce enchante et
touche sa cible en plein cœur. « Ce n'est pas un
homme, ni un petit homme, ce n'est pas une femme,
c'est une femmelette. »

— Oh !

Les courtisans s'esclaffent. Leurs lèvres s'étirant
découvrent des dents cassées et pourries mais ils ont
en bouche cannelle et clous de girofle afin d'avoir le
flairer doux. Un aristocrate conseille un autre : « Les
caries sont dues à des vers dentaires qu'il faut tuer
avec des emplâtres de poudre de corne de cerf
mélangée à du miel. » Et ils trinquent en buvant une
eau-de-vie de fenouil, demandent à Montespan :
« Qu'en pensez-vous ? » Cravate fatiguée en dentelle, justaucorps rapé et chausses à tuyaux d'orgue
avachies, Louis-Henri, sous les lambris d'or, tourne
sa veste sale. Il ne se sent pas à l'aise parmi ces
gens avec qui il faut toujours avoir la bouche ouverte
pour rire ou parler. Il reconnaît devant lui, tirée en
arrière et maintenue par un cerceau, la coiffure
caractéristique d'Athénaïs retombant de chaque
côté de la nuque. Derrière son dos, il la prend par la
taille et se penche à son oreille, elle se retourne. Ce
n'est pas Athénaïs mais une inconnue coiffée
comme elle. Il demande excuse : « Oh, veuillez me
pardonner, je croyais que... » et s'aperçoit que beaucoup de femmes de l'assemblée ont adopté la coiffure à la hurluberlu de son épouse. Un duc (Lauzun)

– taille ordinaire – ricane du spectacle de la gent féminine :

— Si les femmes étaient telles qu'elles le deviennent par artifice, visage aussi allumé et aussi plombé par le rouge dont elles se fardent, elles seraient inconsolables.

Trois petits chiens de Bologne l'accompagnent. Quand Lauzun pète, il les accuse alors du méfait. Montespan s'éloigne. Un orchestre de violons joue des branles et des courants. Des fruits confits sont servis par une cohorte de laquais. À une table de hoca, Louis-Henri dépose une petite mise, joue un jeu de garnison. Il surprend des chuchotements moqueurs, sent des regards, mais lui n'a plus d'yeux que pour sa blonde, là-bas.

Étendue sur un divan, elle apparaît comme un jouet magnifique et voluptueux très entouré. La vie étincelante sous le plafond en stuc orné de fleurs, de fruits et de scènes pastorales, lui plaît. Elle se délecte de la volatilité des mots :

— Mme de Ludres, quittée par son amant, ne parle plus d'aucune retraite au carmel ; c'est assez de l'avoir dit. Sa femme de chambre s'est jetée à ses pieds pour l'en empêcher ; peut-on résister à cela ?

Les fanfreluches des habits de tout le monde s'animent d'un rire tandis qu'elle poursuit : « Elle a grossi d'un pied depuis que son malheur est arrivé. Elle est étonnante. Chaque baleine que je vois me la rappelle. L'autre jour, quand elle est descendue de son carrosse, j'ai aperçu une de ses jambes presque

aussi grosse que mon torse. Mais je dois dire pour
être juste que j'ai beaucoup maigri ! »

— Aaah !...

Des femmes se lèvent et pissent sous leur robe.
Des domestiques arrivent et passent la serpillière.
Montespan, attendri, regarde Athénaïs qui veut
rayonner comme une enfant joue à la princesse
parmi les rires qu'elle déclenche. Sans doute parce
que les faits d'armes de Louis-Henri ont tourné court
– qu'il n'a pas réussi à s'illustrer sur les champs de
bataille pour capter l'attention du monarque –, sa
femme a décidé de réussir, elle, et avec ses moyens.
Parlant de Mme de Guiche, entrée en disgrâce au
palais, Athénaïs l'achève :

— Elle est inégale jusqu'aux prunelles de ses
yeux. Elle les a de différentes couleurs, et les yeux
étant le miroir de l'âme, ces égarements sont comme
un avertissement que donne la nature à ceux qui
l'approchent de ne pas faire grand cas de son amitié.

Athénaïs profère les vérités les plus assassines sur
un ton naïf et l'air totalement absent.

— Mme de Guiche se frise, se poudre elle-même,
et mange en même temps. Les mêmes doigts tiennent alternativement la houppe et le pain au pot.
Elle mange sa poudre et se graisse les cheveux. Le
tout fait un fort bon déjeuner et une charmante coiffure !

Dans cette société égoïste et frivole du Marais,
infiniment peu charitable par nature, où les luttes
pour une faveur prennent un tour sauvage, Athénaïs
excelle :

— Le confesseur du roi ? Ce père La Chaise est une vraie chaise de commodités. Il a une maîtresse, Mme de Bretonvilliers, que je surnomme « la Cathédrale ».

La Montespan a des persiflages pour tout le monde : « Mlle Untel ? Belle des pieds jusqu'à la tête mais pas plus d'esprit qu'un petit chat » ; « Mme Machin : ses grâces et ses beautés se sont tournées en gratte-cul » ; « Le duc Bidule aime tant recevoir que chez lui la nappe est clouée. Il a quelque faux brillant qui peut éblouir d'abord les étourdis mais ne trompe pas les gens qui font des réflexions » ; « Mlle Truc a beaucoup de suffisance et beaucoup d'insuffisance à la fois » ; « Monsieur est la plus sotte femme du monde et sa femme, Madame, le plus sot homme jamais vu. Son mari lui donne des enfants, aidé d'un chapelet qu'il entoure autour de son vit, ce qui occasionne moult cliquetis sous les draps conjugaux ».

— Oooh !

Les éclats de rire des puantes gencives édentées des courtisanes idiotes et poudrées... On ne peut rien voir de plus magnifique que les habits de tout ce monde. Louis-Henri, lui, se sent gauche dans ses vieux vêtements et sous son immense et lourde perruque mal ravaudée. Parmi les élégants déshabillés et mantilles de toutes les couleurs, les boucles d'oreilles, les colliers, il se trouve un peu honteux, encombrant, encombré. Athénaïs, front baissé sous les acclamations, redresse la tête, aperçoit là-bas son mari seul, se lève et va vers lui :

— Tu ne t'ennuies pas, Louis-Henri ? Tu préférerais qu'on rentre ? Est-ce que ça va ?

— Ça va. De te voir si contente d'être là, j'en suis
heureux.

— Tu es gentil...

— Quand tu entres quelque part, les autres
femmes deviennent invisibles. Quand tu parles, tu
les frappes de mutisme. Tu es tellement drôle, tellement belle...

— Marquise, votre mari a bien raison, s'exclame
l'hôtesse – la duchesse de Montausier – venant vers
les Montespan en tenant dans ses bras une chatte à
qui elle fait porter des colliers et des boucles
d'oreilles. Il n'y a pas de femme en France qui ait
plus d'esprit que vous et fort peu qui en aient autant.
Passer devant vos yeux, c'est passer par les armes.

— Oui, sourit Athénaïs, j'ai ce don de dire des
choses plaisantes et singulières, toujours neuves,
auxquelles personne ni moi ne s'attend.

— Aaah !

Le Montespan pouffe, la duchesse de Montausier
également et son mari, s'approchant, rit aussi :

— Quant à votre beauté, marquise, un jour d'automne que vous étiez venue danser à Versailles, j'ai
dit à Sa Majesté : « Regardez donc, sire, voilà une
fort belle statue ; en la voyant, je me demandais der-
nièrement si elle sortait du ciseau de Girardon et j'ai
été bien surpris lorsqu'on m'a dit qu'elle était
vivante. » Le roi m'a répondu : « Statue autant que
vous voudrez mais, vive Dieu, c'est une belle créature. »

Louis-Henri est ébahi :

— Tu entends, Athénaïs, le plus grand monarque du monde te trouve à son goût !...

La Montespan rosit. La duchesse de Montausier – soixante ans, le cheveu tout fin, frisotté, blanc – est suivie d'un esclave noir, affublé d'un costume chamarré et coiffé d'un turban, qui porte une ombrelle (dans un appartement !) comme ces petits animaux de compagnie dont on raffole. La couleur de sa peau met en valeur la blancheur de l'hôtesse prenant Athénaïs par le bras et l'entraînant vers un salon :

— Justement, ma petite, je me disais... La reine Marie-Thérèse, inquiète d'héberger un harem pour le roi, a décidé de congédier ses demoiselles d'honneur pour les remplacer par de respectables épouses.

— Sa Majesté avait un peu tendance à venir cueillir de jolies fleurs dans « le jardin » de la reine, explique le duc de Montausier à Montespan qui hoche la tête d'un air entendu.

— Le roi sélectionnera six dames avant fin décembre, reprend l'hôtesse. Les places seront limitées à deux princesses, deux duchesses, deux marquises ou comtesses. Presque toutes les femmes de la cour y prétendent, chacune fait sa cabale.

« Espérons cette fois-ci qu'aucune ne sera sa maîtresse... », commente le duc derrière Athénaïs qui se retourne : « Dieu me garde de l'être et, si je le devenais, je serais bien honteuse devant la reine. » Louis-Henri confirme en hochant la tête.

— Les princesses d'Elbœuf et de Bade, les duchesses d'Armagnac et de Créqui, la marquise

d'Humière, semblent bien placées, pronostique l'hôtesse. Il y avait aussi la comtesse de Guiche mais,
comme vous l'avez tout à l'heure si drôlement évo-
qué, elle est entrée en disgrâce, donc... Voyez-vous
ce que je veux dire, monsieur ? demande la duchesse
sous son ombrelle en pivotant le visage vers un
Montespan bouche bée. Je pourrais solliciter auprès
du monarque, si vous m'en donniez l'autorisation, la
promotion de votre femme en tant que dame d'honneur de la reine.

— Oh, mais ce serait merveilleux pour Athénaïs !
s'exclame aussitôt Louis-Henri face à son épouse
qui écarquille de grands yeux et n'en revient pas.

— Dame d'honneur... à Versailles ! Vous pensez
que ce serait possible, madame de Montausier ?

— Vous avez les qualités pour cela : que d'appas,
que d'attraits, de charmes ! Pour tout dire en un
mot : que d'armes !

— Et comme vous, côté armes..., chuchote le duc
à l'oreille de Montespan. Marsal, Gigeri, vous ont
beaucoup endetté et rien rapporté, je crois. Sachez
que les dames d'honneur sont largement pensionnées !
met-il en évidence pour finir de convaincre Louis-
Henri qui n'a pas besoin de l'être. Bien sûr, cette
charge n'inclut pas le mari dans ses fonctions...

— Bien sûr.

Là-bas, des joueurs devant un rideau rouge hur-
lent, s'arrachent les cheveux et pleurent comme rue
Saint-Denis. Le marquis de Beaumont vient de
perdre intégralement sa fortune en une seule partie.
Il affiche un calme imperturbable. Chacun sait que

tout à l'heure, chez lui, il se brûlera la cervelle. Athénaïs dit :

— Nous allons partir. La tête me tourne.

Après les saluts, remerciements, promesses de se revoir vite, les Montespan s'en vont. Place royale, un bossu accroupi se lève, sort de sous une arcade. Il tient au bout d'un bâton une grosse lumière.

— Cinq sols la course ! Qu'est-ce que c'est cinq sols lorsqu'on a comme vous, Monsieur, les talons rouges ?

Le marquis indique son adresse et donne la pièce.

— Vous êtes raisonnables, apprécie le porte-lanterne. La forêt la plus funeste et moins fréquentée du royaume est auprès de Paris un lieu de sûreté...

Sa vessie lumineuse va et ondule. Les ombres se tassent, s'étirent sur les murs. Les amoureux de la rue Taranne, se prenant par le bras, suivent le bossu. Athénaïs appuie le sommet de son crâne contre l'épaule du grand mari :

— Si j'obtenais la place, on rachèterait la location des chevaux de notre carrosse.

Elle sort de son aumônière un œil-de-chat qu'elle embrasse. Rue Saint-Benoît, Louis-Henri dit :

— Je ne savais pas que le roi t'avait vue...

— Je l'ai vu aussi.

— Ah bon, comment est-il ? Une fois, dans la foule, je n'ai pu apercevoir que le haut de sa perruque.

— Il est petit. Il a des yeux sombres au charme exotique.

Devant la porte du modeste logis des Montespan,

le boiteux porte-lanterne se retourne et les attend. Il
semble lire dans les nuages de buée s'échappant de
leur bouche en cette nuit glacée de début décembre.
Puis, insecte volant, il court vers le Châtelet en bour-
donnant :

— Charme exotique...

10.

— Rooh... Oh, oh, oh !... Gru-gru-gru !

Athénaïs gronde, étire ses anglaises sur les côtés en l'air comme des cornes de diable. Elle fait une tête terrible aux yeux qui tournent :

— Attention, je suis un démon...

Sa fille de trois ans – la pâle et maigre Marie-Christine – s'enfuit sur le carrelage du perruquier en hurlant de terreur et de bonheur tandis que sa mère la poursuit vers l'escalier qui mène à l'appartement des Montespan :

— Rooh... Oh, oh, oh !...

— Ça s'arrange, les contrecoups des relevailles de votre femme..., commente, dans la boutique, Joseph Abraham en installant une perruque neuve sur le crâne de Louis-Henri. Rien à voir avec hier. C'est votre soirée en ville qui lui aura fait du bien ?

— Elle a appris que le roi l'avait remarquée et, ce matin, on lui a annoncé qu'il voulait la rencontrer aujourd'hui même.

— Le roi ?!... Mais pour quoi faire ?

— On ne peut encore rien dire tout le temps que

ce n'est pas sûr. Athénaïs prétend qu'annoncer les choses à l'avance porte malheur. N'est-ce pas, chérie ? lance-t-il au miroir présenté devant lui pour qu'il y admire son postiche mais dans lequel il regarde venir le reflet de la jeune marquise aux airs de Belzébuth pourchassant Marie-Christine :

— Rooh... Oh, oh, oh !... Gru-gru-gru !

L'enfant se réfugie entre les jambes de son père assis sur un fauteuil aux accoudoirs en cuir rembourré et clouté. Pendant qu'on poudre sa perruque d'amidon, il caresse les cheveux fins de sa fille devenue écarlate et dont le cœur bat très vite. Mme Abraham porte le nourrisson dans ses bras et sourit :

— Vos enfants furent charmants, hier, Athénaïs. Louis-Antoine a bien tété la nourrice, fait sa nuit. Et la petite, quand elle vous retrouve et que vous jouez avec elle, paraît tellement heureuse... On dirait qu'elle revit.

— Rooh... Oh, oh, oh !... Gru-gru-gru !

L'enfant quitte les jambes de son père. À nouveau des galopades tandis que Montespan et le perruquier se mettent à parler politique :

— Que pensez-vous de la nouvelle guerre, cette fois-ci contre l'Espagne, qui se prépare ?... demande M. Abraham au marquis tout en le rasant.

— Sa Majesté a raison ! Philippe IV, avant de mourir à Madrid, a confié la régence à sa femme et, par testament, éliminé sa fille de la succession. Or si dans le traité des Pyrénées, qui a établi les clauses du mariage entre le roi de France et la cadette du roi d'Espagne, il avait été effectivement précisé que

Marie-Thérèse était tenue de renoncer à la succession de Philippe IV, en contrepartie celui-ci s'engageait à verser en trois termes une dot de cinq cent mille écus d'or... Si la dot n'était pas payée, la renonciation devenait caduque. C'était un fait stipulé. L'Espagne n'a jamais été en mesure de s'acquitter de la somme considérable promise. En conséquence Louis réclame maintenant pour son épouse sa part de succession. Au nom du droit de dévolution, la France revendique la Flandre espagnole. Un ultimatum rédigé vient d'être refusé par la veuve de Philippe IV. Elle ne veut rien céder, pas même un hameau des Pays-Bas. Cette réponse ne tient pas compte de la réalité de la situation. Les forces sont infiniment favorables au roi de France. En revanche, on s'attend à de nombreux soulèvements vers la frontière des Pyrénées...

— Est-ce encore une guerre à laquelle vous allez participer ?

— J'aimerais bien..., soupire le grand Louis-Henri en se levant et s'aspergeant de son parfum : réglisse et fleur d'oranger. J'aimerais bien... D'autant plus que je comprends Sa Majesté. Comme mari il s'oppose à cette usurpation. Il a raison ! On ne peut pas tout accepter non plus. Il y a des choses qui ne se font pas.

Athénaïs arrive dans le dos de Louis-Henri et lui renifle la nuque en baissant les paupières :

— Tu sens bon. Cette odeur, je la reconnaîtrais partout. Même très vieille et aveugle après que tu m'auras abandonnée dans un hospice, si tu entrais, je saurais que c'est toi.

Il se retourne, elle l'embrasse :

— Ne va pas à la guerre. Si les choses s'arrangent comme je l'espère, je t'assure que par mon entremise je saurai faire oublier à Sa Majesté les frasques de ton oncle et que tu auras aussi ta place à la cour. Laisse-moi agir cette fois-ci.

— Non, Athénaïs, je dois être remarqué par le roi sur des champs de bataille ! Ne pas être vu par lui revient tout bonnement à ne pas exister. Lorsqu'il déclare de quelqu'un : « Je ne le connais pas. C'est un homme que je ne vois jamais », cela veut dire qu'il n'est rien. Le sourire du monarque est la vie, son silence : la mort... Mais quand on passe son temps à déshabiller saint Pierre pour habiller saint Paul, où trouver encore de l'argent pour une compagnie de quatre-vingt-quatre maîtres bien montés outre les équipages des valets, trente chevaux et mulets ?...

La marquise porte autour du cou son collier d'émeraudes qu'elle défait :

— Vends ma parure. Un prêteur sur gages de la rue des Anglais m'a dit qu'elle valait quinze cents livres. Tu pourras déjà équiper quelques soldats.

— Mais, et toi ? Tu vas à Saint-Germain-en-Laye...

— Eh bien ? J'irai, gorge nue.

— C'est beau, l'amour..., constate Constance Abraham.

Marie-Christine, face à sa mère, enlace les genoux

de celle-ci avec ses bras. L'arrière de la robe rose pâle, étirée par l'enfant, accentue l'arrondi du cul de la marquise, la finesse de sa taille, le dessin de ses cuisses... On la croirait nue. Les apprentis penchés à la mezzanine en restent bouche bée. À la verticale, ils la voient ensuite s'écrier : « Salut la compagnie ! Je ne reviendrai sans doute que dans quelques jours. La duchesse de Montausier m'hébergera au château et me prêtera des tenues. Je file. Je ne voudrais quand même pas manquer le carrosse collectif pour Saint-Germain ! Monsieur de Montespan, je te confie nos enfants. Quant à toi, petite fille, rooh... Oh, oh, oh !... Gru-gru-gru ! »

Marie-Christine s'enfuit en courant. Sa mère se retourne et hisse, haut, les mains au ciel. Les seins en s'élevant font déborder leurs pointes du décolleté de la robe. C'est trop. Les apprentis, par paires, s'attrapent par-derrière, avec frénésie, au bord de la rambarde. Ils tirent la langue comme des dingues. Joseph Abraham, qui s'en aperçoit, saisit une badine et monte à la mezzanine en donnant des coups sur les marches :

— Mais ce n'est pas possible, vous êtes des chiens en rut !

11.

La domestique des Montespan – Dorothée, onze ans maintenant, déjà un peu voûtée et timide – verse sur les doigts de Louis-Henri de l'eau aromatisée à la feuille d'eucalyptus. Le marquis s'essuie les mains à la nappe de la table de jeu puis porte une cuillère d'étain à ses lèvres. Mme Larivière, debout près de lui et mains sur les hanches, lui demande :

— Que vous semble du goût de cette soupe ? Sentez-vous le citron dont on a mis le jus avec des jaunes d'œufs dans du verjus ?

— Oui, c'est très bon.

— Vous aurez ensuite une salade de pousses de houblon et, pour le dessert, des poires « vilaines d'Anjou ». J'ai empli un pot de vin de Cahors.

— Merci madame Larivière.

Montespan, tout en déjeunant, lit la page des affaires étrangères du *Mercure Galant* posé près de son assiette lorsque s'ouvre la porte du salon. Un rayon de lumière y entre. Il lève les yeux, son visage s'éclaire :

— Rinçure de bouteille, où étais-tu depuis plus de dix jours ?

— Non mais, comment il parle, celui-là, à une dame d'honneur de la reine de France ?

— Non ?!...

Le marquis bondit de sa chaise et ouvre des bras où se jette sa femme. Leur fille, assise près de la cheminée, court vers les jambes de sa mère. La collision des trois corps dégage une poussière d'or dans le rayon de soleil provenant de la fenêtre. Cette pluie d'étoiles s'abat ensuite, lentement, sur le berceau où dort Louis-Antoine.

— Je suis tellement content pour toi ! lance le mari amoureux, pleine bouche dans celle de son épouse.

Mme Larivière détourne la tête. Les grandes mains de Louis-Henri attrape les fesses d'Athénaïs. La cuisinière, d'un signe du menton, indique à la domestique de sortir de la pièce puis demande :

— Madame déjeunera-t-elle aussi ?

— Et ce n'est pas tout !... déclare encore la marquise au mari. Le roi m'offre également la succession des boucheries de Paris.

— La quoi ? s'étonne Louis-Henri.

— L'impôt que les bouchers paient lorsqu'ils passent la main. Avant, l'aristocrate qui possédait ce privilège recevait des bouchers un aboivrement – un festin et un gâteau pétri aux œufs –, mais maintenant ce sont des pistoles.

— Le roi te fait don de cela ? Quelle drôle d'idée.

— C'est pour nous aider.

— Mais pourquoi agit-il ainsi ?

— Je crois que Sa Majesté m'apprécie. Je l'égaie en singeant les mines et les aguicheries des filles lancées à l'assaut de son cœur royal. Depuis que je suis arrivée à Versailles, Louis assiste au coucher de la reine. Il vient m'y entendre donner la chronique du jour où chacun se trouve brocardé par ma verve. Il délaisse sa maîtresse La Vallière pour venir m'écouter. La reine en est fort satisfaite et m'a beaucoup remerciée.

— C'est formidable ! lance Montespan en s'asseyant devant son assiette tandis que la cuisinière emplit celle de la marquise qui s'assoit aussi.

— Que vous semble de cette...

— Vous avez malencontreusement fait tomber un citron dedans ? C'est différent des délicatesses des maîtres queux de Versailles, commente Athénaïs en reposant sa cuillère et poussant la porcelaine devant Mme Larivière qui encaisse l'affront.

— J'avais prévu pour ce soir du chou-fleur braisé dans un bouillon à la noix de muscade. Mais Madame préférerait peut-être une sole – la perdrix de la mer – ou bien des bécasses avec du pain grillé au beurre pour les accompagner.

— Je ne dînerai pas là. Je suis seulement venue chercher quelques robes avant de retourner à la cour. Dites à la domestique de me les préparer.

— Tu repars déjà ? demande son mari

L'épouse, coudes sur la table et avant-bras dressés, croise ses doigts sur lesquels elle pose son menton :

— Sais-tu que Sa Majesté t'apprécie aussi, Louis-Henri ?

— Qui, moi ?

— En ce qui concerne ta compagnie de chevau-légers et de miquelets pour laquelle tu n'as pas assez d'argent, le roi ordonne que l'État paie la différence.

— Tu plaisantes ! Jamais il ne fait ça pour personne, alors pour...

— Ce courrier de Louvois t'est adressé, sourit Athénaïs en sortant de l'échancrure de son corsage une lettre.

— Le secrétaire d'État à la Guerre qui m'écrit, à moi ?...

Le marquis gascon n'en revient pas de ce qu'il découvre et commente à voix haute.

Monsieur de Montespan,

Nonobstant la résolution que Sa Majesté a prise de ne pas entretenir de compagnies de cavalerie, elle m'a toutefois commandé de vous faire savoir qu'elle veut bien entretenir la vôtre en considération de la dépense que vous avez faite pour la mettre sur pied.

— Ça alors...

C'est ce que je fais présentement savoir, de la part de Sa Majesté, à M. le duc de Noailles pour qu'il mette votre compagnie dans un quartier du Roussillon où il y aura le plus souvent des occasions de rendre vos services au roy...

— Près de la frontière espagnole ? J'aurais préféré le suivre en Flandre mais...

... afin que, par ce moyen, vous puissiez mériter un régiment dans la première occasion qui se présentera.

— Quoi ?! Un régiment pour moi ?

Je me réjouis avec vous des avantages que Sa Majesté vous fait, vous assurant que je prendrai toujours beaucoup de part à ceux qui vous arriveront.

François Michel Le Tellier,
marquis de Louvois

— D'autres avantages m'arriveront ?... Mais pour quelle raison ?

Athénaïs se garde de lever les yeux du bord de la table :

— Je ne sais pas...

Mme Larivière l'observe puis ramasse les assiettes dont personne ne semble plus vouloir. Elle quitte le salon et, sur le palier, appelle : « Dorothée ! » tandis que Louis-Henri remarque, ému, la façon dont Marie-Christine, debout près de la chaise, enlace un bras de sa mère aux paumes posées sur les genoux.

La petite fille frotte une joue contre le coude de sa maman. Les paupières closes, elle semble respirer à nouveau comme si tout le temps que cette chaleur maternelle était à Versailles elle avait vécu en apnée. Son père la comprend. Lui aussi aime tant caresser Athénaïs. Elle est tellement gracieuse, cette plus belle dame de France – un rêve de pierre comme on n'en voit qu'idéalisé dans les parcs royaux. Et cet être est sa femme ! Le mari en pleurerait de bonheur.

L'ovale parfait du visage d'Athénaïs, ses hauts sourcils blonds, sa bouche qui se resserre de manière
comique lorsqu'elle est étonnée ou pensive.

La tête sans doute encore pleine de cortèges en
gondole sur le Grand Canal, elle traîne maintenant
un regard d'ennui dans le médiocre foyer de la rue
Taranne. Les murs gris-vert écaillés la désolent. Les
plinthes cassées, couleur de framboise écrasée, l'at-
tristent, les pauvres chaises à sangles la ligotent, la
tapisserie de Moïse râpée l'use et le tanin noir des
meubles démodés remonte en elle comme un cauchemar enfoui. Sa fille l'ennuie à la serrer ainsi. Elle
la repousse : « Mais arrête ! » puis déclare à son
mari : « Il faudra trouver une solution. Toi, à la frontière espagnole, et moi à la cour, je ne pourrai pas
m'occuper des deux enfants. »

— Voudrais-tu que j'emmène Marie-Christine à
Bonnefont en allant dans le Roussillon ? Ma mère
s'en occuperait.

Athénaïs ne répond pas. Elle écoute naître en elle
des aspirations vers une autre existence, s'impatiente
déjà d'aller de fête en fête à la suite de Sa Majesté.
Elle murmure : « Un jour où il y a eu des rafales de
pluie, le Roi-Soleil s'est découvert, a posé son chapeau sur ma tête devant la cour étonnée et m'a
reconduite au Palais. »

— Mais qu'est-ce que tu lui as fait au monarque ?

Louis-Henri regarde sa blonde devenir plus pâle
que les perles dont son cou est paré.

— Tu portes un nouveau collier ? Est-ce aussi le
roi qui te ?...

Heureux, il frappe de ses deux larges pognes la table :

— Que d'attentions ! Un titre de dame d'honneur, un impôt parisien, un chapeau secoureur sous une ondée, un rang de perles... Et moi qui aurai bientôt un brevet de colonel ! Sa Majesté désarme enfin l'hostilité qu'elle portait à ma famille et la rétablit dans d'anciennes faveurs.

Il se lève sur les carreaux de poterie en argile du sol penché où le soleil laisse s'étaler une grande faux de lumière. Devant la fenêtre qu'il ouvre et dans le rayon, il se fait l'adulateur de l'astre diurne. Sa femme le regarde crier : « Vive le roi ! »

12.

Les séjours d'Athénaïs à Saint-Germain-en-Laye, au château de Marly ou à Versailles, sont de plus en plus longs et elle rentre de plus en plus tard au domicile conjugal. Son mari ne s'en offusque pas. Il patiente dans le cortège des jours gris du petit appartement presque déserté par l'épouse. En attendant la guerre de Dévolution contre l'Espagne, il traîne avec philosophie son ennui loin de sa femme partie sur une orbite de plus en plus proche du Roi-Soleil. Un soir qu'elle revient en vertigineux décolleté, Mme Larivière, sur le palier, la regarde passer dans l'escalier et grommelle à Dorothée :

— Faire montre de son sein publie que la bête est à louer.

Louis-Henri, debout dans le salon et devant des cartes des Pyrénées déroulées sur la table de jeu, tient à la main un verre d'eau. Au moment où il porte le verre à ses lèvres, sa femme entre. Il lui trouve les yeux baissés. Elle n'a pas changé de couleur mais lui qui la connaît ne la croit pas moins embarrassée.

— Louis-Henri, j'ai une grâce à te soumettre mais il faut me l'accorder. Sans cela je t'avoue que je serais fort piquée.

Athénaïs veut demander à quitter la cour et que son mari l'emmène à Bonnefont : « C'est trop d'être dame d'honneur, c'est trop la succession des boucheries, c'est trop que le roi paie une partie de ta compagnie, c'est trop de vivre à la cour. Allons habiter auprès de ta mère avec nos enfants en Guyenne. »

Montespan refuse :

— Dans un inconfortable et vieux château au fond du royaume, en pleine nature sauvage et au milieu des croquants ? Tu vas t'y ennuyer.

Elle supplie Louis-Henri de renoncer à ses projets de compagnie, le supplie de l'emmener. Il rit des émois, se moque d'elle qui insiste :

— Versailles est un pays effroyable et il n'y a pas de tête qui n'y tourne. La cour change les meilleurs.

— Elle ne te changera pas. J'ai plus confiance en toi que toi-même.

Un autre jour Athénaïs arrive, rouge et gênée, avec un nouveau collier de perles. Elle se cache le front sur le cœur de son mari aux odeurs de réglisse et de fleur d'oranger : « Il est encore temps de partir. »

Louis-Henri, en robe de chambre des Indes, sourit et s'amuse à la vouvoyer :

— Expliquez-vous, madame !

— Que je m'explique ? Sache donc que cette fête dont tout le monde parle, intitulée « Amours déguisés » où je figurerai en nymphe marine et Sa Majesté en Neptune brandissant un trident de bois doré, le roi la donne pour moi.

— Eh bien, n'es-tu pas assez belle pour qu'on te donne des fêtes ?

— Louis-Henri, puisqu'il faut te le dire, le roi est amoureux de moi.

— Eh bien ! L'amour du roi n'est pas une injure.

— Louis-Henri, j'ai peur.

— Mais de quoi ?

— La nuit dernière, à Versailles, j'ai fait un rêve. Dans ce rêve, je gravissais une montagne. Parvenue au sommet, je fus éblouie par un nuage brillant avant de plonger dans une obscurité si profonde que la peur m'a réveillée.

13.

— Louis-Henri, penses-tu que je sois le diable ?

— Mais non, pourquoi tu dis ça ? Tu me prends pour Marie-Christine ? Est-ce que tu vas me faire aussi : « Rooh... Oh, oh, oh !... Gru-gru-gru » ?

Une nuit claire, dans leur lit à colonnes torsadées de la rue Taranne, la marquise a soulevé ses paupières et sorti son mari du sommeil. Tous les reflets infiniment pâles de la lune remuent sur son visage.

Ses yeux sont deux grands trous. Elle dit à son époux une histoire qu'elle ne lui a jamais racontée :

— Pendant mon enfance à Lussac, je frissonnais souvent de peur en écoutant, le soir, ma nourrice relater la légende familiale d'une ancêtre du XVIe siècle. Renée Taveau, fille du baron de Mortemart, avait épousé mon bisaïeul, François de Rochechouart. Mais la jeune mariée tomba vite malade et agonisa. Elle ne respirait plus, son pouls ne battait plus, on l'ensevelit, alors qu'elle n'avait pas encore vingt ans, avec sa bague de diamant d'une belle eau. « Cette pierre est trop scintillante pour rester dans l'obscurité d'un caveau », avait songé un valet cupide. Il attendit la nuit pour violer la sépulture et voler le bijou. Mais impossible de faire glisser la bague du doigt plié et raidi. Alors il décida de le couper en mordant l'articulation. Quand il plongea ses dents dans la chair glacée, la « morte » s'éveilla brusquement dans un hurlement. Bien entendu, on eut vite fait de parler de Renée comme d'une créature diabolique animée de pouvoirs surnaturels. Cependant, le mari fut si heureux de retrouver sa femme qu'il lui donna un enfant – mon grand-père.

Sous la couverture de maille de Hollande, les Montespan nus se réchauffent en mêlant leurs âmes. Athénaïs énonce à son époux dans des grincements du lit de noyer :

— Je suis la résurrection d'un corps mort...

— Tu veux dire un miracle ? Ça, je le savais que tu étais un miracle.

— Est-ce que tu crois que je suis un démon ?

Louis-Henri se braque par-dessus sa blonde au sexe mangeur – anthropophage cher qui veut le lait de sa chair. Quant aux autres femmes, oh, là, là ! guère il n'y pense. ELLE est là, élastique et rafraîchissante à l'infini de ses rêves. Il tourne saint, on croit. Une prière est fredonnée à voix si basse qu'on entend comme un vol d'anges qui passe. Puis... tais, morale, tes murmures, leurs nœuds intimes deviennent incoercibles.

14.

— *Dans les jardins d'mon père les lilas sont fleu-ris, Dans les jardins d'mon père les lilas sont fleu-ris ; tous les oiseaux du monde vienn'(nt) y faire leur nid.*

> *Auprès de ma blonde*
> *Qu'il fait bon, fait bon, fait bon,*
> *Auprès de ma blonde*
> *Qu'il fait bon dormir.*

— *Tous les oiseaux du monde vienn'(nt) y faire leur nid. Tous les oiseaux du monde vienn'(nt) y faire leur nid, La caill', la tourterelle et la jolie per-drix.*

Sur la grande route royale qui va vers Bordeaux, un miquelet à pied, en uniforme et tête de colonne, gueule à tue-tête les couplets d'une chanson dont les autres soldats martèlent ensuite, derrière lui et du talon, le refrain :

> *Auprès de ma blonde*
> *Qu'il fait bon, fait bon, fait bon,*
> *Auprès de ma blonde*
> *Qu'il fait bon dormir.*

Ce miquelet, maréchal des logis – Cartet –, est un brutal épais friand de la lame. Il porte des moustaches comme des gardes de poignard, retroussées en croc avec un fer à friser, et chante, ouvrant grand sa gueule aux dents noires ou explosées :

— *La caill', la tourterelle et la jolie perdrix, La caill', la tourterelle et la jolie perdrix, Et ma jolie colombe qui chante jour et nuit.*

> *Auprès de ma blonde*
> *Qu'il fait bon, fait bon, fait bon,*
> *Auprès de ma blonde*
> *Qu'il fait bon dormir.*

Dans le refrain clamé en chœur, on reconnaît tous les accents de France car les enrôlés proviennent de beaucoup de régions du royaume. Ils suivent Cartet, qui les emmène au pas vers la Catalogne, en l'écoutant :

— *Et ma jolie colombe qui chante jour et nuit, Et ma jolie colombe qui chante jour et nuit, Qui chante pour les filles qui n'ont pas de mari.*

> *Auprès de ma blonde*
> *Qu'il fait bon, fait bon, fait bon,*
> *Auprès de ma blonde*
> *Qu'il fait bon dormir.*

— *Qui chante pour les filles qui n'ont pas de mari, Qui chante pour les filles qui n'ont pas de mari, Pour moi ne chante guère car j'en ai un joli.*

Montespan, à cheval, sourit en découvrant le maréchal des logis à gueule d'éventreur évoquer son joli mari.

Auprès de ma blonde
Qu'il fait bon, fait bon, fait bon,
Auprès de ma blonde
Qu'il fait bon dormir.

— *Pour moi ne chante guère car j'en ai un joli,*
Pour moi ne chante guère car j'en ai un joli, Dites-
nous donc, la belle, où donc est vot'mari ?

Louis-Henri regarde ailleurs et songe à Athénaïs pour qui il a signé, avant de quitter Paris, une « procuration générale avec pouvoir de puissance à l'effet de gouverner tous leurs biens communs pendant son absence » car il a toute confiance en elle.

Auprès de ma blonde
Qu'il fait bon, fait bon, fait bon,
Auprès de ma blonde
Qu'il fait bon dormir.

— *Dites-nous donc, la belle, où donc est vot'*
mari ? Dites-nous donc, la belle, où donc est vot'
mari ? Il est dans la Hollande, les Hollandais l'ont
pris.

Le marquis se surprend à fredonner aussi :

Auprès de ma blonde
Qu'il fait bon, fait bon, fait bon,
Auprès de ma blonde
Qu'il fait bon dormir.

Beau cavalier pâle sous la bannière du duc de Noailles, le mari amoureux chevauche près du convoi. Dans les fontes de sa monture, il a glissé des bas de sa belle. Parfois, il les prend et les hume.

La route grimpe sur des premières collines. Les prés remontent vers un village sans coqs ni enclumes où les habitants se sont barricadés. Pas un nuage, pas un souffle, rien qui plisse. Des guêpes, çà et là, volent, jaune et noir.

Le voyage est long et le chant de marche aussi. Heureusement car ça fait passer le temps. Partis fin janvier, ils ne seront pas à destination avant début mars pour combattre les Angelets de la guérilla espagnole. Des paysans à l'horizon dans les champs, les apercevant, s'éloignent.

— *Il est dans la Hollande, Les Hollandais l'ont pris, Il est dans la Hollande, Les Hollandais l'ont pris, Que donneriez-vous, belle, Pour revoir vot' mari ?*

La troupe est suivie par une cohorte de voitures de service alourdies de malles et tractées par des mulets. Montespan, casaque bleue et plumes au ciel, tire sur les rênes, se laisse dépasser par ses mique-lets, en habit de drap rouge, dont beaucoup se feront tuer. « Mourir, c'est dormir, a dit Shakespeare. Si ce n'est que ça... », se débarrasse le marquis, arrivant à la hauteur d'un chariot bâché. Il soulève la toile grise.

Auprès de ma blonde
Qu'il fait bon, fait bon, fait bon,
Auprès de ma blonde
Qu'il fait bon dormir.

— *Que donneriez-vous, belle, Pour revoir vot' mari ? Que donneriez-vous, belle, Pour revoir vot' mari ? Je donnerais Versailles, Paris et Saint-Denis.*

Sous la bâche et à l'abri de la lumière, la petite Marie-Christine dort allongée sur des sacs de poudre explosive, de viande séchée, de sel, et entre des chandelles rassemblées en boisseaux, des bonbonnes de vinaigre. Louis-Henri, en faisant un détour par Bonnefont, laissera sa fille à Chrestienne de Zamet.

> *Auprès de ma blonde*
> *Qu'il fait bon, fait bon, fait bon,*
> *Auprès de ma blonde*
> *Qu'il fait bon dormir.*

— *Je donnerais Versailles, Paris et Saint-Denis, Je donnerais Versailles, Paris et Saint-Denis, Les tours de Notre-Dame et l'clocher d'mon pays.*

L'enfant, en rêvant peut-être de sa mère, remue les lèvres. Parfois, on dirait qu'elle murmure également :

> *Auprès de ma blonde*
> *Qu'il fait bon, fait bon, fait bon,*
> *Auprès de ma blonde*
> *Qu'il fait bon dormir.*

15.

Oh, mais l'air est tout plein d'une odeur de bataille ! Devant Puigcerdá les crachats rouges de la mitraille sifflent par le ciel bleu. Des blessures éclatent dans les chairs. Et l'air meurtrier aux tortures qui rient est atrocement houleux.

Le maréchal des logis Cartet avance à plat ventre, sur les coudes, et rejoint Montespan à l'abri derrière un rocher près d'une monture :

— Capitaine, un postillon militaire vient d'apporter des nouvelles. La campagne du roi en Flandre est une balade de santé. Turenne est en train de souffler lestement la région à la régente d'Espagne. Là-bas, c'est un voyage triomphal. Les villes tombent comme des châteaux de cartes. Dans chaque cité prise, Sa Majesté donne un bal masqué et paré. Les belles Flamandes viennent visiter cette cour qui fait des conquêtes en chantant et dansant.

— Eh bien, bougresse de pute, ce n'est pas pareil dans les Pyrénées !...

Autour de Louis-Henri, ce sont des scènes lyriques accompagnées de flûtes et de tambours sur une terre pentue, chaude de soleil et rouge de sang. Les boulets déferlent dans des cliquetis de couleurs. Un plomb cruel brille dans sa course, siffle et fend les airs. Cartet baisse la tête et poursuit :

— Sa Majesté s'amuse à prendre la Flandre dans son carrosse royal. Assis face à la reine, il a à sa droite la favorite Louise de La Vallière et à sa gauche votre épouse...

— Ah, ma femme est là-bas ? Je ne savais pas. Bon, allez, maréchal des logis ! On ne va pas prendre racine ici sur ce flanc de montagne.

Le marquis, mousquet au poing, saute sur sa monture et s'élance à découvert. Hardiesse, désespoir, sa grandeur pathétique... Il reçoit dix ou douze blessures aux bras, aux épaules, aux jambes. Néanmoins il tient, mais son cheval touché meurt entre ses jambes. Étant à nouveau à terre, sans monture et grandement affaibli du sang qu'il perd par ses plaies, il songe à cette guerre aux frontières pyrénéennes – une larmoyable histoire qu'il mène depuis presque six mois.

Cette partie de la Catalogne, attribuée à la Couronne de France par le traité des Pyrénées en 1659, doit maintenant payer plus d'impôts que lorsqu'elle était espagnole, dont la gabelle qui irrite la population. Cela provoque des soulèvements. Les paysans convoquent au son du tocsin les Angelets, financés par l'Espagne, qui mènent la guérilla, pas des batailles selon les règles. Les soldats français, mal préparés à cette lutte d'embuscade au cœur d'une région hostile et à la nature fortement sauvage, sont

décimés. Le marquis a perdu beaucoup de ses chevau-légers. Les autres furent contraints de s'enfuir et
Montespan, en sang, maintenant délire. Il voit sa
femme partout. C'est elle, là-bas, derrière les rosiers.
La compagnie, au capitaine atteint, bat en retraite.
Le marquis sent marcher sur lui d'atroces solitudes.
Il roule aux blessures parmi tous ceux dont le dos
brûle mais Cartet, hilare et à genoux, l'enlace de ses
gros bras :

— Capitaine, capitaine, restez en vie ! L'Espagne
et la France vont signer un traité de paix à Aix-
la-Chapelle. Louis renonce à la gabelle en Roussillon...

Louis-Henri regarde le visage du maréchal des
logis qu'il confond avec celui de sa femme :

— Tu fais voir maintenant de drôles d'os quand
tu souris, Athénaïs !... Les entiers ne sont guère
blancs et les autres, des fragments noirs. Dans la
gencive, ils ne tiennent qu'à peine. La toux pourrait
les mettre à tes pieds, déchaussés et sanglants. Ah,
ne te mêle donc plus du métier de rieuse, ma belle,
dit-il à un Cartet étonné. Ces chicots, cache-les, chérie, et fréquente les convois funéraires, deviens pleu-
reuse.

Le maréchal des logis annonce aussi que le postillon militaire a donné une lettre de Louvois pour le
marquis. Cartet lit la missive – *Monsieur de Montespan, ayant considéré que votre présence n'est plus
nécessaire au service de Sa Majesté aux lieux où
vous êtes, je vous fais cette lettre pour vous dire que
le roi trouve maintenant bon que vous veniez par
deçà et alliez partout où vos affaires vous appelle-*

ront – mais Louis-Henri n'entend pas car il s'est
évanoui.

Le rugueux Cartet aux moustaches en gardes de
poignard (celui qui pendant le voyage chantait de sa
grosse voix qu'il avait un joli mari) soulève délicatement l'époux d'Athénaïs entre ses mains plus fatales
que des machines, plus fortes que tout un cheval :

— En remontant vers le nord, je le laisserai dans
son château de Bonnefont.

16.

— Ah, mais vous boitez maintenant, monsieur le marquis ? s'étonne Mme Larivière, sortie de la cuisine du deuxième étage de la rue Taranne.

Sur le palier, elle s'essuie les mains contre son tablier tandis que Montespan commence à grimper l'escalier sombre en se tenant à la rampe.

— Et puis vos épaules, vos bras, ont de drôles de formes, là..., s'inquiète la cuisinière qui descend quelques marches.

— Je reviens d'une guerre, madame Larivière... Les bosses aux manches, ce sont les amas de charpie à soldat par-dessus mes plaies, qui déforment les habits.

— Votre compagnie a-t-elle gagné la bataille, cette fois-ci ?

— Ma femme n'est pas là ? demande le mari, pénétrant en claudiquant dans le salon du premier étage.

— Je croyais que c'était elle quand j'ai entendu la porte s'ouvrir en bas. Elle a fait prévenir qu'elle passerait en coup de vent ce matin.

Face à la cheminée, la domestique Dorothée qui

mettait des bûches à brûler en ce mois de novembre se retourne et cherche quelqu'un autour du marquis :

— Vous n'avez pas ramené Marie-Christine ?

— Non, je l'ai laissée à Bonnefont avec ma mère et le maréchal des logis de ma compagnie que j'ai embauché comme concierge. Il va avoir du travail car le château est dans un état...

Soudain un son de clé dans une porte qu'on ouvre en bas et une voix qui tonne :

— La cuisinière, la domestique ! Mes affaires sont-elles prêtes ? Allez, descendez-les de la chambre. Une voiture royale m'attend pour retourner à Saint-Germain-en-Laye. Hop là ! Hop là !

On entend un bruit de paumes qui claquent pour activer les choses et un cliquetis de bottines légères qui grimpent vite les marches. Athénaïs entre dans le salon en retirant un manteau.

Son mari la découvre alors, ébahi, dans une robe très originale en mousseline de soie verte ample et fluide qu'il ne lui avait jamais vu porter.

— Madame a inventé cette robe et l'a baptisée « l'Innocente »... Elle est du dernier cri dans le Marais et aussi à la cour paraît-il, persifle la cuisinière à qui la marquise jette un œil froncé.

L'époux amoureux contourne sa belle arborant « l'Innocente » ballante d'un style nouveau. C'est comme une grande chemise d'homme qu'elle fait bouffer à la ceinture basse, ce qui cache le ventre sur lequel Montespan pose ses paumes. Le ventre est arrondi.

— Oh, vive Dieu ! Athénaïs, tu es encore ?...

Mais Louis-Henri fait aussitôt ses comptes. Parti pour les Pyrénées il y a onze mois, cette grossesse avancée ne doit rien aux œuvres du mari :

— Comment est-ce possible ?

« C'est le signe du doigt de Dieu, l'œuvre du Saint-Esprit », ricane la cuisinière alors que le marquis demande à sa femme :

— Qui est le père ?

— Louis-Henri, je t'avais dit de ne pas me laisser près du roi... On ne peut rien refuser à Sa Majesté.

Dorothée actionne un soufflet alors que Montespan croit sécher sur pied :

— J'avais reçu à Bonnefont une lettre anonyme qui m'apprenait que le roi avait quitté sa favorite pour devenir ton amant. Je n'en croyais rien.

— Les maris sont les derniers à ouvrir les yeux sur la réalité de leur infortune, explique la cuisinière sous sa coiffe à bavolet.

— ... Je me disais : ce pays regorge de bavards et de fanfarons toujours prêts à salir la plus honnête épouse, et moi je ne suis pas prêt à donner aux potins d'antichambre la majesté de l'Histoire...

— La façon brillante dont elle a aussi berné la reine montre chez elle un assez joli pouvoir de fourberie, ose dire Mme Larivière d'Athénaïs qui lui réplique : « Savez-vous bien qui je suis ? »

— Oui, je crois, Madame. N'est-ce pas vous qui avez acheté la charge de Mlle de La Vallière ?

— Sortez de ce salon !

La cuisinière fait signe à Dorothée de venir aussi puis se penche à l'oreille de sa maîtresse. Elle lui dit qu'elle est une menteuse, une friponne, une coquine, une pute à chien.

— Quittez cette maison ! s'exclame l'autre.

Les deux employées referment la porte derrière elles. Les larmes viennent aux yeux du marquis et ses larmes parlent pour lui bien mieux que tout ce qu'il peut dire :

— Mon Dieu, que ton ventre me pèse ! Et que tu n'es pas la seule qu'il fait étouffer, soupire-t-il en contemplant la dame d'honneur enceinte (« blessée dans le service »).

— On ne laisse pas son épouse aux fêtes et dangers de la cour, Louis-Henri, et il est impossible de se soustraire aux pressantes avances du roi, murmure Athénaïs.

— Il ne peut obtenir ce que tu ne consens pas à lui céder.

— Aux désirs de ce roi, nul ne se dérobe. Et il exige des femmes une soumission immédiate. Un refus aurait eu des conséquences irrévocables pour moi, pour toi, pour les enfants. Nos familles entières auraient été chassées de France...

Les cornes poussent à la tête du marquis. Deuil de deuils, malheur de malheurs, tout ce triomphe enseveli, démence !

— Je n'ai jamais senti une douleur si vive que celle que je sens aujourd'hui, ma chère.

Cela lui donne tant de souffrance qu'il se voudrait empoisonner avec le vif-argent de son miroir.

— Et il n'y a rien au monde que je refuserais pour me venger.

— Que vas-tu faire, Louis-Henri ?

Il lui dit une réponse d'oracle, que les hommes font d'ordinaire dans les commencements :

— Je t'aimerai toute ma vie.

Il s'approche de la blonde, pose les paumes sur la mousseline de soie verte de ses épaules mais celle-ci lui écarte les bras :

— Je n'ai plus le droit d'appartenir à un autre homme, fût-ce à mon mari. Et puis chasse la cuisinière ! Son arrogance et sa mauvaise humeur envers moi sont insupportables et sa figure parfaitement déplaisante. Elle ressemble comme deux gouttes d'eau à un cul. Elle est toute bistournée, avec cela une tête qui branle sans cesse dès qu'elle m'aperçoit. Voilà le beau cadeau que la vieille ordure nous fait. Elle...

Le marquis, pleine paume, assène à la joue gauche de sa femme une gifle si énorme qu'elle en gardera, sur sa peau blanche, la marque pendant au moins trois mois.

17.

Dans l'hôtel particulier des Montausier, toutes les femmes sont coiffées à la hurluberlu. Elles portent aussi une robe « innocente » et, sur la joue gauche, la marque étoilée de cinq doigts. Ce maquillage couvre la peau dans des teintes mauves et bleues. Louis-Henri n'en revient pas. Découvrant l'ample mousseline au ventre des dames de condition, il se demande si le roi les a toutes engrossées également.

Lui, des semaines sans dormir, a perdu son visage d'homme heureux en ménage. Il a maintenant une figure de chat écorché, des yeux rouges. La perruque de travers, il déboule comme une furie, l'injure et l'outrance à la gueule, dans le cercle de jeu au premier étage. Il crie que le roi est un second David, un voleur, un vil séducteur ! Il dit rage et toutes les insolences imaginables contre Sa Majesté. Du billard à la table de trou-madame, il terrorise les courtisans qui le fuient de crainte de voir leur position à la cour compromise parce qu'ils ont écouté les imprécations du marquis.

Ils étaient dans la joie et l'abondance. Ils faisaient

bonne chère et jouaient gros (l'argent roule ici), et
puis soudain Montespan gâche tout. Il déclenche un
tapage épouvantable. Il flétrit et juge indigne l'attitude d'un monarque qui, pour son bon plaisir, foule
aux pieds les principes de la famille, de l'amour !
Ses tirades ennuient et plongent dans l'embarras, et
quand les gens ne bâillent pas, ils raillent ce mari qui
a le mauvais goût de se plaindre que le roi séduise sa
femme :

— Le bruit est pour le fat, la plainte est pour le
sot. L'honnête homme trompé par le roi s'éloigne et
ne dit mot.

Mais l'autre poursuit ses critiques véhémentes,
déverse imprudemment moult imprécations bibliques
sur l'auguste tête du souverain. Une dame lui dit :
« Vous êtes fou, il ne faut pas faire tous ces contes. »
Aveuglé par la rage, il n'accorde pas la moindre
importance à cette mise en garde. Il jette des yeux
partout, cherche quelqu'un, aperçoit enfin la vieille
duchesse Julie de Montausier.

Assise sur une chaise percée garnie de son bassin
en étain, elle chie en société tandis que les nobles
qui l'entourent font un concours de vents qui les
amuse follement. Elle-même lâche des perles. Le
Montespan fond sur elle :

— Rendez-moi Françoise !

— Qui est Françoise ?...

— Ma femme que je ne nommerai plus que par
son nom de baptême. Athénaïs, cela fait trop... Versailles. Vous m'avez pris mon épouse pour la livrer
au roi. Rendez-la-moi ! Je l'aime.

La Montausier s'en étonne :

— Il y a quatre ans que vous avez été unis par le sacrement du mariage et vous aimez encore votre épouse ? Si je puis me permettre, votre poissonnier éprouve le même penchant pour la sienne. Mais vous, monsieur, êtes marquis ! Croyez-vous que mon mari m'aime, moi ? Monsieur le duc, m'aimez-vous ?! fait-elle en tournant la tête à droite.

— Mais bien sûr que non, lui répond son mari.

Montespan est stupéfait :

— Pourtant, dit-il au duc, c'est bien vous qui avez, jadis, fait écrire par les plus beaux esprits du temps *La Guirlande de Julie ?*... ce recueil unique de madrigaux offert pour sa fête comme un bouquet plus délicat et plus durable que celui de véritables fleurs.

— C'est vrai... chaque poème comparait Julie à une fleur différente : la rose, la tulipe... mais je convoitais surtout la dot de Mlle de Rambouillet.

Celle-ci devenue sa femme ne s'en offusque pas le moins du monde, contrairement à Louis-Henri :

— Pourtant, en vous voyant tous deux, je croyais que...

— Si vous jugez sur les apparences en ce lieu-ci, monsieur de Montespan, vous serez souvent trompé. Ce qui paraît chez nous n'est presque jamais la vérité.

Le Gascon en reste bouche bée.

— Quant au roi, reprend la vieille à cheveux blancs, s'il estime de son devoir d'avoir pour maî-tresse votre femme, la plus belle de France, la plus désirable du royaume, et de l'exhiber comme un trésor, il n'y a pas de quoi se fâcher et venir nous faire quelque petite querelle d'Allemand. Vous feriez mieux d'invoquer saint Léonard, patron des femmes en couches, pour l'arrivée du bâtard !

Montespan n'en croit pas ses oreilles. Capitaine de chevau-légers, il devient oublieux du bon ton jusqu'à parler à la duchesse le langage des camps. Tout d'abord, une autre fleur qu'elle pourra ajouter à sa *Guirlande de Julie* :

— Fleur de cuistrerie et de méchanceté au parfum de lucre et de servilité poussée en plein terrain d'hypocrisie !

— Oooh !...

— Ratatinée, guenipe, ordure, vieille ripopée ! Bouge tes fesses de là et me chercher ma femme où je t'explose le fondement !

— Oooh !

La duchesse se met à trembler sous l'ombrelle tenue par l'esclave noir. La princesse d'Harcourt, choquée par les propos sanglants du Gascon, en défèque dans sa robe. Lèvres fort lippues et le cheveu filasse, elle a souvent une envie de chier et une promptitude à s'en soulager tout debout, ce qui met au désespoir ceux chez qui elle va. Elle s'éloigne dans les lueurs du grand feu de la cheminée se reflétant contre les lambris dorés, salit le parquet d'une effroyable traînée. Lauzun, qui s'approche de Montespan, se marre et lui raconte :

— Une fois, un comte accommoda un pétard sous son siège dans ce salon où elle jouait au piquet. Comme il allait y mettre le feu, moi (âme charitable) l'avisa que ce pétard l'estropierait et l'en empêcha. Un autre soir, à Saint-Germain-en-Laye, les courtisans firent entrer une vingtaine de gardes suisses avec des tambours dans sa chambre qui l'éveillèrent dans son premier somme. Ils l'accablèrent de boules de neige. Elle s'éveilla, échevelée, criant à pleine tête et remuant comme une anguille sans savoir où se fourrer. La nymphe nageait dans son lit d'où l'eau découlant de partout noyait sa chambre. Il y avait de quoi la faire crever !

Louis-Henri s'en va. Dans la rue, un chanteur clame un refrain d'actualité :

> *On dit que la Montespan,*
> *La faridondaine, la faridondon,*
> *On dit que la Montespan*
> *Cache un petit bidon...*

Rue des Rosiers, à l'hôtel Mortemart, le Gascon est accueilli par le joufflu géniteur de Françoise ! Le marquis demande aussitôt à son beau-père ce qu'il pense de la catastrophe. L'autre répond :

— Dieu soit loué, c'est la fortune qui entre dans notre maison !

Le gendre ne comprend pas :

— Comment ça ?...

Le duc de Mortemart – gros yeux verts à fleur de tête, petite bouche ourlée et joviale – explique :

— J'avais trois cent mille livres de dettes, le roi les règle à ma place simplement parce que je suis le père de sa nouvelle maîtresse... Il m'offre aussi le titre de gouverneur de Paris et d'Île-de-France. Et pour le dédommager de s'être approprié la vertu de sa sœur, Sa Majesté nomme mon fils, Vivonne (cet imbécile), général des galères et vice-amiral du Levant ! Alors vous, le mari, imaginez les bénéfices que vous pouvez espérer !

— J'espère Françoise...

— Louis-Henri, vous êtes stupide. Toutes les grâces, tous les honneurs sont prêts à fondre sur vous. Il vous suffirait de vous taire et de fermer les yeux. Mais vous préférez crier très haut quitte à subir les violences de l'arbitraire. C'est ce que beaucoup ne vous pardonnent pas. Vous les gênez d'oser mettre ainsi un grand roi en fâcheuse posture.

— Moi, je le mets en fâcheuse posture ?...

— Il faudrait vous enfermer aux Petites-Maisons comme un fou. Et puis jetez ce chapeau gris. Le roi déteste les chapeaux gris et il ne faut jamais déplaire à Sa Majesté.

Montespan trouve que l'air, ici, est aussi un peu scélérat. Le beau-père s'emporte dans ses dentelles :

— Ah, que n'êtes-vous comme d'autres, vous auriez bien arrangé votre existence et seriez mort maréchal de France et gouverneur d'une bonne province plutôt que de traîner toujours une meute de créanciers à vos chausses.

— Je suis amoureux de votre fille...

— Le prince de Soubise a montré une autre élégance et pourtant lui aussi, au début, rechignait quand Louis posa les yeux sur sa femme. Il a même tenté de faire croire à Sa Majesté qu'elle était scrofuleuse : « C'est une belle pomme, sire, mais elle est gâtée dedans. » « Vraiment ? avait répondu le roi, je vérifierai par moi-même en allant dedans. » Alors l'époux courba la tête et eut la délicatesse de se faire rare pendant la durée de la liaison. En récompense, il reçut une forte somme d'argent et l'une des plus belles maisons de Paris. Il transforma en corne d'abondance les cornes de sa honte.

Gabriel de Rochechouart, duc de Mortemart, se sert une petite eau de cerise, en propose à son gendre qui refuse d'un geste en soupirant :

— Donc, il n'y a que mon oncle – Henri Gondrin, l'archevêque de Sens – pour prendre mon parti... Lui, blâme en pleine chaire l'adultère du roi.

— Sa Majesté l'amadouera avec un chapeau de cardinal. Louis-Henri, être cocu, c'est la chance de votre vie. Ne la ratez pas, elle ne repassera pas.

— Comment peut-on penser que je me tairai, m'en accommoderai ?...

— Vous êtes fou.

— Fou de Françoise.

— Ah, ça le reprend ! Que d'histoires parce que le roi aime à se rôtir le balai dans ma fille.

Montespan hésite à s'illustrer par un beau-parricide.

— Louis-Henri, acceptez cet état de fait sinon tout le monde finira par vous trouver mauvais goût. Le roi est irrité par les manifestations bruyantes et réitérées d'un sujet assez insolent pour oser lui réclamer sa femme. Vous devenez dans Paris un sujet de comédie. D'ailleurs il paraît que Molière écrit une pièce sur vous.

— Ah bon ?

18.

AMPHITRION

Arrivé sur scène devant sa demeure de Thèbes et
près d'un domestique (Sosie) joué par l'auteur de la

pièce, Amphitryon est fâché après Jupiter car il vient d'en apprendre une bien bonne !... Il a découvert que, pendant qu'il était à la guerre, le dieu (qui chevauche un aigle là-haut sur son nuage) l'avait cocufié en prenant son apparence physique pour passer la nuit avec sa femme (Alcmène) et que, de cet hymen, un enfant allait naître :

JUPITER
Chez toi doit naître un fils qui, sous le nom d'Hercule...

Un homme marié apprécie rarement qu'un autre lui annonce que sa femme est enceinte et que le prénom soit choisi sans qu'on le consulte. Mais ce qui est amusant pour les spectateurs du théâtre du Palais-Royal ne l'est évidemment pas pour Amphitryon ni pour Montespan dans la salle.

Louis-Henri, debout au parterre parmi la foule, a payé sa place quinze sols. Les chaises à six livres se trouvent au balcon, dans les loges, et sur les côtés de la scène où le roi, accompagné de Françoise, assiste à cette représentation du 16 janvier 1668. Le mari ne distingue pas les traits de son rival car envahi de plumes, mais parfois il perçoit derrière, selon qu'elle se penche en avant ou se recule contre le dossier, la nuque blonde de son épouse et parfois le profil du visage. Souvent les acteurs se tournent avec déférence vers le monarque. À d'autres moments, ils apostrophent Montespan dans le public :

— *Les coups de bâton d'un dieu font honneur à qui les endure.*

— *Ma foi ! Monsieur le dieu, je suis votre valet mais je me serais bien passé de votre courtoisie...*

La foule rit autour du marquis. Les aristocrates le bousculent. De coups d'épaule en coups de hanche, peu à peu, ils le déplacent jusqu'au centre de la salle, pile sous l'énorme lustre à chandelles enflammées du plafond. C'est la première fois que Louis-Henri va au théâtre. Il ne sait pas qu'il est maintenant à l'endroit exact qu'il faut éviter au parterre – sous le lustre aux nombreuses bougies qui gouttent abondamment en fin de représentation. Après un prologue et deux actes, c'est le troisième et dernier. La cire déborde des coupelles, pleut sur l'épaisse perruque du marquis mais lui ne s'en aperçoit pas car il est tout au spectacle. Il écoute la consolation plaisante à l'époux trompé sur scène :

JUPITER

Un partage avec Jupiter
N'a rien du tout qui déshonore ;
Et sans doute il ne peut être que glorieux
De se voir le rival du souverain des dieux.

Montespan saisit les transparentes allusions à sa situation en cette époque où le plaisir d'en haut est la seule loi. Ce qu'il pense de la pièce ? Que c'est une pièce-flagornerie, une pièce de courtisan, Molière s'est rangé du côté du roi (il a bien fait de se réserver un rôle de valet !). Et Jupiter essaie de convaincre Amphitryon qu'il ne doit garder nulle amertume et se regarder, au contraire, comme le plus heureux des hommes car il aura beaucoup à y gagner :

JUPITER

L'éclat d'une fortune en mille biens féconde
Fera connaître à tous que je suis ton support,
Et je mettrai tout le monde
Au point d'envier ton sort.

Ces propos ne sont pas de nature à apaiser Amphitryon qui fait des mines dépitées et cocasses. Molière a trouvé dans le mythe de la naissance d'Hercule l'occasion de ridiculiser Montespan pour amuser le public. C'est une pièce à machines avec des trappes, des poulies, un treuil, du spectaculaire pour la plus grande joie des spectateurs et Jupiter, sur son nuage, s'élève dans les airs et un bruit de tonnerre. Plein d'éclairs, il disparaît, enfumé aussi, aux nues sous les applaudissements. La cire pleut toujours à la perruque du marquis. Elle ruisselle dans les boucles qu'elle durcit et blanchit. On dirait une congère chaude qui se fige, alourdit le postiche, pendant que Molière, en Sosie, semble directement s'adresser au Gascon en lui rappelant que sa mésaventure est dans l'ordre des choses mais que :

Le seigneur Jupiter sait dorer la pilule.

En bord de scène, derrière la rangée de chandelles dont la lumière devient insuffisante, l'auteur larbin conclut la pièce :

SOSIE

Tout cela va le mieux du monde ;
Mais enfin coupons aux discours,
Et que chacun chez soi doucement se retire.
Sur telles affaires, toujours
Le meilleur est de ne rien dire.

Louis-Henri entend dans ces derniers mots un ordre adressé au commun des mortels : qu'il ne se mêle pas de juger Jupiter ! Qu'il s'abstienne de tout commentaire ! « Sur telles affaires, a conclu Sosie, toujours le meilleur est de ne rien dire. » La consigne s'impose non seulement pour l'importun mari mais pour les bavards. Point de murmures : « Coupons aux discours, a dit encore Molière, et que chacun chez soi doucement se retire. » Mme de Sceaux et Mme de La Trémoille, après une orgie de curry à midi, sont maintenant prises d'une envie pressante dans leur loge. Elles se soulagent au creux des mains puis jettent leurs déjections vers Louis-Henri, en bas au parterre. Sur les épaules du marquis, maintenant, ça sent la merde et le curry. Il remarque, étonné, des coulures de chiasse rouler le long des manches de son justaucorps. Il lève les yeux au plafond et reçoit sur le visage la pluie de cire brûlante tombée du lustre. Tout le monde s'est reculé en cercle autour de lui. Il est comme un champignon au centre d'une clairière. Il découvre des stalactites blanches pendant aux bords de la perruque de chaque côté de sa figure. Il aura vraiment été le dindon de la farce dans la salle et sur scène. Pour une fois qu'il va au théâtre !... Ce n'est pas ça qui va lui donner envie d'y retourner. Ça sent le roussi. Quelqu'un, dans son dos, vient de mettre le feu à son habit. Une porte de secours, en face, est ouverte. Louis-Henri court pour aller se jeter dans l'eau du caniveau. Les flammes s'élèvent sur son dos. Il traverse des rires de dents déchaussées ou gâtées aux effluves de beurre rance, de miel moisi dans les caries. On lui fait des crocs-en-jambe, l'empêche de progresser. Il va peut-être mourir brûlé lorsqu'une cape d'ecclésiastique s'abat sur lui et le serre pour étouffer le feu.

— Mon oncle !...

C'est Henri Gondrin, l'archevêque de Sens, frère du père de Montespan – beaucoup de lumières et de hauteur d'âme, une réputation nette du côté des femmes, rare chez les prélats. Louis-Henri, tombé au sol, est honteux que son oncle l'ait vu si humilié en public mais l'autre file déjà vers le roi, descendu de scène :

— Sire, votre adultère apparaît comme un blasphème, un sacrilège s'incarnant physiquement dans un corps sacré !

Le Gascon au sol – tapotant ses épaules, ses

manches, pour éteindre les dernières flammèches et entouré de fumerolles âcres qui s'élèvent – tourne le dos au roi, là-bas. Les doigts pleins de cendres d'habit, de merde et de cire collante aux phalanges, il ne voit pas le monarque mais l'entend répliquer vertement à son oncle :

— Gardez vos prêches pour votre diocèse où je vous condamne à l'exil et la résidence forcée jusqu'à nouvel ordre !

Louis-Henri, assis sur les dalles, pivote la tête. Près de lui, les bas de soie rose de Lully pris d'un grand rire d'hystérie à son spectacle d'homme déconfit. Le musicien frappe violemment plusieurs fois le marbre, de la pointe ferrée de sa canne, manque d'écraser les doigts du marquis mais celui-là, entre les pattes de l'Italien, ne contemple plus que Françoise près de l'amant royal. L'archevêque de Sens, se campant devant elle, annonce : « C'est de la part de votre mari », et il lui gifle à toute volée la joue droite.

19.

Le lendemain matin, revenant à l'hôtel Montausier en titubant, Montespan découvre que toutes les femmes ont maintenant les deux joues maquillées d'une baffe. Louis-Henri ricane :

— Si un jour le monarque avait une fistule à l'anus, ils se feraient tous opérer du trou du cul, prétextant une blessure d'arquebuse, et ce con de Lully, à grands coups de canne au sol, en ferait un *Te Deum* – Dieu sauve le roi ! D'ici que ça devienne un hymne... En tout cas, j'espère que l'Italien s'en écrasera le pied et en crèvera !

Lauzun s'approche, le considère et sourit. Un aristocrate se retourne : « Qui parle du fondement de Sa Majesté ? » Ce courtisan devient lyrique quand il évoque la couleur des excréments de Louis XIV : « L'autre jour, il évacua huit fois avant le dîner, deux fois pendant son Conseil et pour finir, une heure après le coucher, se leva pour ce faire. »

Lauzun se penche à l'oreille du Gascon :

— Certains paient jusqu'à cent quatre-vingt mille livres par an pour voir chier le roi.

Louis-Henri se sent comme un pierrot dans un four :

— Je ne vois pas ici cette vieille maquerelle de Montausier que j'étais venu engueuler. Où est-elle ? Hein ? Dans son appartement de Saint-Germain-en-Laye ? Je lui avais ordonné de me ramener ma femme.

— ... Que vous décevez, intervient une princesse. Athénaïs m'a dit qu'elle avait honte de voir son mari amuser autant la populace qu'un perroquet avec les grossièretés qu'il prononce.

— Ce n'est pas vrai. Vous mentez ! Elle n'a jamais pu dire ça. On s'aimait ! Comme vous ne savez même pas à quel point deux êtres peuvent s'aimer ! Versailles est un enfer. Sortez ma femme de là. Elle est trop fragile. Elle croit en un tas de choses...

Et Montespan d'éclater en sanglots :

— Un verre qui se casse, une salière renversée, sont pour elle des signes de malheur... Elle disait que pendant l'accouchement une mère sera plus tôt délivrée si elle chausse les souliers et les bas du père. Elle croit qu'après avoir coupé le cordon ombilical, le mettre en contact avec la tête du bébé lui assurera longue vie. Elle l'a fait pour notre fille ! Pour le deuxième, elle a enterré le cordon sous un rosier afin de doter l'enfant d'une peau claire.

Le visage ruisselant de larmes, il poursuit :

— Françoise était certaine que si le mariage avait lieu le jeudi, le marié serait coc...

Les aristocrates autour de lui s'amusent de le voir ne pas oser dire tout le mot.

— Elle lit souvent un manuel de démologie : *Le Marteau des sorcières*. Elle pense que lorsqu'une femme veut se faire aimer, elle doit utiliser un philtre composé d'eau bénite, de vin et de poudre d'os d'un mort tiré d'une fosse récente. Souvent, avant de partir à la cour, elle allait en chercher chez des devins, des mages, en leurs échoppes secrètes des quartiers populaires de la capitale, et surtout chez la Voisin, rue Beauregard...

— Qui ça ? Où ça ? La Voisin ?...

Les courtisanes s'éloignent en se demandant les unes, les autres : « Vous savez où c'est, vous, la rue Beauregard ? » La princesse de Monaco, réputée pour ne pas être avare de ses faveurs et qui connaît l'emplacement de la rue, parle gaiement du sexe du roi de France. Elle dit que contrairement à Charles d'Angleterre, sa puissance est grande mais son sceptre tout petit et que c'est pour cela qu'au palais la sodomie, surtout, a triomphé. Sa voisine, comtesse, réfléchit et doit bien le reconnaître :

— C'est vrai qu'à Versailles, on se fait beaucoup enculer...

Montespan, dépité, les regarde retourner vers les tables de jeu. À la bouche des émanations d'eau-de-vie de fenouil dont il a abusé toute la nuit, Louis-Henri remarque Lauzun resté à ses côtés :

— Vous êtes souvent près de moi...

— C'est-à-dire que, capitaine des gardes du roi, je suis aussi un peu chargé de vous surveiller.

Lauzun est un petit homme blondasse, sans agrément dans le visage. Chagrin, solitaire, sauvage, et

l'air malin par nature, on sent qu'il peut être quelquefois bon ami quoique ce doive être rare. Il a le
bout du nez pointu et rouge, des cheveux ternes,
mais il flotte autour de lui comme un parfum de sen-
sualité secrète. Le Gascon soupire :

— Ma femme est entrée dans un mauvais rêve.
Pouvez-vous m'aider à la ramener au vrai ?

— Tout le temps que le roi voudra d'elle, il ne
vous la rendra pas mais cela durera combien de
temps ? En général, la maîtresse en titre lui présente
la nouvelle. Mme Henriette lui a présenté La Vallière. La Vallière a fait danser votre femme devant le
roi. La Montespan présentera à Sa Majesté celle qui
lui succédera. Pour vous, la pilule est dure à avaler
mais si elle est bien dorée, sans doute qu'elle passera
mieux.

— Que peut-elle leur trouver à ces gens et que
fait-elle là-bas ?

— Le soir, quand... « Jupiter » retourne dormir
avec son épouse, la favorite confectionne, pour l'enfant qu'elle porte, des petits carrosses en filigrane de
fer auxquels elle attelle six souris et s'en laisse
mordre ses jolis doigts sans crier.

20.

Montespan flâne le long de la Seine sillonnée par des barques chargées de fourrage, de graines, de sable. Le fleuve est pollué par les matières fécales, des ordures de toutes sortes. La Seine traîne dans Paris son cours de vieux serpent malade emportant vers ses havres des cargaisons de bois et des cadavres.

Des petits garçons, après des cerceaux de tonneaux rouillés, courent en culotte qui descend sous les genoux. Les filles, habillées d'une cotte de grosse étoffe froncée à la taille, vont les pieds nus à même la terre et les débris de verre. Les gueux, les harengères chantent pouilles aux honnêtes gens, disent de vilaines injures que Louis-Henri n'écoute pas. L'injure des hommes, maintenant, qu'est-ce que ça lui fait à ce hobereau que la noblesse fuit et abandonne ? Tout à l'heure, il a vendu au Pont-au-Change sa belle montre à gousset. Peu lui importe dorénavant l'heure et l'année. Le temps n'a plus d'importance. À vingt-sept ans, sa vie est finie. Un marchand de mort-aux-rats crie :

> *Un soldat qui aux combats*
> *Faisait trembler toute la terre,*
> *Par infortune de guerre*
> *Va criant : « La mort aux rats ! »*

L'ambulant se promène portant au côté sa boîte à poisons. Le pourpoint troué, une jambe de bois et une fraise démodée, le rendent ridicule et grotesque. Le marquis se reconnaît en cet infirme qui tient sur l'épaule une longue perche ornée de trophées – des rats crevés. Montespan qui n'avait jamais été attentif aux choses de la rue, maintenant, scrute tout : les revendeurs de vinaigre gueulant « Vinaigre qui est bon et bien. Vinaigre de moutarde y a ! », les musiciens, chaussés de socques en bois, qui soufflent dans un flageolet et frappent un tambourin. Ici, on propose des peignes de Limoges, des glaces, des poires à poudre, des lancettes à saigner forgées à Toulouse. Celle-là offre dans son panier d'osier des paquets d'allumettes serrées – brins de roseau imprégnés de matière inflammable. Trois artisans sous un auvent cousent des chaussures au-dessus d'un établi couvert de peaux et d'outils. Ils ont un tablier de cuir et leurs genoux servent d'étau. Louis-Henri déambule dans cet endroit où tous ces humbles se produisent avec leur attirail, leur verve, une volonté de vivre que lui n'a plus. Le marquis tourne, s'enfonce dans un dédale nauséabond de venelles où les criminels font la loi jour et nuit.

L'absence de fondations entraîne des mouvements de terrain qui gauchissent la structure des hautes maisons étroites et fissurent les façades. Les ruelles tortueuses – souvent des chemins de terre – sont pleines de recoins et la lumière du jour entre peu dans les logements. Là aussi, les bousculades, la vie intense, les conflits entre marchands et les jurons, les coups, les larcins, les ordures jetées des fenêtres, l'embouteillage et les cris des cochers, les mules et des charrettes tirées à bras. Il règne ici une épidémie de variole. Pour s'en protéger, beaucoup ne respirent plus qu'à travers des éponges trempées de sauge et de genièvre mais Montespan va, les mains dans les poches. Qu'est-ce que ça peut lui faire la variole ?... Il pleut. Les rues deviennent aussitôt un cloaque de boue. Une catin maigre qui s'usait en courses libertines se met à l'abri sous un porche près de la vitrine d'un cabaret-bordel. À Louis-Henri qui l'examine sous l'ondée, elle coule un drôle de regard.

Une curieuse idée arrive à la tête du marquis. Il voudrait finalement aller rigoler avec cette crevette ou grue ou biche qui porte des *Suivez-moi monseigneur* si longs. Il s'approche. Elle le contourne en riant de sa bouche édentée :

— Quel justaucorps incendié dans le dos !... Un dragon t'a-t-il fait l'amour par-derrière ? Et c'est quoi ce blanc aggluttiné à ta perruque ? Il t'a éjaculé sur le crâne ? Et l'odeur... Ah, mais il t'a aussi chié sur les épaules !...

Devant l'air du Gascon, la prostituée, qui connaît les clients, devine :

— Alors, on a un gros chagrin d'amour...

— Donne-moi la syphilis, la vérole, j'irai ensuite violer ma femme pour qu'elle gâte le roi à son tour.

Une autre putain, à côté, demande :

— Qu'est-ce qu'il dit ?

— Mais rien, il est saoul.

La porte du bordel en s'ouvrant vomit un flot d'effluves de spermes éteints et de règles mortes.

21.

Ce claque a mauvaise réputation. Ses vins proviennent de vignes fumées avec les boues et vidanges urbaines. Louis-Henri y engloutit des nectars pleins de colle de poisson, de fientes de pigeon, et les filles n'y sont pas propres. C'est ce qui plaît au marquis.

Les catins – bêtes-poupées, chiffons occupés – sont envahies de maladies vénériennes où Montespan se vautre. Il lèche leurs boutons, pustules, leurs plaies suppurantes, partout où ça suinte en des endroits intimes et réclame :

— Je veux des crêtes-de-coq, une bonne bléno et le *mal français !* Des contagions, donnez-m'en des mutilantes magnifiques car j'en connais un que je voudrais voir fadé, céphalé, délabré de partout. Personne n'a la peste, ici ?... ni la rage ?!

Le Gascon reste là, des nuits et des jours. D'une pleine lune à la suivante, il ne quitte plus l'établissement. Une fille s'en étonne :

— Mais vous n'avez pas une femme, des enfants ?

— Ma femme... Mon fils est chez mon propriétaire. Allez, viens là, toi.

Il paie au fur et à mesure, le vin frelaté servi à
l'assiette et les passes, avec l'argent de sa montre.
Vingt-neuf jours et nuits dans des femmes différentes. L'une rousse, mal grasse et prestance molle,
ne lui adresse guère qu'une parole et c'est d'un petit
cadeau qu'il s'agit. L'autre, flétrie comme un pru-
neau, sans cesse croasse dans son accent d'ail. Une,
récemment chanteuse sur le port de Dieppe, affecte
le dandinement des marins et l'engueule. Celle-ci,
sage comme une image, châtain clair, peu de poitrine, le suce et prie Dieu parfois : le diable soit de
ses satanés signes de croix ! Louis-Henri en veut
d'autres, des pires. Toutes les grues trop pourries du
quartier, refusées jusque par les bouchers qui pourtant ne sont pas regardants (mais là, quand même, il
ne faut pas exagérer), le marquis les réclame pour
lui. Et voilà son bilan de folles Andalouses. Un
matin, à une très grande et grosse putain flamande
borgne, il propose le solde de sa montre et
demande :

— Tu me vends ta robe ?

22.

Le visage dissimulé derrière un éventail déplié et en robe de catin flamande, Montespan arrive au château de Saint-Germain-en-Laye pour violer Françoise.

Il s'est débarrassé de sa perruque souillée et a couvert ses épaules d'une pèlerine dont la capuche lui descend bas au front ; jambes nues et poilues sous la robe, les talons de ses grands pieds dépassent des courtes mules féminines qu'il a chaussées. Travesti en femme, il déjoue les surveillances, va frôlant les murs en courbant le dos et suit une domestique portant un plateau plein de pains au lait parfumés à la bière, aromatisés aux épices, à qui il demande en contrefaisant sa voix derrière l'éventail qu'il agite :

— Ma petite, je ne sais plus trouver l'appartement de Julie de Montausier. Vous savez, là où habite aussi la nouvelle favorite du...

— C'est là, Madame.

— Ah oui...

Il attend qu'elle s'éloigne puis ouvre la porte :

— C'est moi !

Françoise, qui conversait dans un canapé près de la vieille duchesse, bondit sur place en découvrant son époux vêtu d'une robe qu'il hisse devant lui, démontrant qu'il bande tel un bouc en rut :

— Françoise, j'ai trouvé la solution pour nous deux ! Après avoir passé un mois à attraper des maladies honteuses, je vais te prendre et te contaminer. Ainsi, quand le roi l'apprendra, il ne voudra plus de toi. Et nous, que nous importera d'être poivrés puisque ce sera tous les deux. N'est-ce pas que c'est une bonne idée, ma chérie ?!...

Il envoie voler sa robe de putain par-dessus tête et, nu, tend les bras, saisit sa femme par les épaules, mais elle a un mouvement de recul et de fuite. La peau douce de sa belle lui coule entre les doigts. C'est comme le bonheur qui s'en va tandis qu'il gueule :

— Je t'enlèverai d'ici pour t'emmener en Espagne !

Mais elle n'est déjà plus qu'une tache floue devant la porte-fenêtre ouverte sur une terrasse et le parc. Ventre arrondi et semblant peinte au lavis, elle dévale les escaliers en courant alors qu'il crie :

— Françoise ! Françoise, reviens où j'encule la vieille ! Bon, ben puisque c'est ainsi...

Il se retourne vers la Montausier, la bite à la main. Elle devient un délire de dentelles frisées comme ses cheveux blancs, regrette de ne pas avoir là son nègre qui donnerait des coups d'ombrelle à ce fou. Il la poursuit autour des meubles et lui parle à l'oreille. Elle va en faire une maladie de langueur. Il lui assène des propos sanglants propres à craindre la damnation : « Vieille morue, rabatteuse d'épouse, je vais me rôtir le balai dans tes fesses. Promis, si je t'attrape, je t'encule. Tu vas contracter une *bonne galanterie*. » Ses autres paroles ne sont pas ménagées. Il n'y a injures qu'il ne lui vomisse dans la nuque tandis qu'elle pousse les brames les plus perçants. Ça devient les Petites-Maisons ici. Elle appelle au secours en hurlant. Elle ne doit son salut qu'à l'arrivée de valets alertés par ses hauts cris. Le marquis a juste le temps de s'enfuir à poil par la porte-fenêtre, de disparaître comme le méchant des pièces de théâtre. Des gardes entourent la duchesse tremblante de peur : « Que s'est-il passé ? »

— M. de Montespan est entré ici comme une furie et a dit sa rage contre le roi, et à moi toutes les insolences imaginables. Il a aussi voulu vio-vio-viol...

Elle se met à languir et à perdre son sang, à tenir des propos les plus incohérents. Un sergent s'approche de la porte vitrée et ordonne :

— Recherchez-le.

23.

« Crt, crt, crt », ça gratte trois fois à la porte. « Crt, crt, crt », ça gratte encore : c'est le code.

— Qui est-ce ?

— Lauzun.

Montespan hésite puis finalement ouvre la porte :

— Comment avez-vous pu me retrouver et connaître le... ?

Le capitaine des gardes du roi entre et scrute l'endroit :

— Alors, c'est là, dans un galetas de domestique sous les toits d'un bordel derrière la place de Grève, que vous vous cachez depuis des mois.

Louis-Henri, qui lorsque ça gratta à la porte avait soufflé sa chandelle, la rallume. La flamme vacillante et mouvante s'émeut au moindre souffle dans cette misérable chambre de bonne seulement éclairée par un minuscule œil-de-bœuf.

— Je n'ai pas eu le temps de vous remercier, dit le marquis, mais si, quand j'étais nu derrière un grand chêne du parc, vous n'étiez apparu pour me couvrir de votre manteau et me faire sortir du domaine, j'étais perdu.

— Vous êtes perdu, répond Lauzun. Votre affaire à Saint-Germain est un scandale inouï. Vous devenez dans Paris un sujet à chansons.

— Je sais. Je les entends à la fenêtre.

— La favorite, par crainte d'enlèvement, a maintenant des gardes devant sa porte. Et la Montausier ne s'est jamais remise de la scène d'outrage. Sa raison a vacillé au point qu'un jour, au sortir de la messe du roi, elle a cru rencontrer votre fantôme vêtu comme elle et l'appelant par son nom. Elle a dépéri et est décédée ce matin. Un verre de chicorée à ses lèvres l'a emportée. Une proche de Sa Majesté... C'est à se retrouver écartelé par quatre chevaux et avoir les os cassés à coups de maillet.

— Pourquoi m'avez-vous aidé ?

« Crt, crt, crt », ça gratte encore à la porte. « Crt, crt, crt » :

— C'est moi, Monsieur !

Mme Larivière, un panier de victuailles à la main, entre en râlant :

— Ah, que je n'aime pas ça, venir chaque semaine dans un bordel... Et puis ces ribaudes qui descendent les marches avec leur baluchon, où vont-elles ? Ne regarde pas par les portes entrouvertes des chambres, Dorothée ! continue la cuisinière, dos tourné.

Elle dépose sur une petite table son lourd panier empli de saucissons, de plats cuisinés, de fruits, de vin, et c'est alors seulement qu'elle découvre que le marquis a un visiteur. Lauzun prend congé :

— Montespan, l'air de Paris va devenir irrespirable pour vous...

Le Gascon demande :

— Pourriez-vous me prêter un peu d'argent ?

Le capitaine sourit – « Il vous suffirait de plier les genoux pour en ramasser tellement dans la cassette royale » – mais il laisse sa bourse joufflue sur la table et referme la porte derrière lui. Louis-Henri fait la moue. La cuisinière s'inquiète :

— Que se passe-t-il ?

— On vous a suivie, madame Larivière...

— Mais non, nous n'avons pas été suivies ! Nous faisons toujours très attention et prenons chaque fois des chemins différents pour vous rejoindre dans cette cachette.

Le marquis regarde par l'œil-de-bœuf. En bas, au bord de la Seine, les prostituées qui l'ont hébergé embarquent. La domestique au teint olivâtre les observe aussi :

— Où vont-elles ?

— On les punit en les exilant pour la Nouvelle-France où les femmes manquent tellement. Dans des terres inexplorées, elles seront le repos du guerrier de gars qui trappent la fourrure, surtout le castor. Elles vivront de blé d'Inde et de graisse d'ours, dormiront dans des cabanes en écorce. Le triste embarquement des filles de joie pour le Nouveau Monde...

Louis-Henri referme la fenêtre :

— Madame Larivière, avec la petite, vous allez devoir également quitter Paris. On pourrait aussi vous en vouloir... Quant à moi, je sais maintenant que je dois me résoudre à laisser ma femme encagée à la cour et que je vais être obligé de rejoindre la Guyenne, mais je ne partirai pas sans...

Il frotte sa lèvre inférieure contre les dents du haut et la mord, tergiverse puis se lance :

— Madame Larivière, vous garderez pour vous deux l'argent qui restera dans cette bourse, mais d'abord je voudrais que vous fassiez des courses pour moi. Il faudrait aller chez un marchand de tissus, trouver un peintre et...

— Un peintre ? Mais pour quoi faire ?

24.

Le 20 septembre 1668, Montespan retourne à la cour de Saint-Germain-en-Laye, où personne ne pensait qu'il aurait le culot de revenir. Et puis il y arrive en quel équipage !...

Devant la grille dorée du domaine royal, s'approche l'étrange attelage du marquis. Sa berline de voyage vert pomme a été repeinte en noir et Louis-Henri a fait remplacer les quatre plumets aux angles du toit par de gigantesques ramures de cerf. Un grand voile de crêpe enveloppe tout le carrosse, lui donne une apparence funèbre, et les chevaux noirs sont parés comme pour un enterrement en grande pompe. Au dessin de ses armes sur les portières, le Gascon a fait rajouter des cornes.

Les gardes impressionnés laissent passer le carrosse cornu qui vient se garer au centre de la cour
pavée. Le marquis, installé à l'intérieur de la caisse
suspendue, en descend revêtu des vêtements du
grand deuil. Autant l'autre fois il avait longé les
murs en douce que, cet après-midi, son arrivée n'est
pas discrète. Il porte devant lui un chapeau retourné
dont on ne voit que l'intérieur.

Il grimpe les marches qui mènent au château,
passe devant des maris qui pousseraient bien leurs
femmes dans les bras du monarque pour en tirer des
bénéfices. Les façons de ces gens-là, leurs bas-
sesses... La crainte de déplaire au maître broie les
âmes, avilit les consciences, et le marquis de Saint-
Maurice ricane :

— J'ai proposé au roi les services de ma propre
épouse mais, hélas, elle ne lui plaît guère. J'ai pourtant insisté : « Même pas, sire, comme les chevaux

de poste que l'on ne monte qu'une fois et que l'on ne revoit plus jamais ? » « N'insistez pas, m'a répondu Sa Majesté, je préfère la femme de Montespan. »

Près de Saint-Maurice, une comtesse tient dans son manchon un petit chien qui montre les dents et aboie après le cocu récalcitrant. Louis-Henri tend un index vers sa truffe et ordonne : « Couché, Molière ! »

Dans la salle des pas perdus, le décor est somptueux et le plafond tellement chargé de guirlandes et autres voluptueuses déesses que les visiteurs craignent qu'il ne leur en tombe sur la tête.

Il va être dix-sept heures, Louis-Henri attend que le monarque sorte de son Conseil. Les courtisans, affolés par une pareille audace, s'éloignent. Le marquis reste seul face à la porte par où va sortir le roi. Visage fermé, la main sur le pommeau de son épée, s'il avait présentement un verre d'eau sur la tête il n'en tomberait pas une goutte car il la tient plus droite qu'un cierge.

Le roi sort. Montespan le savait peu grand mais pas à ce point-là. Il est de très petite taille qu'il tente de compenser par une raideur. Les pieds chaussés dans des souliers à talons hauts, une fine moustache barre son visage. Ensuite le marquis ne distingue plus ses traits car Louis le quatorzième, dos à une fenêtre, s'est arrêté juste devant le soleil. À contre-jour et ministres gravitant autour de lui, après un court silence, la silhouette rayonnante du monarque demande au Gascon :

— Pourquoi tout ce noir, monsieur ?

Alors que l'étiquette commande de se découvrir devant Sa Majesté, Louis-Henri se coiffe maintenant d'un chapeau gris – le roi les déteste – et répond :

— Sire, je porte le deuil de mon amour.

— Le deuil de votre amour ?

— Oui sire, il est mort pour moi. Une canaille l'a tué.

Il faut avoir une marque du sang échauffé, le cerveau modelé d'une autre manière que le commun des hommes, pour oser, dans cette universelle ruée vers la servitude la plus rampante, élever la tête au-dessus des dos courbés et accuser l'idole en face.

Les hauts personnages, à l'autre bout de la salle des pas perdus, en sont glacés de terreur. Le bouillant Gascon a dépassé les bornes. Louis XIV ne pourra tolérer cette insulte directement adressée à lui – ce crime de lèse-majesté.

Le marquis, ayant dit, s'incline en une révérence arrogante et devant les courtisans, âme trop amoureuse, il brise son épée à la face du tyran pour ne plus le servir. Puis il tourne le dos au roi avec la plus grande désinvolture. Le bruit décroissant de ses talons va sur le parquet ciré et il regagne son carrosse.

Pareille conduite est inimaginable. Jamais personne ne s'est permis une telle incartade devant Sa Majesté. Tout : feu, eau, nuit, jour, est soumis à la volonté de ce dieu vivant au visage un peu grêlé par la petite vérole. Le roi ne dit rien et ce silence déclare assez la qualité du crime commis, puis il s'esclaffe :

— Eh bien quoi, je baise sa femme ! Que pour-rais-je faire de plus pour lui ?

Tout le monde autour rit, forcément d'accord. Le carrosse cornu ne parcourt pas beaucoup de chemin avant que les argousins du roi le rattrapent. Lauzun chevauche en tête et vient, dans la poussière tour-billonnante, se porter à la hauteur de la portière du marquis à qui il crie, au galop :

— Que votre cocher continue et conduise cette berline jusqu'à la rue Taranne, mais il devra d'abord s'arrêter pour vous laisser devant Fort-l'Évêque !...

— La prison de la Vallée de la Misère ?

— J'ai pour vous une lettre de cachet qui autorise le roi à faire emprisonner quiconque lui déplaît, cela pendant une période indéterminée et sans jugement !

25.

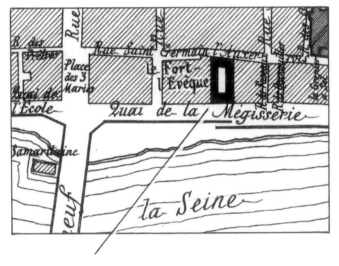

Le roi m'a fait cocu ! Dessus mon âme,
J'admire mon bonheur.
J'irai bientôt, le tout grâce à ma femme,
Au plus haut point d'ho-onneur !

Dans l'étroite prison insalubre du quai de la Mégisserie – surnommée *Vallée de la Misère* en raison du grand nombre d'animaux qu'on y fait mourir – Montespan a le sang aux ongles sous les plus sûres serrures. Par un haut soupirail, un rai de lumière dépose une petite tache de clarté poudreuse sur le sol en terre de ce puits sec qui sert de cachot au marquis à Fort-l'Évêque. L'isolement ne parvient pas à calmer ses tourments. Chaînes de fer aux bras, aux jambes, tandis que dehors les bêtes qu'on tue crient de douleur, lui, chante à tue-tête les derniers couplets qui narrent au peuple les amours du roi :

> *Cocu d'un roi, le fait est honorable,*
> *Peste, je le sais bien.*
> *Un noir chagrin serait très condamna-able :*
> *Ce serait fuir le bien !*

— Mais taisez votre gueule ! Ah, que vous chantez faux !... Je préfère encore ouïr le hurlement des bêtes qu'on égorge. J'ai l'oreille musicale, moi !

Louis-Henri se tourne dans tous les sens à l'intérieur de la cellule noire :

— Il y a quelqu'un ?

Une voix lui répond dans l'obscurité :

— Oui, il y a quelqu'un qu'on a jeté dans cette prison, mais pour quelle raison ?!... Je ne suis ni écrivain libertin, ni bourgeoise dévergondée, ni joueur endetté. Je n'ai pas assez de folie pour avoir commis un crime de lèse-majesté. Alors qu'est-ce que je fais à Fort-l'Évêque, la prison d'ordres du roi ?! Si maintenant, en plus, on m'inflige comme codétenu un aussi mauvais chanteur...

Un silence règne dans le cachot puis Louis-Henri, enchaîné et à genoux, se traîne sur la paille moisie jusque dans le faible rayon de clarté. Il cherche dans la noirceur son interlocuteur :

— Où êtes-vous ?

La voix de l'autre reprend :

— C'est vrai, quoi ! Je ne suis qu'un accoucheur qui fait son travail, alors pourquoi j'ai atterri ici ? C'était la fin d'après-midi. J'étais seul chez moi, rue Saint-Antoine. J'allais bientôt souper quand ça frappe à la porte. J'ouvre. Cachés sur les côtés, deux soldats (j'ai perçu le cliquetis de leurs armes contre des boutons d'uniforme) me saisissent les bras. Un troisième homme arrivé par-derrière me bande les yeux et m'ordonne : « Pas un cri ou je vous égorge. Monsieur Clément, prenez votre valise d'instruments. » Parbleu ! me dis-je, je ne crains rien. Ne suis-je pas habitué à ces petites expéditions mystérieuses chez les gens de condition en un temps où mes jeunes clients arrivent parfois au monde comme ils peuvent ? On me fait monter dans un carrosse de cour (j'ai discerné le délicat grincement des moyeux huilés comme à Versailles) et, après avoir roulé, on me dépose au pied d'un escalier que je gravis, guidé par une nourrice (un hochet à grains de millet battait contre sa poitrine). Et je pénètre dans la chambre au premier étage de cette maison discrète en retrait de la rue de l'Échelle.

— Comment connaissez-vous l'adresse si vous aviez les yeux bandés ?

— Je n'avais pas les oreilles bouchées...

Des chaînes s'étirent au sol et le visage de l'accoucheur Clément entre aussi un peu dans le faible rai de clarté :

— J'ai reconnu, tout près, l'insupportable timbre de la cloche fêlée de la chapelle Sainte-Agonie. J'y étais allé un matin pratiquer une naissance (miraculeuse, sûrement) et avais râlé après les sœurs : « Il faudra changer cette cloche qui sonne faux sinon, moi, je ne reviendrai plus, dans ce boucan d'enfer, faire naître des petits Jésus ! » Et puis je sais aussi que c'est en retrait de la rue parce que résonnaient en bas les coups de marteau d'un faiseur de talons de bois. Il utilise du bois trop frais. Je lui ai acheté une fois des talons qui se sont vite fendus. Et aux coups que je percevais, je savais que c'était sur son bois pas assez sec qu'on frappait. Ça se reconnaît, ça, à la tonalité..., continue-t-il en claquant plusieurs fois ses doigts près d'une oreille et bousculant ainsi sa perruque poussiéreuse qui poudroie.

Louis-Henri tousse dans le rayon et recule sa tête. L'accoucheur Clément y laisse la sienne. C'est un rougeaud quinquagénaire qui transpire. Il a un nez boursouflé d'ivrogne. Montespan l'écoute.

— En entrant seul dans la chambre, les yeux bandés, je me suis exclamé : « Ah, ah, il paraît que je dois aller prendre un enfant au lieu où il est, à tâtons comme on l'y a mis ! » Au fond d'un lit et dans ses premières douleurs, il y avait une jeune dame particulièrement bien faite que je sentais du bout des doigts – une statue humaine comme il n'en existe que dans les parcs, une femme faite pour un seigneur de l'Olympe. À côté, nerveux et inquiet, se trouvait un petit homme debout (sa voix ne venait pas de haut). Je lui ai demandé si je me trouvais dans la maison de Dieu, où il n'est permis ni de boire ni de manger ; que pour moi, j'avais grand faim étant parti de chez moi au moment de me mettre à souper. Le petit homme ne se fit pas prier. Il me tendit un pot de confiture et du pain : « N'épargnez ni l'un ni l'autre, il en reste. » Je le crois, répondis-je, mais la cave serait-elle moins garnie ? Vous ne me donnez pas de vin et j'étouffe. Le petit homme s'agaça : « Un peu de patience, je ne puis être partout à la fois. » À la bonne heure, repris-je en recevant une coupe remplie à ras bord. Ce monsieur ne doit pas être un bour-geois – trop de bruits de bagues extravagantes autour de ses doigts ont entrechoqué le verre, et à la manière dont il a tendu le vin, j'ai compris qu'il n'était pas du tout habitué à servir...

Le praticien recule sa tête dans la pénombre. Louis-Henri, de plus en plus intéressé par les propos de son compagnon de cellule, avance la sienne à l'intérieur du faible rayon de clarté : « Continuez. » L'accoucheur Clément reprend :

— Quand j'eus bu, l'homme me demanda : « Est-ce tout ? » Pas encore..., lui répondis-je. Un second godet pour boire avec vous à la santé de la com-mère ! L'homme ayant répondu non, je lui dis en souriant que la femme grosse n'en accoucherait pas si bien et que, s'il avait envie que l'enfant fût beau et fort, il fallait qu'il boive à sa santé. Ainsi, pour l'amour de sa progéniture, il chinqua avec moi. C'est à ce moment-là qu'un cri aigu fut arraché par le premier essor vers le monde du nourrisson. L'enfant se présenta par le siège mais sortit facilement. J'ai palpé ses petons pour vérifier si tout allait bien, remonté mes mains à l'intérieur de ses petites pattes – c'est un garçon – puis j'ai noué le cordon. Mes paumes sur sa poitrine, où le cœur battait très vite, ont continué jusqu'à son cou frêle et c'est alors que la main pleine de bagues du petit homme me bloqua le poignet et qu'il appela : « Lauzun ! » Les gonds de la porte qui donne sur le palier grincèrent. Le crissement du cuir des bottes, de ce Lauzun sans doute, s'approcha. J'entendis aussi venir les grains de millet dans le hochet de la nourrice à qui la voix du petit homme ordonna : « Vous seule resterez au secret près de lui qui n'aura pas de nom. » « À votre service, répondit la soubrette. Je ne sortirai que pour aller prier dans la chapelle voisine à la messe de onze heures. » Ensuite, alourdi d'une bourse, je repris gaiement le chemin pour retourner, je croyais, à la maison mais je fus conduit ici, à Fort-l'Évêque (que j'ai reconnu aux cris des bêtes qu'on tue dehors), où depuis j'attends quoi ? Qui ? Vous ?

Montespan se recule dans l'obscurité. Il réfléchit puis l'accoucheur écoute la voix du marquis lui demander :

— Lorsqu'une femme mariée accouche, son mari est bien toujours considéré comme le père ?

— Ah oui, répond le praticien. Et ce, qui que soit le géniteur. Le mari reste en légalité le père selon le principe fondamental du droit romain *Is pater quem nuptiae demontrant* !

— Et donc, le mari peut alors disposer de tous les droits sur cet enfant ?

— Mais bien sûr.

Nouveau silence dans la cellule puis Montespan s'époumone :

> *Ma femme, Bourbon l'a tant aimée*
> *Qu'à la fin l'engrossa-a.*
> *Vive la fleur de lys !*

26.

— Marquis, c'est à votre tour de quitter ce cachot ! Hier, l'accoucheur fut libéré. Aujourd'hui, c'est vous qui êtes élargi ! Attention à la lumière du jour ! Le soleil vous piquera les yeux.

Pffw..., le flambeau badigeonné d'huile malodorante du geôlier fume et souffle lorsque celui-ci tend son bras vers le couloir, invitant le mari incommode à suivre la clarté. Des rats courent par les dalles humides. Leurs griffes dérapent sur les pierres et le gardien pousse Montespan dans la Vallée de la Misère.

Le quai de la Mégisserie est éblouissant de soleil et Louis-Henri hisse horizontalement ses avant-bras, encore enchaînés, devant les yeux pour se protéger de la luminosité violente. Pendant qu'on le désentrave, ses pupilles peu à peu s'adaptent et, entre les manches, il commence à percevoir les couleurs vives du quai bruissant de monde, de chaises à porteurs filant entre des collines d'animaux occis. Le marquis entend un roulement de tambour. Des soldats s'écartent et forment un cercle autour de lui. De l'eau

d'énormes lessiveuses s'élèvent des vapeurs écœu-
rantes. Dans leurs tourbillons, des femmes en nage
plongent des poules qu'elles ébouillantent avant de
les plumer puis, curieuses, s'approchent de la haie
formée par les soldats. Des bourgeois, des manants,
quelques nobles, s'agglutinent. Le tambour cesse de
jouer et un chevalier du guet pénètre dans le cercle
face à Louis-Henri.

À neuf heures du matin en ce 7 octobre 1668, le
chevalier lit et clame d'une voix tonitruante l'ordre
royal :

— *De par le roy !...*

Tout le monde fait alors silence. Même les bêtes
de boucherie blessées à mort agonisent maintenant
sans bruit sur la plage du fleuve. Les yeux au ciel,
elles regardent filer sur elles les mouettes qui, depuis
la mer, ont remonté la Seine. Les palmipèdes pillards
volent à l'eau des déjections de bovins, des intestins
de poules qu'ils emportent vers les nuages comme
des serpentins aux couleurs roses, vertes et bleues,
qui dansent. Cela donne un air de fête à l'azur. Le
Gascon suit leurs battements d'ailes redescendant au
ras du fleuve jaune, piqueté d'éclats de lumière. La
Seine ensoleillée ressemble à la chevelure blonde de
Françoise où le mari aimait plonger ses longs doigts
telles les dents d'un peigne. Il soupire tandis que le
chevalier du guet de Paris élève à nouveau la voix :

— *Sa Majesté étant mal satisfaite du sieur marquis de Montespan...*

— Quoi ? C'est lui qui est mal satisfait après moi ?
Ah, le cul-vert !

Le chevalier préfère ne pas avoir entendu ou alors compris autre chose comme... pivert, hiver... et poursuit :

— *... ordonne au chevalier du guet de la Ville de Paris qu'incontinent, après qu'en vertu de l'ordre de Sa Majesté qui en a été expédié, ledit sieur marquis aura été mis en liberté des prisons de Fort-l'Évêque où il a été détenu, il luy fasse commandement, de la part de Sa Majesté, de sortir de Paris dans les vingt-quatre heures pour se rendre incessamment sur ses terres situées en Guyenne et d'y demeurer jusqu'à nouvel ordre...*

Les narines du mari soufflent longuement :

— Et voilà. Après avoir volé ma femme, fait rire de moi sur scène à l'applaudissement universel, mis en prison, maintenant il m'exile. Cocu, je n'ai plus qu'à me diriger vers le lointain castel de Bonnefont où m'attendent notre fille et ma mère...

— *... Sa Majesté lui défendant d'en sortir sans sa permission expresse, à peine de désobéissance !* Ce qui veut dire, rappelle le chevalier, que sinon vous serez décapité ou envoyé aux galères.

Puis il conclut :

— *Sa Majesté ordonne à tous ses officiers et sujets de prêter main forte.*

— Et notre fils ?! s'écrie le marquis. Je ne partirai pas sans lui !

— On l'a ramené de la cour. Vous le retrouverez rue Taranne.

Le cercle de soldats se désagrège et les gens autour du marquis de Montespan le fuient, détournent les regards. Marchant dans le sang des volailles et les plumes du quai, Louis-Henri rentre à pied chez lui de l'autre côté de la Seine et se met à gueuler :

> *Un jour*
> *On sèmera sur cette terre*
> *Les os du roi de la guerre :*
> *Si le terroir est de façon*
> *Que pour un grain cent rapporte,*
> *Grand Dieu ! grêlez sur la moisson*
> *Et nous priver de la récolte !*

27.

... À Saint-Denis comme à Versailles
Il sera sans cœur et sans entrailles.
Vous ne prierez point Dieu pour son âme,
Un tel monstre n'en a pas !

— Mais arrêtez ces vers d'une insolence lourde, énorme, absolue. Ils font figure d'œufs de coucou dans un nid de tourterelles !...

Joseph Abraham se tient la tête à deux mains, voyant les clients fuir sa boutique. Même ceux qui se faisaient raser sont partis en courant, mousse au menton et serviette autour du cou, lorsqu'ils ont vu débouler et entendu le cocu :

— C'est un fou !

Le perruquier partage leur avis :

— Ils ont raison, ou bien êtes-vous rond comme une queue de pelle ?

Seule Constance Abraham prend la défense du marquis en cinglant à coups de torchon son mari qu'elle interroge :

— Est-ce que tu ferais tout ça pour me reprendre, toi ? Est-ce que tu risquerais ta vie ?!

Sur le dallage de la boutique, un enfant marche en prenant des poses. C'est Louis-Antoine en soieries exorbitantes et satins hors de prix. Il a trois ans et examine l'habit noir et crotté de son géniteur d'un air dédaigneux :

— Ah, bonjour père.

Il continue son chemin sans lui prêter d'autre d'attention. Il suit une ligne de séparation entre les carreaux du sol comme s'il allait sur un fil, s'entraîne à se déplacer tel un courtisan avec les mains mises ainsi... Montespan explique au couple de perruquiers et propriétaires de son appartement :

— Je quitterai Paris avant ce soir. La petite bonne et Mme Larivière ne sont plus là ?

— Elles sont parties il y a presque un mois mais ont plié vos vêtements sur la table du salon. Elles ont aussi retrouvé dans un placard la robe de mariage de...

— Je dirai au cocher de venir prendre le tout qu'il rangera dans le carrosse. Mais auparavant – quelle heure est-il ? –, je dois aller chercher quelque chose. Madame Abraham, pourriez-vous me prêter un panier avec un peu de linge au fond ?

— Ah bon ?

Pendant que Constance trottine vers l'arrière-boutique, Joseph considère en professionnel le crâne du marquis et lui propose le prêt d'une perruque bleu cendré :

— Tenez, couvrez-vous plutôt de ceci pour aller

en commission car votre postiche blond est encore dans un tel état ! Les apprentis vont le dépoussiérer et l'arranger d'ici votre retour.

Les apprentis ? Louis-Henri lève la tête vers eux, avachis et penchés, tristes sur l'établi de la mezzanine.

— Qu'ont-ils ?

— Depuis un moment déjà, ils n'ont plus goût à la vie. Je leur fais pourtant manger de la viande de cheval une fois par semaine mais rien n'y fait. Ils sont devenus étourdis et soupirent... Quand la porte de la boutique s'ouvre, ils lèvent la tête comme s'ils attendaient quelqu'un puis la rabaissent en gémissant. Donnez-moi votre perruque, ça va les occuper.

28.

Près de la place du Carrousel, une perruque bleu cendré pivote à droite rue de l'Échelle et avance vers une discrète maison grise en retrait de la voie. Onze heures sonnent à la chapelle mitoyenne. Montespan se demande comment on peut reconnaître que sa cloche est fêlée. La porte de la maison grise s'ouvre et une nourrice sort puis la referme à clé. La soubrette hâte ses pas vers le lieu du culte. Les grains de millet résonnent dans le hochet contre sa poitrine. Les coups de marteau d'un faiseur de talons de bois s'y mêlent. Et Louis-Henri, panier d'osier à la main, continue d'avancer. Au moment où l'artisan a son bras en l'air et qu'il le rabat pour frapper, le marquis lance un coup de coude dans la fenêtre au rez-de-chaussée de la maison grise. Le faiseur de talons de bois regarde le sol, partout autour de lui, surpris d'avoir entendu un bruit d'éclats de verre :

— C'est vrai que je ne dois pas utiliser du bois assez sec !...

Le Gascon est déjà dans la cuisine ouverte sur un

escalier qu'il gravit. Au premier étage, une porte qu'il ouvre.

Il entre dans une chambre obscure aux fenêtres fermées, volets tirés. Ça ne sent pas bon, il faudrait aérer. Il allume une bougie sur la cheminée, porte cette chandelle à la flamme longue, jaune et fumeuse. Il cherche puis découvre un nourrisson au fond d'un lit. Panier sous le bras, il s'en approche :

— C'est ton père qui va t'emmener chez lui en Guyenne...

Par discrétion, il tend une paume devant la flamme qu'il approche du petit. La main transparente à la lumière baigne le visage du nourrisson.

— Vertubleu !

L'enfant est monstrueux. Corps minuscule, sa tête est gigantesque. C'est une énorme bouse de crâne palpitante comme du mou de veau, quelque chose d'absolument anormal et insupportable même à regarder. Au milieu de cet immense amas flasque paraissant plein de liquide brûlant, les traits du petit sont ceux d'une trisaïeule expirant sur son lit de mort. Sa vilaine bouche douloureuse est ouverte et suffoque. Le bâtard hydrocéphale est issu (par son géniteur !) d'une trop longue lignée consanguine. Les gênes s'y perdent. Il a un défaut de race. Montespan renonce à l'enlever :

— Je ne voudrais pas qu'on croie qu'il est de moi.

De toute façon l'enfant intransportable n'est pas viable. Il ne pourra jamais soulever sa tête. Il n'aurait pas dû être là, il est une erreur de l'ordre des

choses. C'est ce que diagnostique le mari devant ce
nourrisson qui fait pitié et que personne n'a pris la
peine de nommer. Le Gascon traîne un doigt dans la
suie de la cheminée puis vient lui offrir un patro-
nyme. Sur le front monstrueux du fruit des amours
du Jupiter de théâtre et de l'Alcmène-Françoise, lui
– l'Amphitryon de la farce – écrit :

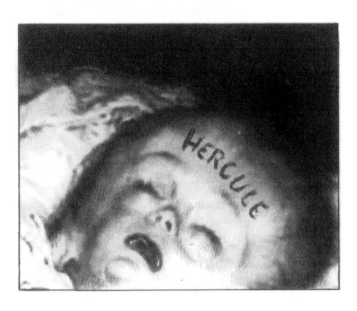

29.

— Votre perruque blonde est ridicule, père.

Montespan, assis sur la banquette de son carrosse, tourne la tête vers Louis-Antoine qui le dévisage.

— Ce sont les apprentis de M. Abraham qui l'ont transformée en coiffure de ta maman. Ils l'ont recoupée, étirée au crâne, ont roulé des anglaises sur les côtés... Je ne sais pas pourquoi ils ont fait ça. Le perruquier a beaucoup crié après eux mais tant pis, il fallait qu'on parte.

Coiffé à la hurluberlu, Louis-Henri regarde, par la lunette avant, le cul des juments d'attelage puis, par le fenestron, le défilement des paysages, broussailles, les ronces qui griffent la portière aux armes cornues.

Voilé de crêpe noir, le carrosse de deuil aux ramures de cerf a donc repris du service et la France étonnée voit passer sur l'interminable route le disgracié en chemin pour ses Pyrénées natales.

Puisque tout le monde à Versailles, Paris, connaît l'infortune du marquis, celui-ci tient à son tour à ce que le peuple de province, les bourgeois des villes

traversées, les paysans aux champs, le dernier men-
diant, apprennent également son cocufiage – cet
abus du roi. Il veut que la rumeur rameute les
curieux, que la nouvelle se répande. Il surprend la
stupéfaction dans les yeux, l'étonnement qui ouvre
la bouche sur des mâchoires édentées. Des gentilhommes moqueurs, prêtres, commerçants, rient du
cocu qui passe. Mais d'autres esprits fascinés lui
prédisent, un jour, l'encens des louanges penchées
sur la poussière des archives... À côté du Gascon et
enveloppé dans un manteau de serge mauve, son fils
de trois ans s'est endormi. La poussière insidieuse
du chemin s'introduit partout dans le carrosse, les
habits, les dentelles, le long de la voie sablonneuse.
Louis-Henri porte, étalée sur les cuisses, la robe de
mariée de Françoise. C'est une femme qu'il ne peut
s'empêcher de continuer à aimer. Il a le souvenir de
sa présence, de ses propos si vifs et drôles.

   La nuit venant après une première après-midi de
voyage, Montespan dans une apparence d'auberge
ordonne qu'on dételle les chevaux, serve le cocher,
puis il prend son fils toujours endormi dans ses bras.
Le petit ouvre les yeux, découvre les anglaises
blondes du Gascon : « Mam... heu, père. Père, est-ce
vrai que je suis marquis ? C'est maman qui me l'a... »
« Elle a raison. Un seul mâle par famille peut porter
le titre et comme mon frère fut tué en duel, c'est toi
le marquis d'Antin. » L'auberge est un bouge plus
pauvre, plus misérable qu'on ne peut le représenter ;
il n'y a rien du tout que de vieilles femmes qui filent
et de la paille fraîche sur quoi ils se couchent tous

deux sans se déshabiller. Une porte sans serrure, en planches disjointes, bat et claque. Des trous crèvent le toit. Le hobereau, étendu sur le fourrage, contemple le lait tiède des étoiles sortant de la lune. Les astres d'or fourmillent comme un sable. Par la porte qui s'ouvre, l'ombre des arbres dans la rivière embrumée s'étale comme de la fumée tandis qu'en l'air...

Montespan s'endort.

30.

Le lendemain dès l'aube, le cocher pousse de grands cris dans les brumes matinales de ce jour d'octobre et le carrosse repart sur les chemins défoncés. Le hennissement des chevaux, leur souffle volcanique de vapeur, le bruit fracassant des sabots et les roues ferrées qui projettent des gerbes d'étincelles, des lueurs de forge, quand elles heurtent les pierres du chemin.

Une main cramponnée au cordon de cuir du plafond, Montespan donne malgré lui des coups d'épaule contre la portière et craint que la berline, à force d'embardées, ne vienne à verser. Souvent Louis-Antoine lévite au-dessus de la banquette. Ah, les cruels cahots de cette route ! Le carrosse peine à gravir une côte malgré les jurons et les claquements de fouet. Montespan descend pousser à la roue et regarde le ciel :

— Tiens, le temps devient tout triste et tourne à la pluie.

Les pistes poussiéreuses sous le soleil deviennent de véritables cloaques quand il pleut. Pour passer dans ce lieu bourbeux il faudrait jeter des passerelles de joncs recouverts de planches, alors le noir carrosse cornu passe à travers un champ à la fureur de paysans. Ce pont céderait sous le poids du véhicule. Pour traverser le cours d'eau, on utilise le bac. En empruntant les routes royales, on ne parcourt pas plus de douze lieues par jour. La voiture de Montespan renverse. Il faut de longues heures de réparation, puis elle s'embourbe. Il faut aller chercher des bœufs pour se tirer d'affaire.

— Le fâcheux et cruel carrosse qui, des plus sains et des plus forts, précipite la sépulture..., soupire le marquis quand casse un essieu du véhicule.

On doit en mettre un autre. Ça leur prendra donc plus de trois heures. Heureusement que, pas loin, se trouve un relais de poste possédant une dizaine de chevaux en réserve et un maréchal-ferrant.

31.

Le carrosse cornu stationne devant l'estrade d'un gros bourg où un noble à genoux sera décapité. Le bourreau derrière lui lève l'épée. Il vise la nuque. Il ne lui faudra pas frapper dans les épaules, le coup serait à recommencer, ni dans le crâne (tous autour se retrouveraient éclaboussés de cervelle). L'idéal serait entre deux vertèbres – pop ! la tête qui s'envole, c'est simple comme un dessin d'enfant.

Pour récompenser ses élèves d'avoir bien travaillé, un professeur les a conviés au sacrifice du condamné. L'exécuteur des hautes œuvres tient toujours son épée en l'air. Plus rien ne manque à ce mariage mortel entre le bourreau et sa victime que de battre le tambour. Un élan de baguettes roule sur une peau tendue. Un troisième homme sur l'estrade – magistrat en robe – prend la parole, parle de lèse-majesté qui aurait blessé l'honneur du roi et, à voix haute, lit la proclamation des autorités. Les épaules du bourreau pivotent sur la droite pour lancer le mouvement de la lame. Louis-Henri rabat le rideau de cuir au fenestron du carrosse. Dans une relative obscurité et près de son fils, il entend le fer siffler à travers l'azur et « pop » ! Au silence qui suit, il sent la foule prête à applaudir. Le peuple sera toujours amoureux de la poigne qui mate et du fouet abrutissant. Le buste, sans doute resté crispé, s'affaisse dans un son de bouse. Montespan a un rictus aux lèvres :

— Et voilà, c'était un homme. Ses parents seront bannis du royaume, ses terres confisquées, sa demeure incendiée et son nom ne pourra plus être porté par aucun de ses enfants. Il n'a jamais existé.

La place se libère. Le carrosse cornu ondule quand le cocher remonte sur son strapontin – Hue ! – puis reprend la route. Louis-Henri lève le rideau de cuir tandis que son fils (pas plus ému que ça par l'événement) déclare :

— Il faut toujours bien écouter le roi et se soumettre à chacun de ses désirs. Maman l'a dit.

Montespan, qui imagine ce que peuvent être les

désirs du roi pour sa femme, grimace. Dans une taverne tapissée de toiles d'araignée, la serveuse, pas sage en son rauque patois, apporte du potage et verse du jus de mouton sur du hachis sec. L'établissement malpropre sent mauvais.

Louis-Antoine – marquis d'Antin... –, le dos bien droit sur son banc, distribue à tous les mauvais points. Il trouve que l'on boit trop dans les cabarets et qu'il est grossier de garder son couteau à la main comme font ces roturiers. Il réprouve les injures qu'ils se lancent :

— Il faut éviter les mots de gueule ! Au jugement de tous, la tenue à table distingue l'homme de la bête, le noble bien élevé du gueux qui ne l'est pas, continue le joli enfant, serviette sur l'épaule comme à la cour.

Il observe un laboureur en sabots – jambes proté-gées par des guêtres, culotte usée aux genoux – vau-tré de fatigue sur sa soupe où flottent du porc, des fèves et du chou :

— Poser les coudes sur la table ou même un seul n'est excusable que pour les vieillards et les malades.

Louis-Henri lève les yeux au ciel en se servant du vin.

— Père, il ne faut pas commencer par boire avant de manger : c'est le propre des ivrognes. Il ne faut pas non plus gloutonner comme vous faites mainte-nant : c'est se conduire comme les animaux. Se rem-plir jusqu'au gosier et souffler pour reprendre haleine, c'est faire comme les chevaux. Cessez d'avaler les morceaux tout entiers, ce sont les cigognes qui agissent ainsi.

Montespan se gratte la perruque blonde à la hurlu-berlu.

— Père, je n'aime pas les pauvres.

— Louis-Antoine, tu parles fort bien pour ton âge, mais je me demande si tu ne serais pas un petit individu vraiment révoltant.

— Père, je préférerais que dorénavant vous me vouvoyiez puisque je suis marquis.

— Ah oui ?

32.

— Hé ! Montespan ! Est-ce vous ? Mais oui, c'est forcément vous – ce carrosse cornu... Vous ne me reconnaissez pas ? Charuel ! Nous étions ensemble à Gigeri. Êtes-vous venu essayer notre chaîne à laquelle vous êtes destiné ? Ah, ah, ah !

Le capitaine chamarré, assis sur le strapontin arrière d'un carrosse et face à un cortège de captifs, frappe du poing contre la voiture pour prévenir celui qui se trouve à l'intérieur :

— Commandant Gadagne ! Regardez qui s'est arrêté pour nous laisser passer dans ce goulet. C'est Montespan.

— Le cocu incommode ? Arrêtez le convoi.

Le duc de Gadagne descend du véhicule et s'étire. Il est vêtu d'un rabat à gros glands, d'un pourpoint raccourci à manches courtes ouvert sur une chemise bouffant à la taille et aux bras. Ruban en forme de fleur noué devant le nombril, il porte une jupe assez large, des bas tirés avec des jarretières, des chaussures à boucle, une perruque longue et un feutre bleu.

— Le marquis de Montespan ! Alors, on vous emmène ? Non, ça ne vous donne pas envie ?

Louis-Henri contemple l'immense ruban humain de trois cents condamnés aux galères – hommes qui furent enchaînés au cou deux par deux puis reliés ensemble par une longue chaîne qui passe entre les couples.

— Nous venons de Rennes, dit Gadagne. Dans un mois nous serons à Marseille. Nous... oui, sans doute, sourit-il près de Charuel, mais eux... pas tous. Un sur trois succombe entre la prison et le port d'embarquement.

Louis-Henri fait des plis de bouche devant ces écrasés par le poids des chaînes. Souvent la pluie sur le corps qui ne sèche qu'avec le temps, sans compter les poux et la gale. Ce sont des gueux, des voleurs, des déserteurs, des protestants.

— Sa Majesté désirant rétablir le corps des galères et en fortifier la chiourme par tous les moyens, explique le commandant de chaîne. Son intention est qu'on y condamne le plus grand nombre de coupables qu'il se pourra.

— Les hommes désobéissants, aux rames en Méditerranée ! Les femmes pas sages, déportées vers le Nouveau Monde... Le roi sait maintenir l'ordre en France, apprécie Charuel, et nous aussi dans la chaîne. Les survivants arrivent dans un état déplorable pour ensuite ramer dans des conditions dantesques. Voulez-vous une cuisse de poulet ?

Gadagne et Charuel s'assoient sur un rocher et profitent de cette rencontre fortuite avec le marquis pour collationner :

— Nous avons aussi des saucissons fumés, des andouilles et de la terrine de merle si vous préférez.

Le duc se couvre l'épaule d'une serviette (ce qu'apprécie Louis-Antoine descendu du carrosse cornu). L'enfant admire également les habits luxueux de ce commandant de chaîne qui se plaît avec son capitaine à décrire au marquis la vie sur les galères :

— Vous regretterez d'avoir boudé nos charcuteries lorsque comme eux vous n'aurez pour nourriture, qu'une fois par jour, des biscuits et une écuelle de soupe avec quelques fèves, une ration de piquette coupée d'eau de mer. Vous chierez dans une cuvette en bois, dormirez tête-bêche sur des bancs en compagnie de manants, de fous et d'assassins.

Louis-Henri hoche la tête en regardant ceux promis à cette destinée :

— Je peux leur parler ?

— Je vous en prie, marquis, faites connaissance ! Qui sait, vous voyagerez peut-être bientôt à leurs côtés, monsieur que tout Paris soupçonne d'avoir écrit une insolence sur le front du bâtard du roi... Est-ce vraiment vous qui avez osé faire ça ? En tout cas, le petit est mort.

Montespan se lève et, près de Louis-Antoine, marche le long de la chaîne. Il demande à quelques-uns pourquoi ils sont là. Celui-ci fut condamné à vie aux galères pour un vol de mouches à miel. Un garçon pleure – dix ans de rames pour un vol de poireaux chez son voisin. Le marquis d'Antin a réfléchi :

— Moi, je me plierai toujours aux exigences du roi.

Le Gascon regarde son fils.

33.

Le cours sinueux de la Garonne flâne entre de molles barrières de collines tandis qu'à l'horizon s'élève, de plus en plus haute, puissante et solennelle, la chaîne bleue des Pyrénées. Le paysage se tourmente, se hérisse. Après avoir encore changé six fois de chevaux, le carrosse roule sur des premières neiges car, franchi les rives de la Baïse, il gèle dès novembre et voici les terres du marquisat de Montespan. Là-bas, un château écrase de sa masse cubique le minuscule village de Bonnefont blotti à ses pieds. Les villageois n'en reviennent pas de ce qu'ils voient avancer :

— C'est-y donc not' maître ? Ah mais oui, c'est M. le marquis !

Dans le véhicule, Louis-Henri auscultant la peau de ses mains, s'étonnant de ne toujours pas y voir apparaître la moindre pustule vénérienne, songe à l'inguérissable plaie de son existence. L'angélus sonne à l'église paroissiale. Les manants suivent le carrosse, l'entourent, le précèdent. Certains sont déjà allés tambouriner à la porte du castel pour prévenir.

C'est Cartet – l'ancien maréchal des logis de Puigcerdá – qui, de ses bras forts, écarte les deux battants du portail. Les moustaches toujours en garde de poignard, il n'est pas bouche bée face au carrosse et Montespan, descendant, s'en étonne car les villageois, eux, se trouvent en arrêt devant les ramures de cerf dominant le véhicule noir. À coups de coude et de patois, ils se font signe de reluquer le nouveau blason cornu du marquis affiché aux portières. Louis-Henri, dans sa tenue de grand deuil, leur déclare :

— Je suis cocu ! D'ailleurs, ajoute-t-il en se retournant vers Cartet, il faudra hausser le porche d'une toise pour, lorsque je rentre chez moi, laisser passer mes cornes.

L'ancien maréchal des logis devenu concierge du château apprécie :

— Il y a du soudard chez vous, monsieur le marquis...

Chrestienne de Zamet arrive à son tour dans la cour :

— Mon fils, cette perruque ! Quelle étrange coiffure blonde, est-ce la nouvelle mode à Paris ?

— Hélas oui, mère.

Puis c'est Marie-Christine qui apparaît, ce 15 novembre 1668. Son père s'agenouille et la reçoit dans ses bras :

— Bon anniversaire !... ma jolie, précise-t-il alors que ce n'est pas vrai. Cinq ans aujourd'hui, ça se fête. Je t'ai apporté un cadeau.

— Maman ?

— ... Un cadeau acheté à Toulouse. Regarde, c'est ton petit frère qui te le donne.

La fillette un peu laide prend la poupée que lui tend Louis-Antoine et paraît déçue :

— Ce n'est pas maman...

Le père accroupi se décoiffe de sa perruque à la hurluberlu dont il couvre la tête de la figurine humaine disparaissant presque entièrement sous le postiche. Cela déclenche aux lèvres de Marie-Christine un sourire. Elle serre contre sa petite poitrine la poupée et glisse un index dans une anglaise qu'elle tournicote tandis qu'une adolescente s'approche timidement. Montespan lève les yeux :

— Dorothée ?!

Derrière elle, Mme Larivière s'essuie les mains à un tablier. Chrestienne de Zamet raconte à son fils :

— Elles sont arrivées la semaine dernière et c'est ainsi qu'on a appris votre infortune, mon pauvre garçon. Nous n'avions plus de cuisinière alors je l'ai gagée. Je me doutais que vous...

— Vous avez bien fait, mère. Bonjour madame Larivière, dit-il en se relevant.

La cuisinière à la peau d'olive s'excuse :

— Partie de Paris, je ne savais où aller avec ma fille...

— Dorothée est votre fille ? Décidément, je suis souvent le dernier informé, sourit le cocu.

— Vous devez être fatigué par le voyage et affamé. Je vais préparer le souper et mettre la table. Viens, Dorothée.

— Laissez-la, intervient Cartet. Regardez comme elles sont contentes de la poupée. Je vous aiderai.

La cuisinière aux pattes de héron et le rustique concierge du castel se dirigent ensemble vers l'office tandis que Chrestienne de Zamet chuchote à l'oreille de son fils en remuant horizontalement la main : « Je crois que tous les deux... »

— Cartet avec Mme Larivière ? Ah bon ? De mieux en mieux.

Louis-Antoine tout en soies luxueuses, dans la cour aux pierres disjointes entre lesquelles poussent des herbes, voit le bâtiment – une tour carrée où grimpe un lierre et un colombier entourés de douves puantes. Il demande sans malice :

— C'est la maison du concierge ici, ou le château ?

Derrière, une terrasse donne sur un parc en friche entouré par deux petits bois qui mènent à la rivière. Quadrilatère en la nature, le château est dans sa solide rusticité, sa simplicité, un modèle de la demeure d'un marquis pauvre. Dans la cuisine, Cartet soulève la lourde marmite fumante d'un seul bras qu'il tend devant lui. Mme Larivière, admirative, lui tâte le biceps et l'épaule :

— Que vous êtes musclé, Cartet ! Moi, il me faut un rude effort pour l'accrocher à la crémaillère.

— Vous n'aurez qu'à me demander. Ah, capitaine ! euh... monsieur le marquis, c'est prêt. J'avais chassé des lièvres dans vos bois dont Mme Larivière a fait un divin ragoût comme on n'en avait pas à Puigcerdá ! On aurait dû l'emmener avec nous.

La cuisinière olivâtre brunit de confusion devant le sourire complice de Chrestienne de Zamet qui propose :

— Et si nous soupions ensemble pour ces retrouvailles et l'anniversaire de Marie-Christine ?

— Père, on va partager le repas avec les domestiques ? s'étonne Louis-Antoine.

Ce ne serait que du bonheur à table s'il ne manquait pas... Le petit marquis d'Antin certes fait des réflexions. À l'ancien maréchal des logis, il dit :

— Tremper ses doigts dans les sauces, c'est le propre des gens de village ; porter ses doigts sales et gras à la bouche pour les lécher ou les essuyer à son vêtement n'est pas convenable. Il sera plus honnête que ce soit à la nappe ou à la serviette.

Le concierge à gueule de tueur le regarde, interloqué, puis tranche les lièvres comme si c'étaient des Angelets, alors que Dorothée tend son auge.

— Si quelqu'un découpe la viande, il n'est pas honnête d'avancer ni la main ni son assiette avant qu'on vous en propose, la gronde Louis-Antoine.

Marie-Christine ne veut pas manger. Elle tient mal sa cuillère, elle demande trop à boire, elle gesticule, ce qui déplaît à son frère.

La table débarrassée, Chrestienne de Zamet, adossée contre le vaisselier, porte une cerise confite à ses lèvres. Son petit-fils assène :

— Manger ses cerises debout, c'est manger en laquais !

— Il parle bien, hein, pour son âge..., commente la douce grand-mère.

— Oui, soupire le père.

— Et il a l'épiderme de..., d'une clarté !

Le petit, flatté, compare sa main à celle de sa sœur :

— J'ai la peau plus blanche que toi.

— C'est seulement parce que ta mère a enterré ton cordon ombilical sous un rosier ! lui balance le père qui commence à ne plus en pouvoir.

— Et pour moi, qu'est-ce qu'elle a fait, maman ? demande Marie-Christine, poupée coiffée à la hurluberlu dans les bras.

— Pour toi ?... Ah oui, après avoir coupé ton cordon, elle l'a mis en contact avec ta tête pour t'assurer longue vie...

Maintenant, la petite sommeille tristement dans son lit : on dirait à la voir qu'elle pleure en dormant tant ses yeux sont gonflés et son souffle pénible. Les petites filles ont le cœur si sensible. Oh, que le jour de son anniversaire aura été triste pour elle ! Et pensive, tandis que de ses grands yeux silencieusement tombe une larme, elle murmure : « Quand donc reviendra maman ? » Son père, l'ange des berceaux, essuie ses pleurs. Dans le lourd sommeil de l'enfant, il chuchote un rêve si joyeux que la lèvre mi-close de Marie-Christine, souriante, semble murmurer quelque chose : « Maman, te voilà !... » Louis-Henri quitte la chambre de l'enfant. Il ne peut pas lui non plus chasser l'image de Françoise qui prend dans sa vie toute la place. C'est une absence effrayante comme pour sa fille. « Elle reviendra quand ? », question obsédante. Le long de la galerie éclabous-

sée par les lueurs de sa chandelle, la lumière se réfléchit dans les miroirs, en fait une poétique. Louis-
Henri chapeaute la flamme d'un éteignoir en cône
qui la fait mourir. Le chêne de ses forêts brûle dans
l'immense cheminée de sa chambre. Il jette une
bûche sur les braises et ravive le feu. Son lit est garni
d'un châlit, et de trois matelas de futaine. Il se glisse
sous le traversin plein de duvet. Dehors, des rats
poursuivis par des hiboux filent au fond des eaux
vertes des douves dans des froissements de feuilles.
Les flammes de la cheminée rappellent la riche chevelure de Françoise. Le marquis mord les dentelles
de son oreiller.

34.

La foule pénètre dans l'église de Bonnefont, se couvre d'eau sainte. Une clochette tinte et le clergé s'agenouille devant l'autel.

— *Le Seigneur dit...*

Face à un cercueil ouvert posé sur des tréteaux, le prêtre Destival, à plus de quatre-vingts ans, peine à ouïr et à parler en raison de son grand âge. *Pater* et *Ave* prononcés en latin, *Je crois en Dieu* dit en français... effroyablement doux, il bave la foi de sa bouche édentée. *Au nom du père, du fils et du Saint-Esprit*, il dit de ce qui se trouve dans le cercueil ouvert qu'il est mort bon chrétien et catholique.

Louis-Antoine jette des yeux partout dans l'église :

— Qui est mort ?

Sous son bonnet, le petit marquis d'Antin a le profil fier. Ses cheveux jaillissent en mèches bouclées. Ses narines mobiles ressemblent à celles de sa mère. Mais qui est mort ? Ce n'est pas sa grand-mère – cette grande femme dévote le décoiffe. Alors qui est mort ? se demande le petit. Pas sa sœur aux sourcils fort épais. Il la voit, près de Dorothée, avec une

coiffe à double carillon qu'elle tourne entre ses
doigts en pleurnichant. Louis-Antoine ne comprend
pas pourquoi. Quand il lui demande, elle éclate en
larmes. Son père n'est pas décédé – il est là, devant,
le marquis campagnard qui vit chichement sur ses
terres et fier de son banc à l'église. En habit complet
de grand deuil et bas de soie noire, il a remplacé les
boucles fantaisie de ses souliers par de simples
boucles de fer. Mme Larivière n'a pas cassé sa pipe :
elle chante près de Cartet qui grommelle en observant le dos de Montespan : « Cette pute le fera mourir. » Mais de qui parle-t-il ? La mère de Louis-
Antoine doit être encore en vie sinon on le lui aurait
dit et puis, ce matin, avant la cérémonie tout le
monde évoquait le prénom de Françoise au présent,
donc ce n'est pas elle. Mais alors qui a trépassé ? Un
croquant aquitain ? Non, il n'y aurait pas tant de
monde en grande tenue. Aux flots d'encens, une langueur envahit les sens. C'est ensuite l'invocation
sous la croix. Le vieux curé de dos tend ses lèvres
vers les pieds cloués du Christ et, les ayant baisés
pour voir le Paradis, il se retourne en ouvrant les
bras. Des gentilhommes en livrée officielle, portant
un lourd cierge gravé aux armes de Montespan
(cornes ajoutées), s'approchent du cercueil. À tour
de rôle, ils se passent un goupillon qu'ils remuent
au-dessus de la caisse ouverte avec à la bouche un
demi-sourire que Louis-Antoine remarque. Ce doit
être son père qui les a invités. Il se souvient de
l'avoir entendu déclarer qu'il faudra envoyer un
billet d'enterrement aux seigneurs de la région.

Maintenant Montespan fait signe à ses enfants de le suivre par l'allée centrale. Marie-Christine, la première, sur la pointe des pieds remue l'aspersoir au-dessus de la bière puis le passe à son frère que Louis-Henri porte dans ses bras pour l'aider. Le petit se penche au-dessus du cercueil :

— Eh quoi ? Il n'y a rien dans cette boîte !

Il n'y a rien pour lui et sans doute pour chacun dans l'église, mais pour Montespan il y a tout. Lorsque les employés du service funéraire installent le couvercle et s'apprêtent à le clouer, cela ne va pas sans soupirs et sans larmes du marquis jusqu'aux cris mêlés avec des baisers et des embrassades tels qu'on ne peut refermer le cercueil vide auquel Louis-Henri s'accroche désespérément. Il faut la persuasion de plusieurs seigneurs pour l'éloigner.

Dehors, il donne la main à ses deux enfants et, chapeau sous le bras, est suivi par une cohorte d'amis abasourdis. Les gens marchent en silence, déconcertés par le spectacle tragicomique de la douleur du marquis suivant un cercueil vide à l'arrière de son carrosse cornu. Même les chevaux noirs qui tractent le véhicule sont coiffés de cornes de cerf.

Dans ce pays de rocaille et de soleil l'été, où les têtes s'échauffent rapidement, où l'on retrousse sa moustache, le peuple local prend la défense des extravagances du marquis – gascon à merveille. Ce cocu ne courbe pas la tête aisément. On applaudit ses frasques que la verve des conteurs relatera. Le cercueil en grand apparat suivi par l'assemblée paroissiale est porté en terre au sommet d'une col-

line. Louis-Henri se penche par-dessus le vide tournoyant d'un gouffre.

— Mais enfin, qu'est-ce qu'on enterre ? demande
Louis-Antoine à sa sœur traumatisée.

Les cloches de Notre-Dame-des-Neiges sonnent
pour le marquis le glas de son désastreux mariage.

— J'ai souvent été invité à des enterrements, soupire le seigneur de Gramont aux oreilles de celui de
Biron en redescendant vers le village, mais jamais
encore je n'avais été convié d'assister aux obsèques
d'un amour.

— De quoi est-il mort ? On parle d'un abus.

— Je crains que ce soit aussi d'un accès de
coquetterie et d'ambition.

Le crieur de corps, au son d'une clochette,
annonce que pendant un mois on portera le deuil
jusqu'aux rives de la Baïse.

— Honnête et poli, c'est le meilleur marquis
qu'on puisse voir sur terre, reprend Biron. Il n'a
qu'un défaut : l'amour tenace.

Montespan, resté seul sur la colline, s'accroupit et
plante devant la tombe une simple croix en bois où
on lit deux dates – (1663-1667) :

— Mourir à quatre ans, c'est jeune.

Il se relève dans la tramontane qui souffle au-
dessus de la vallée :

— Que le vent t'emporte sur ta terrasse de Versailles, Françoise ; si je croyais qu'il te pût apporter
ici par un tourbillon, je tiendrais toujours mes
fenêtres ouvertes et je te recevrais, Dieu sait !

Mais le ciel s'assombrit. La nuit vient tôt en hiver,

on entre dans le royaume du noir pour de longues heures. L'ombre nocturne est le domaine de la peur – revenants, loups, maléfices, ont souvent la nuit pour complice.

Louis-Henri laisse son message au vent et descend vers le château, refuge des corneilles à l'écart. Au lit, Louis-Antoine crie : « Hé, mon Dieu, où suis-je ? » On va à lui. « Hé, je ne sais où je suis. » Il est tout découvert, son père le recouvre. La mère de Montespan dit :

— La petite aussi s'est éveillée avec frayeur, elle s'est éveillée plusieurs fois... C'est qu'elle a l'imagination touchée par la cérémonie. Elle s'est plainte à moi de la douleur de tête et m'a dit que c'est d'avoir pleuré. La vie est dure, brève. Elle oblige les enfants à vite se conduire en adultes, hein ?

Louis-Henri ne répond pas et fait le mort.

35.

Le lendemain des funérailles de son amour, Montespan voudrait croire à la résurrection. Après tout, Françoise n'est-elle pas née d'une morte ? Le souper terminé, encore accoudé sur la longue table en chêne de la cuisine, il joue des doigts contre son verre tandis que chante l'eau de la bouilloire destinée à la vaisselle. Le concierge du château, court de col et coiffé d'un chapeau de castor paré de plumes, l'observe et conseille à la cuisinière qui récure un chaudron :

— Il faudrait lui faire manger du bœuf.

Mme Larivière ne partage pas son avis :

— Le bœuf donne une solide nourriture au corps mais il engendre un sang gras et mélancolique. Le poulet est meilleur, il restaure les natures les plus débiles.

Cartet se lisse les moustaches puis s'empare d'une cruche ventrue et vernissée pleine de muscat de Frontignan dont il sert abondamment Louis-Henri :

— Allez ! Pour garder la tête hors de l'eau, ne pas se laisser gagner par le désespoir. Une pointe de vin réveille et réjouit toute une âme. À la guerre comme à la guerre...

Le marquis saisit son verre de fougère et boit d'un trait. Le concierge fait à nouveau couler le nectar :

— Et ensuite, comme les enfants et votre mère, il faudra aller vous coucher, capitaine.

— Me coucher... Dans les draps froissés, le corps embarrassé de rêves douloureux, mes muscles me font mal. J'ai des vapeurs quand vient la nuit, un petit mal à la bouche et des grimaces aux mains.

Regards échangés à la dérobée entre la cuisinière et le concierge qui, sur le plancher craquant, va chercher un instrument de musique à cordes pincées dont il essaie d'égrener quelques notes justes : « On met plus de temps à accorder un luth qu'à en jouer. Sa pratique est délicate, contrairement à la guitare venue d'Espagne. »

Le marquis s'ennuie dans la rustique solitude de Bonnefont. Ses pensers amers le harcèlent. Il a encore le goût des baisers de Françoise sur les lèvres. Il tend le bras vers une bouteille clissée de ratafia à la rose qu'il saisit, pousse son banc et sort. Dehors, les flocons blancs légers volettent comme du duvet.

Englué dans la boue des jours et des nuits devenus inutiles, il n'a plus qu'à prendre patience et de la tisane de rhubarbe le soir tout le temps que sa femme fidèle, aimante, sera prise dans le vertige de la faveur royale. Il voudrait tant qu'elle renaisse à lui – le souvenir de sa voix lui met le cœur en lambeaux.

Assis sur le muret des douves et face au château, les images de sa vie défilent dans sa mémoire... Le visage de Françoise le hante, s'impose à lui et il souffre. Mme Larivière ordonne à Cartet d'arrêter les grincements discordants du luth, d'aller plutôt le ranger dans l'ancienne salle des gardes... Et la vision de l'amour de Louis-Henri revient dans ses yeux mais c'est le concierge à l'intérieur du castel qui, chandelier à la main, passe près d'une fenêtre. Le marquis avale une longue rasade de ratafia (où il n'y a pas que de la rose) et voudrait croire que c'est Françoise qu'il voit. Il se précipite vers la porte de la salle qu'il ouvre en clamant :

— Cartet, allez vite chercher la robe de mariage de mon épouse et revêtez-la.

— Quoi ?

— Ensuite vous passerez plusieurs fois devant les fenêtres avec la bougie. Pendant ce temps, moi sur le muret, je vous regarderai, hips !

— Mais capitaine, je suis trop gros, surtout en culotte de peau d'ours, je ne rentrerai pas dedans.

— Eh bien, dénudez-vous et puis laissez la robe délacée dans le dos.

— Oh, monsieur le marquis !...

— Retirez aussi le chapeau, Cartet : le chapeau, là, en castor avec les plumes. Il faut que je croie que c'est Françoise.

Assis au bord des douves et liqueur de ratafia à la rose au bord des lèvres, Montespan lève le cul de la bouteille et mate ses fenêtres. Il assiste au spectacle du concierge imitant sa femme. Au début, il est déçu

car Cartet passe devant les vitres à grosses enjam-
bées et voûté avec ses airs de tueur des âges anciens.

— Mieux que ça ! lui lance le marquis. Prenez
des allures, faites des mines, soyez plausible ! Faites
semblant de vous poudrer le visage, je ne sais pas,
moi...

Alors l'ancien maréchal des logis s'exécute. Il
avance en ondulant des hanches, virevolte sur place
avec des grâces dans les pognes devant son visage.
Sous la neige et la nuit, Mme Larivière, à l'ombre du
carrosse cornu près d'une grande glycine, le regarde.
Montespan, hips, serre la bouteille vidée contre sa
poitrine et écarquille les yeux. Le noyau de sa nuit
s'ouvre. Louis-Henri se retrouve frappé des illusions
et des fantômes. Il se lève, flotte quelques instants,
incrédule et errant avant de s'élancer vers l'ancienne
salle des gardes. Mme Larivière avance à son tour.
En entrant, le marquis s'exclame :

— Ces jours furent trop longs à passer et depuis
que tu es partie ils m'ont duré des siècles, Françoise !

— Hé, capitaine, c'est moi, rappelle Cartet soudain enlacé par les bras trop amoureux du marquis
aux mains baladeuses. Monsieur de Montespan, je
suis votre concierge !

— Ah, que tes lèvres sont douces, ma belle, fait
le cocu cherchant à embrasser l'ancien maréchal des
logis. Et puis j'aime tes anglaises...

— Ce sont mes moustaches !

— Retourne-toi. Tu as déjà défait ta robe,
coquine...

Mme Larivière s'approche et se place dans l'encadrement de la porte tandis que Montespan veut absolument enfiler le concierge qui s'y oppose comme il peut, empêtré dans l'habit de cérémonie :

— Monsieur de Montespan, ça fait deux fois que vous me confondez ! Déjà quand vous avez été blessé devant Puigcerdá...

— Deux fois ? Je ne savais pas, Cartet, que vous alliez régulièrement à Naples sans passer par les ponts !... commente la cuisinière sous les tourbillons de neige.

Le concierge en robe rouge rebrodée de perles et cul nu se retourne :

— Alors là, madame Lariri, c'est un affreux malentendu !

— Mais bien sûr, c'est ce que je vois... À la guerre comme à la guerre, hein..., fait-elle, ressortant, fort digne.

En robe de mariée et blessé dans son honneur de soldat, Cartet s'insurge au nom de toutes les armées : « Je ne vous laisserai pas insinuer que... » Mais il s'écroule dans ses perles, se débarrasse du vêtement compromettant :

— Madame Larivière, madame Lariri !

Nu et poilu, grosses cuisses, il marche sous les flocons auprès de la cuisinière en faisant de grands gestes pour lui expliquer que...

36.

L'aube se lève au-dessus de la vase des douves du château de Bonnefont. Dans la cheminée de la chambre du marquis le feu meurt doucement. Fatigué, Montespan sort de son lit avec un mal de tête, va vers une bassine que recouvre une fine couche de glace. Il l'écrase du plat des doigts, et l'eau, dessous, affleure la pellicule givrée, fait comme un miroir où le cocu contemple les cernes de ses yeux, ses traits tirés. Il appuie davantage, la glace se brise et l'eau est vraiment froide. Il tire sur un cordon pendant le long d'un mur qui fera sonner en bas une clochette dans la cuisine.

Aux fenêtres de sa chambre du deuxième étage, des imperfections visuelles dues aux paillettes de givre qui étoilent les vitres. Un fin voile de brume plane sur les plaines blanchies de la vallée. Des volutes s'élèvent au-dessus des fermes. Là-bas, la haute chaîne des Pyrénées. Mme Larivière gratte la porte puis entre, une bouilloire d'eau fumante à la main. Des filets de vapeur sortent du bec de l'usten-

204   Le *Montespan*

sile et des narines de la cuisinière, semblant fulminer intérieurement.

— Quelque chose ne va pas, madame Larivière ? demande le marquis.

— J'ai mal dormi. Un émissaire du roi qui vient d'arriver réclame à vous parler. Il attend au centre de la cour en observant le château.

— Faites-le monter et patienter dans la salle de réception, le temps de mes ablutions.

— Vous ne le recevez pas tout de suite, préférez d'abord encore vous laver plutôt que de vous étriller au linge sec alors que la Faculté se méfie de l'eau ?... C'est un agent propagateur de maladies qui élargit les pores de la peau, s'infiltre dans le corps pour le corrompre et le fragiliser !

Le marquis en caleçon long retire sa chemise et ausculte l'épiderme de ses bras et de son buste :

— Si je devais être contaminé, il y a longtemps que ce serait fait...

— Le roi, lui, ne s'est baigné qu'une fois dans sa vie. Chaque matin, son premier valet de chambre dépose quelques gouttes d'esprit de vin sur les mains de Sa Majesté. Son grand chambellan présente le bénitier : Louis se signe, il est lavé. Un jour, vous prendrez des bains de mer réservés aux fous et aux enragés !

La cuisinière claque la porte derrière elle. Le marquis sourit.

Toilette faite, habillé de deuil, Montespan se parfume, pousse une autre porte de sa chambre donnant sur la salle de réception où l'émissaire l'attend.

C'est un cavalier fier. Cheveux longs frisés et moustache effilée, sous un lourd manteau vermillon, il porte des broderies et des dentelles. Il sent l'urine et la sueur de ceux ayant beaucoup galopé plus l'odeur du cheval. Il contemple le marquis propre de haut en bas :

— Vous fatiguez la cour, monsieur, avec tout ce noir.

Et sans qu'on lui propose, l'émissaire va s'asseoir dans le fauteuil de Louis-Henri, tend ses talons rouges au bord de la cheminée où la cuisinière a allumé le feu.

— Marquis, votre oncle, l'archevêque de Sens, brave trop les foudres royales en prenant votre parti. Dans son diocèse, il dénonce l'adultère de Sa Majesté avec une femme mariée et publie les anciens canons flétrissant cette violation de la loi religieuse. Le roi l'a menacé d'une lettre de cachet mais le prélat riposte par une autre menace : l'excommunication. Il veut forcer le pape à un blâme public du roi de France. L'affaire devient d'État.

Le ton de l'émissaire est glacial comme la saison. Il se lève, marche d'un mur à l'autre de la salle :

— Que celui qui a reçu les neuf onctions à l'huile de la sainte ampoule soit réduit au triste rang des débauchés ferait un épouvantable fracas qui retentirait avec horreur chez toutes les nations. Le roi m'envoie pour obtenir de vous un acquiescement au fait accompli et la cessation de vos éclats publics. Combien voulez-vous ?

Lorsqu'on est près du feu on brûle, mais sitôt que

l'on s'éloigne, que l'on va dans le fond de la pièce, le froid vous prend. L'émissaire revient près de la cheminée où Montespan, accoudé, ouvre au hasard la page d'un livre de Tacite sur laquelle il lit : « Dans Rome, tout courait à la servitude. »

— Colbert, reprend l'autre, censé trouver le temps de veiller à vos états d'âme tout en s'occupant de problèmes aussi dérisoires que le gouvernement et l'économie de la France, pensait au nom de Sa Majesté que cent mille écus pourraient aller. J'ai dit *écus*, je n'ai pas dit *louis*, c'est trois fois plus.

L'homme est hautain et méprisant. Tandis que Louis-Henri scrute le chambranle autour de l'ouverture de la cheminée, l'envoyé de Versailles ajoute :

— Ainsi que la prise en charge de vos dettes, bien sûr, et cela s'élève quand même à...

— Comment va ma femme ?

— La favorite du roi commence sa carrière féerique, devient l'incontestable reine de France. Elle a poussé La Vallière aux Carmélites. Elle réclame qu'on la fasse haranguer partout où elle passe. Elle possède un appartement de vingt pièces au premier étage après la salle de Conseil du roi alors que la reine se contente de onze pièces au second. Elle est l'ornement gracieux des réjouissances de la cour. Sa traîne est portée par un pair de France tandis que la reine n'a qu'un page pour s'occuper de la sienne. Fier d'une telle conquête, le roi prend plaisir à la faire admirer comme il fait admirer ses bâtiments et jardins aux notables étrangers qui passent à Versailles. Elle est enjouée, gaie, plaisante avec le sel le plus fin. Tout amusement semble le sien. Aisée avec tout le monde, elle a l'art de mettre chacun à sa place. La cour répète qu'il n'y aura pas de guerre parce que Sa Majesté ne saurait vivre loin de la Montespan... Une femme de chambre d'Athénaïs m'a confié à propos du roi : « L'envie d'elle le prend trois fois le jour comme une grande fringale. Et dans son impatience, il pousse jusqu'à la trousser devant les domestiques ! Mais la marquise ne s'en voit pas mal à l'aise et passe volontiers sur les petites incommodités que lui vaut pareille ardeur. » La libido du Roi-Soleil pour votre femme se révèle aussi exceptionnelle que sa patience pourrait être limitée envers vous. Deux cent mille écus !

Montespan entend dehors le chant des coqs, les premiers coups de marteau d'un forgeron, des grincements de roues de charrettes transportant des pierres de construction, des barriques de vin, du foin pour les chevaux. Le marquis se dirige vers une verrière polychrome tandis que l'émissaire poursuit :

— Un jour, votre femme assista en compagnie de Sa Majesté à une revue de mercenaires allemands. Lorsqu'elle passa près d'eux, ils crièrent : *« Königs Hure ! Hure ! »* (La putain du roi ! La putain !) « Que disent-ils ? » demanda-t-elle. Lorsque plus tard le monarque voulut savoir comment la marquise avait trouvé la revue, elle répondit : « Parfaitement belle, je trouve seulement que les Allemands sont trop naïfs d'appeler toutes choses par leur nom. » N'est-elle pas drôle ?!... Comprenez que Louis veuille la garder à ses côtés, d'autant plus que la

Montespan recommence à porter des robes *innocentes*...

Le cocu se retourne :

— Je vais encore être père ?

— Elle sent à raison son pouvoir fortifié d'une
nouvelle grossesse commençante. Mais cette fois-ci,
des précautions de sécurité exceptionnelles seront
prises. Le bâtard ainsi que ses frères et sœurs, sans
doute à venir, seront logés, je peux vous le dire, dans
une jolie maison de la rue Vaugirard comprenant un
grand jardin entouré de hauts murs où les enfants
joueront à l'abri des regards extérieurs et protégés
par des gardes. Pour élever sa progéniture, la favorite
a choisi de confier ses enfants à la vilaine veuve
d'un écrivain paralytique, rhumatisant au dernier
degré et quasi-gnome : Paul Scarron. À sa mort, ce
poète bossu et lubrique a laissé un testament : « Je
lègue mes biens à mon épouse à condition qu'elle se
remarie. Ainsi il y aura tout de même un homme qui
me regrettera ! » Votre femme a présenté la gouvernante des bâtards royaux à Sa Majesté.

Montespan lève la tête au plafond qu'il fixe longuement et, des ongles, se gratte verticalement la
gorge. Le cavalier qui pue s'approche de lui, glisse
un doigt sur le salpêtre du mur :

— Les enfants de votre femme seront mieux
logés que vous. Votre château se lézarde, les pierres
se descellent, il menace ruine. Il faudrait réparer une
marche que le gel a fendue. On se croirait chez vous
tout au plus dans le logis d'un curé ! Votre situation
est peu brillante, vous ne possédez que des dettes.

Vous voilà écarté des tables de lansquenet de Paris qui, si elles furent vos marâtres, furent aussi vos nourrices. De quoi allez-vous vivre, ne possédant que quatre cents livres de rente par an ? Vous devez aussi une petite fortune à un laboureur qui va vous prendre une partie de vos terres. Votre disgrâce en exil est un arrêt de mort sociale. En bas de l'échelle nobiliaire, le mérite de votre femme contribuerait plus à votre élévation que tout ce qu'il peut y avoir de recommandable en vous. Si vous acceptiez de seulement vous taire et vous incliner devant la volonté royale, plutôt que de traîner votre amertume dans cette province, vous posséderiez un hôtel particulier dans Paris avec une trentaine de domestiques, des centaines d'hectares de terres pour lesquelles vous percevriez des droits seigneuriaux, des bois, des chasses !

Montespan laisse l'émissaire lui jouer de la flûte à huit trous nommée pipeau du chaudronnier et va s'asseoir sur un ployant de fer et de toile. Il écoute le chant du vent à travers les contreforts des Pyrénées comme une danse de Sardane et la somme que l'envoyé de Versailles propose maintenant :

— Trois cent mille écus ! Ça veut dire neuf cent mille livres, presque le million. Demandez-le, vous l'aurez. Quelle est votre réponse ?

Louis-Henri contemple les congères qui pendent du toit puis l'émissaire :

— Je ne sais pas ce qui me retient de vous jeter par la fenêtre.

37.

— Ça fait quand même chier de devoir tout payer avec des pièces à l'effigie de la tête de l'amant de sa femme ! Surtout qu'il est moche, ce nain sale. Mais qu'est-ce qu'elle lui trouve ?

Louis-Henri lève devant ses yeux un écu d'argent sur lequel il détaille le personnage gravé :

— Nez trop long et busqué, gras du cou, ses joues sont flasques. Sa cuirasse drapée à la romaine est ridicule. Je n'aime pas du tout sa perruque ! Paraît qu'il aurait un charme... *exotique*. Ça ne me saute pas aux yeux, à moi.

Le marquis mord la pièce et la lance au concierge :

— Attrapez ça, Cartet, et faites fabriquer chez le menuisier une caisse en bois.

— Encore un cercueil ? Pour enterrer quoi, cette fois-ci, votre espoir ?

— Mais non, ce sera pour le tableau. N'oubliez pas les mesures.

Tandis que le concierge sort, une voix à l'accent de la région de Montlhéry intervient :

— Reprenez la pose, monsieur de Montespan.

Le peintre itinérant qui sillonne la France de château en château pour proposer aux petits seigneurs ses talents de portraitiste, de décorateur (frises le long des murs, dessus de porte, plafonds illustrés), rectifie la pose de son modèle :

— Le buste davantage tourné vers la droite, la tête de face, voilà, c'est ça. Ne bougez plus.

Dans le cabinet de travail au premier étage du castel, Louis-Henri assis à son bureau, plume de corbeau taillée de frais entre les doigts, fait mine d'écrire sur une feuille de papier immaculée. Homme en cheveux et chemise de chanvre écru, il n'a voulu ni recouvrir son crâne d'une perruque ni porter les rubans, plumes, dentelles, fleurs artificielles, dont se pare généralement un marquis posant pour la postérité. Le cocu a désiré quelque chose d'intime et contemple le peintre comme s'il regardait amoureusement sa femme.

L'artiste de Montlhéry assis, jambes écartées sur un tabouret, se penche parfois pour examiner son modèle, accentuer en silence la courbe d'une paupière alourdie de tristesse, remonter l'ombre d'un vague sourire aux lèvres.

— Votre bouche et vos yeux se contredisent souvent, constate le portraitiste. Quand vos pupilles pétillent de malice, la bouche appuie un pli de peine et lorsqu'elle se relève, farceuse, vos yeux s'embuent de larmes.

Le marquis ne répond rien et écrit :

23 juin 1669

Françoise,

La fenêtre est ouverte. Les grillons chantent. Les sifflements des faux tranchent les tiges des céréales. Louis-Henri lève un temps les paupières vers le peintre puis trempe sa plume dans le liquide noir, fait de vitriol et de noix de galle, d'un encrier.

Voici mon portrait peint par Jean Sabatel que tu mettras dans ta chambre quand le roi n'y sera plus. Qu'il te fasse souvenir de moi et de l'excessive tendresse que j'ai pour toi, et par combien de choses je voudrais la pouvoir témoigner en toutes occasions. Mon portrait, mets-le donc en son jour et regarde quelques fois un mari qui t'adore : pauvre époux qui parce qu'on lui a ôté sa femme ne sait plus ce qu'il fait. Je suis devenu pour les précipices comme on me dit que tu es maintenant pour le mauvais air d'un palais bâti sur le sable mouvant et la fange ; il y a des gens pour qui je ne les crains plus – toi !

La plume du marquis va. À grands grattements sur le papier, le cocu poursuit :

Mon bel oiseau, ma tourterelle, tu te retrouves le cou paré de perles et encagée derrière des barreaux d'or à deux cents lieues de moi, contraint à l'exil, alors que je n'aime aucun lieu sans toi. Est-il possible, ma déesse, que tu ne puisses t'envoler, me rejoindre, ou que tu n'aies point connaissance de l'amour que tes beaux yeux, mes soleils à moi, ont réellement allumé dans mon cœur ? J'ai plus que de la rage à l'âme de te savoir volée par un autre qui ne t'aime pas autant que moi. Si tu n'en rougis pas, ma dame, j'en rougis pour toi. Mais je te jure par toi-même, qui est ce que j'ai de plus cher au monde, que...

La porte du cabinet s'ouvre. Montespan pivote la tête. Le peintre soulève son pinceau. C'est Dorothée qui entre chercher la poupée coiffée à la hurluberlu laissée ici par Marie-Christine qui la suit. L'enfant au destin triste du marquis s'accroche à la jupe de la domestique, qui est sa seule compagne de jeu. Dorothée, à maintenant seize ans, ressemble à une petite femme. Quant à Marie-Christine, elle a les joues cousues, le bout du nez gros. Elle se fane comme une fleur privée d'eau. Elle s'approche de Louis-Henri, demande : « À qui écrivez-vous, père ? » Le marquis sourit mais ses yeux se plissent de souffrance. Grand de corps, gros d'ossements, musculeux, fort poli, il l'interroge pour savoir si elle a bien dormi la nuit dernière. L'enfant répond que justement elle voudrait dorénavant coucher avec Dorothée :

— Pour ce qu'il me vient des songes, seule dans mon lit. Je crains les esprits depuis la mort de maman.

Montespan ne sait que dire. Dorothée, plus fine qu'on pourrait croire, rompt le silence en proposant de déjeuner à l'enfant trop maigre qui refuse :

— Non, je n'ai pas faim.

— Ce sera oui et n'en riez point ; c'est au cadran du clocher de l'église qu'il faut regarder si vous avez faim et, quand il vous dit qu'il y a huit ou neuf heures que vous avez mangé, avalez un bon potage, sur sa parole, et vous commencerez ce que vous appelez une indigestion.

Les deux s'en vont, referment la porte. Louis-Henri reprend la pose et lorgne sa lettre en réfléchissant.

La maigreur de notre fille et sa faiblesse sont grandes. Je voudrais bien qu'elle prenne du lait comme remède le plus salutaire mais l'aversion qu'elle y a fait que je n'ose seulement lui proposer. Elle souffre souvent de langueurs, de lassitudes, de pertes de voix. Je crois que tu aurais sujet de te plaindre de moi si je te laissais dans la pensée que son mal n'est pas considérable. Il l'est d'autant plus qu'il y a maintenant des années qu'il dure, et cette longueur est tout ce qu'il y a à craindre à moins qu'elle ne retrouve, par la pensée de te plaire, la douceur de ta présence auprès d'elle qui l'empêcherait d'être dévorée de peine.

Pour moi, je ne condamne point tes manières ; chacun se sauve à sa guise. Mais je suis bien assuré de n'aller point à la béatitude par le chemin que tu prends. Défais-toi de l'ambition dont on t'a revêtue là-bas et tu ne t'en retrouveras pas si malheureuse que tu penses et je suis assuré, ma dame, que quand le dépit t'aura jetée dans mes bras l'amour y reviendra.

Le plus passionné des maris continue de t'adorer.

Louis-Henri de Pardaillan,
marquis de Montespan,
époux séparé quoique inséparable.

Le cocu glisse sa missive pliée dans une enveloppe qu'il s'apprête à cacheter lorsque le peintre de Montlhéry conseille :

— Si la lettre est pour votre femme, jointe à mon tableau, inutile de fermer l'enveloppe. Au palais, le service de contrôle du courrier – le « cabinet noir » du roi – interceptera vos mots.

— Ah, vous avez raison, reconnaît Louis-Henri.

Alors le marquis, d'une insolence et d'une morgue

inversement proportionnelles à sa petite fortune, écrit sur le verso de l'enveloppe :

Aux salauds et salopes qui entourent Sa Majesté et trouvent à se divertir dans ma correspondance !

38.

Ce jour de décembre 1669 est une grande date. Louis-Antoine, petit marquis d'Antin, monte pour la première fois sur une jument anglaise – vieille et calme guilledine qui va au pas sur les pavés de la cour du château. Le père admire l'air de son fils, son instinct, son maintien à cheval alors que Marie-Christine craint tellement les équidés.

— Je n'ai jamais vu enfant mieux planté en selle, le corps droit et les jambes comme s'il eût été instruit. Regardez ça, Cartet. N'a-t-il pas vraiment l'air d'un cavalier ?

Le concierge, en haut d'une échelle posée contre le portail rouge du castel, finit de desceller quelques briques qu'il laisse tomber au sol, observe le fils du marquis, se retourne et puis lance :

— Tiens, d'ici, je vois un carrosse qui s'approche, capitaine. Vous allez avoir de la visite. Des gardes marchent à côté. Je crois que ce sont des dragons.

— Des dragons ?

Montespan apprécie les visites qui le distraient

dans l'ennui de son lointain marquisat, lui apportent quelquefois des nouvelles d'autres provinces et même de la cour, mais pourquoi des dragons avec ce carrosse ? Il s'approche du portail tandis que d'autres briques tombent. Le notable, qui descend du véhicule arrivé devant le château, demande en lorgnant le concierge sur l'échelle :

— Vous faites des travaux, marquis ?

— On hausse le porche. C'est pour mes cornes.

— Ah, toujours ces gasconnades de mauvais goût...

Une femme inquiète et aux petits pas fatigués s'approche à son tour. C'est la mère de Louis-Henri que le visiteur salue d'un « Bonjour madame. Comment allez-vous ? ». Chrestienne de Zamet, depuis le retour de son fils à Bonnefont l'an passé, est devenue bien vieillie, bien toussante, mais elle a toujours de l'esprit :

— Il est recommandé de ne pas parler de ses petites misères physiques ni de ses enfants.

— Êtes-vous malade ? Vous soignez-vous ?

— Je prends force remèdes dont on compterait aussi tôt le nombre que celui des sables de la mer. Que nous vaut l'honneur de votre visite, monsieur le représentant de Sa Majesté en Guyenne ?

L'intendant porte une robe et des gants de point d'Angleterre. Il a le visage petit et laid, beaucoup de cheveux qui le dispensent d'une perruque. À son haleine, on sent qu'il s'est gâté l'estomac par le vinaigre dont il abuse. Il dit à Louis-Henri :

— Faites rassembler dans une salle l'ensemble de vos gens. Il faut que je vous parle devant eux.

— Ah bon ?

Montespan siffle brièvement entre ses doigts. « Cartet, descendez », puis il appelle : « Madame Larivière ! Dorothée ! » La cuisinière sort dans la cour, un torchon entre les mains, et la compagne de jeu de Marie-Christine ouvre une fenêtre à l'étage : « J'arrive ! » Ils rejoignent le marquis et Chrestienne de Zamet dans l'ancienne salle des gardes. L'intendant étonné questionne Louis-Henri : « Est-ce tout ? Vous n'avez pas d'autres domestiques ? »

— Je ne suis guère argenté, monsieur Macqueron... Et quand mon père a disparu, ce printemps à Toulouse, l'héritage était si embarrassé de dettes, parce qu'il m'a beaucoup prêté, qu'en fin de compte j'ai dû y renoncer.

— Vous ne me ferez pas pleurer sur l'état de votre fortune, marquis. Je ne connais personne au monde qui pourrait s'enrichir autant que vous et si facilement.

Un greffier debout s'apprête à prendre des notes. Dehors, les dragons se postent autour du mur d'enceinte du château et dans le parc pour empêcher toute sortie mais l'intendant paraît gêné. Il grimace, demande :

— Monsieur de Montespan, lors de la guerre de Dévolution, vous êtes-vous acoquiné avec une jeune brunette du pays aux yeux brillants et au sang chaud que vous auriez enlevée, travestie en soldat afin de l'introduire dans votre compagnie pour l'avoir toujours sous la main ? La famille de la séquestrée vient de porter plainte contre vous.

— Quoi ?

— Une seconde affaire vous charge. On vous accuse d'avoir menacé d'attaquer un couvent pour enlever une jolie nonne, faire une dragonnade amoureuse, quoi...

— Hein !?

— Si ces faits se révélaient exacts, vous risqueriez l'emprisonnement à vie au donjon de Pignerol.

— Mais c'est faux, totalement faux ! Ah, vertubleu ! s'indigne le marquis, je ne m'intéresse pas à ce type de jongleries extraconjugales. Je n'ai jamais été un de ces séducteurs surnommés « amoureux des onze mille vierges » ! Jamais ! Moi, un mari à bonne fortune ?!

La mère fiévreuse de Louis-Henri prend aussitôt le parti de son enfant :

— Mon garçon est honnête, monsieur Macqueron, civil et connu pour la bonne règle de ses mœurs !

— Madame, un commandant posté aussi devant Puigcerdá, duc libertin que cette histoire enchante, accable votre fils.

— L'esprit charitable de souhaiter plaies et bosses à son prochain est extrêmement répandu aussi dans les armées, commente Cartet.

L'intendant de Guyenne a effectivement des doutes. Il constate dans le regard franc du marquis une stupéfaction réelle à laquelle il s'attendait, sort de sous sa robe une lettre cachetée de jaune (affaire judiciaire). À la couleur de la cire, Montespan devine que la missive sent aussi le fagot d'épines. Macqueron raconte :

— Il y a deux mois, un envoyé spécial de Louvois m'a apporté une lettre qu'il m'a demandé de lire devant lui. Étonné mais pressentant quelque embrouille louche, j'ai voulu me protéger, prétexté un besoin de lunettes que je devais aller chercher dans le bureau d'à côté. Là, j'ai commandé à mon greffier de se coller contre la porte, d'écouter et noter ce que j'allais articuler à voix haute face à l'émissaire. Et voilà ce que j'ai lu, conclut-il en tendant la copie de sa lettre au marquis qui la déplie et découvre.

21 septembre 1669

À l'intendant de Guyenne, Macqueron

Faites prononcer quelque condamnation contre le capitaine, marquis de Montespan, pour tâcher de façon ou d'autre de l'impliquer dans une affaire avec apparence de justice.

Si vous pouvez faire en sorte qu'il pût être lourdement chargé pour que le Conseil souverain eût matière de prononcer quelque condamnation grave, ce serait une fort bonne chose. Vous en devinez les raisons pour peu que vous soyez informé de ce qui se passe en ce pays-ci.

Je vous prie de rien oublier pour faire réussir ce que je désire en cette occasion et de m'en donner

*des nouvelles tous les ordinaires par une lettre à
part écrite de votre main et de me renvoyer celle-ci.*

Louvois

Montespan abasourdi commente les derniers mots :

— ... « *et de me renvoyer celle-ci* », il ne voulait
pas que la perfidie demeure dans les archives...

— ... Alors que moi, précise l'intendant, je tenais
à cette copie pour décharger ma responsabilité en
laissant à la postérité des preuves de l'intervention
du ministre et du roi.

La vaste cheminée à tuyau de l'ancienne salle des
gardes tire mal et enfume la pièce. Le marquis ne se
sent pas bien, la tête lui tourne. Il a la nausée, ouvre
en grand une fenêtre quoique ce soit l'hiver. Dans la
cour, près du carrosse cornu où s'accroche la glycine, Louis-Antoine fait des exercices sur un cheval
d'arçons. Le cocu se retourne. On ne peut être plus
clair : de tutélaire et offrant beaucoup d'or, la main
de Sa Majesté devient persécutrice. Il faut charger le
marquis de tous les torts possibles quitte à en inven-
ter, salir l'image d'époux modèle du Gascon. Il faut
consommer la ruine du rebelle « *avec apparence de
justice* », c'est écrit dans la lettre.

— Ils complotent une machination pour se débarrasser de moi le plus sûrement possible, falsifient les
faits et me jettent sur les bras une affaire passible
d'emprisonnement à vie...

Un long silence règne dans la salle jusqu'à ce que
Macqueron reprenne :

— J'ai d'abord docilement suivi les consignes de Louvois, ordonné une enquête à charge contre vous, exigé que l'on échafaude des affaires vous impliquant qui pourraient sembler plausibles devant un tribunal, même s'il le faut en achetant de faux témoignages. Mais maintenant, j'ai des scrupules, un problème de conscience...

— Ils ne s'embarrassent pas avec ça à Versailles *« pour peu que vous soyez informé de ce qui se passe en ce pays-ci »*.

— Avant de chercher un prétexte pour tenter d'éviter le Conseil souverain qui vous condamnerait, je voudrais d'abord être absolument sûr de la véracité de vos bonnes mœurs. C'est la raison pour laquelle je désire interroger vos gens devant vous.

— Oh, mais faites..., répond Montespan que cela soulage.

L'intendant de Guyenne se tourne d'abord vers Dorothée :

— Le marquis s'est-il toujours bien conduit avec toi ?

— Oui, monsieur.

— A-t-il eu des gestes déplacés envers ta personne ou des propos un peu...

— Oh non, monsieur !

— Tu es certaine ?

— Mais oui.

— S'il s'est passé ou que tu as vu quelque chose de pas très catholique, tu dois me le dire. Tu sais que c'est péché mortel de mentir à la justice ?

— Je ne mens pas, monsieur.

Le regard de l'intendant entame un lent mouvement circulaire, passe comme un voile sur le concierge aux moustaches en garde de poignard et mine d'assassin des bois, ralentit sur la mère du marquis : « Rien à me révéler, madame ?... »

— Depuis la rencontre de mon fils avec celle qui allait devenir sa femme, il n'a adoré qu'elle. Aucun autre corps n'est plus visible à ses yeux. Une mère sait ces choses-là.

Les pupilles de Macqueron arrivent jusqu'à Mme Larivière baissant la tête devant l'homme de loi qui s'en inquiète : « Monsieur le marquis ne serait-il pas aussi vertueux que le prétend sa mère ? Par exemple, peut-être qu'avec vous... »

— Non, pas avec moi mais avec le concierge. Des fois, ils font des galipettes.

— Quoi ?!

Cartet en a les moustaches qui se défrisent. Montespan n'en revient pas. Chrestienne de Zamet chancelle comme si elle avait pris une balle dans la tête. Dorothée se précipite pour lui apporter une chaise. La cuisinière se redresse avec arrogance face à son maître :

— Je vous demande excuse, Monsieur, mais je vous ai quand même vu un soir vouloir jouer à colin-tampon avec Cartet. Et ça, marquis, ça me reste encore coincé, là !... alors que vous saviez très bien les liens qui m'unissaient à lui !

L'intendant se délecte : « Racontez... »

— Le concierge était ici en robe de mariée ouverte dans le dos, les fesses à l'air, et, derrière, le marquis à la culotte baissée voulait... vous savez, comme le chevalier de Lorraine avec Monsieur, le frère du roi...

— Aller à Naples sans passer par les ponts ?...

— C'est ça !

Macqueron se retourne vers Montespan décomposé :

— Ainsi, vous donniez des leçons de fidélité conjugale à Sa Majesté... Le pape Innocent XI était déterminé à prendre votre cause et ne pas céder – l'affaire tournait au schisme. Mais si vous sodomisez votre concierge, ça change tout.

— Et pas qu'une fois ! revient à la charge Mme Larivière. D'après ce que j'ai compris, c'est déjà arrivé devant Puigcerdá quand Cartet était maréchal des logis alors c'est pour ça, moi, je me dis, pour la fille enlevée et la nonne, je ne sais pas... mais je ne serais pas plus surprise que ça !

Le cocu croit tomber dans un trou. Il ne s'attendait pas à ce coup-là ! Sa mère, devenue plus pâle que si on l'avait saignée de deux pintes de sang, lui ordonne de s'expliquer : « Est-ce vrai ? Est-ce vrai, Louis-Henri ? » Sur cela le marquis mange des pois chauds dans sa réponse :

— Je... J'ai... J'étais saoul, mais sinon, jamais, jamais...

— Jamais quoi ? vitupère la cuisinière. Vous avez vécu un mois dans un bordel derrière la place de Grève ! Étiez-vous ivre, là aussi ?

— Vous fréquentez également les prostituées ? s'étonne Macqueron.

Chrestienne de Zamet va tourner de l'œil. Dorothée court lui chercher dans la cuisine des gouttes
d'essence d'urine, de la poudre d'écrevisse, lui
plaque des compresses de vin blanc sur le front. On
conclut que peut-être aucune médecine ne l'aidera et
les prières à peine. Cartet, effondré, dodeline de sa
grosse tête devant Mme Larivière s'en offusquant :

— Qu'y a-t-il, monsieur le concierge, qui vous
met dans un si pauvre état ? Est-ce ma personne qui
vous donne du dégoût ?

— Il ne fallait pas parler du passé, madame
Lariri...

— Ah, cessez avec ce vocable stupide ! Il n'y a
plus de Mme Lariri, terminé, basta ! Mme Lariri
n'existe plus !

— Et pourquoi n'aurait-il pas fallu évoquer le
passé ? demande Macqueron.

— Madame Lariri, vous venez de condamner à
vie mon capitaine...

— Hein ? Quoi ? Qu'est-ce que vous dites ? Oh,
mon Dieu !...

La cuisinière part en courant et s'arrachant les
cheveux. Montespan, adossé contre les pierres à nu
d'un mur, s'écorche les mains de dépit sans s'en
apercevoir pendant que l'intendant s'approche de
lui :

— Ah ben, dites-moi, il était temps pour les
aveux. *In extremis !* Quand je pense que j'étais prêt à
oser prendre votre parti, que je me disais : « Quelle
chose rare que cet amour constant du marquis dans
un milieu où l'indifférence conjugale fait partie du

savoir-vivre ! » Et puis en fait... Comme quoi les proverbes ont du bon : c'est en prêchant le faux qu'on découvre le vrai. Mais je ne m'y attendais pas. Je n'ai même pas prévu d'apporter le tampon à cachet officiel pour une arrestation en bonne et due forme. Je reviendrai demain avec. Il vous reste l'après-midi et la nuit pour régler vos affaires ici car je vous force à résidence dans ce castel. Les dragons postés autour sont vos geôliers. À demain. Venez, greffier !

Macqueron laisse un Montespan hagard, déstabilisé par le souffle de son passage. Dehors, Louis-Antoine joue avec des petits soldats et des fusils miniatures sur les énormes cuisses de Cartet assis et accablé sur un muret devant les dragons qui le reluquent. Louis-Henri comprend le risque qu'il encourrait à s'en remettre aux décisions de justice. S'il se laisse prendre, il ne pourra plus jamais faire entendre sa cause, on le mènera à Pignerol, près de Fouquet. Il soupire et dit : « Je suis perdu. » Il contemple son château comme pour la dernière fois, le chemin de ronde, le pont-levis, le large fossé à mur d'escarpe crénelé, à cuvette profonde avec des entrées de souterrains de manœuvre et de... fuite ?

Mme Larivière, au visage pulvérisé de honte et de remords, arrive vers le cocu : « Que voulez-vous que je fasse ? Que je me jette dans la boue des douves, que je prépare mes affaires pour m'en aller ? »

— Non, car Marie-Christine a besoin de Dorothée et parce que je suis bien placé pour savoir qu'un dépit amoureux pousse à faire ou dire quelquefois des choses...

— ... Que je regrette, moi, Monsieur.

— Pas moi ! Mais allez plutôt vous rabibocher avec ce malheureux Cartet qui vous aime tant, madame Larivière. Demandez-lui aussi d'aller chercher dans le colombier le pigeon du seigneur de Teulé.

— Ce misérable noble, ruffian et faux monnayeur, auquel les marquis de la région versent une petite rente pour qu'il ne tombe pas trop bas dans la crapule ?

— Oui.

Teulé,

Avant la nuit, veuillez attacher une monture à un arbre près du grand rocher à l'intersection des deux allées qui se croisent dans mon bois.

Montespan

Louis-Henri roule le message à la patte du pigeon voyageur. De ses ailes courtes, l'oiseau s'envole, prend le vent et file directement vers le sud.

La nuit venue, le marquis traverse sur la pointe des pieds la chambre de sa fille qui dort avec Dorothée. Il entre dans celle de Louis-Antoine, le prend dans ses bras et lui chuchote à l'oreille : « Viens, on va aller monter à cheval. »

Sans chandelle, son fils et des hardes sur un bras, il sort dans la cour par une porte à l'abri des regards mais sa mère, qui tout à l'heure a entendu le parquet craquer, l'observe maintenant à sa fenêtre :

— Mon pauvre garçon, si vous vous enfuyez vous risquez la condamnation par contumace, la saisie de vos biens et la perte des titres de noblesse. Comblant les désirs de Louvois, vous prenez maintenant tout à fait figure de sujet criminel...

Elle essuie ses larmes et dit beaucoup de prières en voyant son fils et son petit-fils disparaître sous la dalle à l'entrée d'un tunnel. Leurs silhouettes s'effacent. Elle n'est pas certaine de les revoir.

Le long du goulot souterrain, qui n'a pas dû être emprunté depuis un siècle, Montespan progresse à tâtons et dos courbé, enjambe des racines d'arbre fluorescentes, entend des couinements d'animaux qui se sauvent – gros rats des champs certainement. Des toiles d'araignée et des insectes courant se prennent dans les cheveux.

C'est la fin du tunnel. Contre une paroi verticale de glaise, Louis-Henri heurte les barreaux d'une échelle rouillée qu'il gravit. Arrivé en son sommet, il a des difficultés pour soulever la grille qui obstrue le souterrain. Enfant sur un avant-bras, d'une épaule et de sa tête penchée, le marquis force plusieurs fois et finalement la grille se retire en déchirant des herbes, déplaçant des mottes d'humus glacé.

Ils sortent de terre près d'un grand rocher. À côté, au tronc d'un arbre, un cheval est attaché. Louis-Henri veut partir en catimini car il devra frôler sans bruit des villages endormis. Il enrobe les sabots de l'animal avec ce qu'il croyait être des chiffons, pris au hasard dans la noirceur du castel, mais il s'est trompé : c'est la robe de mariage de Françoise, tant pis. Son fils bâille et tremble de froid. Le père hisse l'enfant sur le dos du cheval et monte en croupe derrière lui. En bas, dans la vallée, le château de Bonnefont paraît ronfler, entouré par la lumière des pipes allumées des dragons qui le surveillent.

— Où allons-nous, papa ?...

— À Madrid.

L'enfant est un peu effrayé par la grandeur du voyage mais son père lui donne du courage et l'enveloppe d'un lourd manteau de buffle. Montespan, en cape de feutre, passe un bras autour de la taille de son fils et se colle contre lui pour le réchauffer.

— Hue...

Le cheval avance le long d'un chemin verglacé. Louis-Antoine, une joue contre un biceps du Gascon, contemple devant lui la chaîne des Pyrénées blanc et bleu dans la nuit claire. L'ondulation du dos de l'animal au pas berce l'enfant qui s'endort. Sous les sabots du cheval maintenant au trot, les perles de la robe rouge de Françoise éclatent comme des petites étoiles.

39.

— Monsieur de Montespan, comment va
Louis XIV ?

À la cour d'Espagne, Louis-Henri se demande si
le dauphin âgé de dix ans – le futur Charles II – a de
l'humour, se fout de sa gueule, ou s'il est complètement con.

— Je vous demande ça, reprend l'héritier de la
branche espagnole des Habsbourg, parce que moi, je
ne vais pas très bien...

L'enfant frêle et pratiquement infirme se retient à la cheminée de marbre pour ne pas tomber.

On devine déjà ses traits d'adulte dégénéré qui ne vivra pas longtemps.

— Est-ce que le roi de France a mal aux dents, monsieur de Montespan ?

— Ah, mais je ne sais pas, répond le marquis.

— Et des cauchemars, fait-il des cauchemars ?

— Je n'en sais rien. En tout cas, moi, j'en fais souvent à cause de lui.

— L'autre nuit, dit le dauphin, j'ai rêvé que je devenais une huître et que des Indiens m'ouvraient pour s'emparer d'une perle que j'avais à l'intérieur. Puis ils m'ont laissé me refermer tout seul et sont partis avec mon trésor. Je me suis réveillé curieusement... sec.

— Ah bon ?

— Quelquefois aussi, je rêve que je n'ai plus de bras, seulement des mains directement attachées aux épaules et qui palpitent comme des nageoires.

— Eh bien, dites-moi...

— Monsieur de Montespan, croyez-vous que je sois un animal marin ?

— Mais non, prince.

« *Hi, hi, hi ! El hechizado ! El hechizado !...* » (L'ensorcelé ! L'ensorcelé !...) Dans le sombre salon officiel du palais espagnol, les sœurs du dauphin et filles de feu Philippe IV, qui a produit également une foule d'infantes maladives et naines, gloussent et filent vers le salon des Miroirs où leurs reflets les démultiplient par mille. Vêtues de jupes ressemblant à de gros abat-jour, elles tournent en rond et grincent comme des poupées de bois montées sur roulettes. Louis-Henri se dit que ce n'est pas seulement à la cour de France qu'il y a quelque chose de pourri.

— Voulez-vous un fruit ?!

Les paroles du futur monarque espagnol sortent, saccadées, de sa bouche comme s'il cherchait avec difficulté chacun des mots qu'il doit prononcer.

Une voix explique à l'oreille du marquis français : « L'héritier du trône n'a pu marcher et commencer à parler qu'à cinq ans. » Cette voix à l'accent autrichien est celle du cardinal Nidhart – inquisiteur qui, le temps de la régence, s'est vu confier le poste de Premier ministre par la reine mère dont il est le confesseur. Vêtu de la robe rouge surmontée d'un mince col blanc, il porte une barbiche et des moustaches sous des yeux très tristes. Un couvre-chef, ressemblant à ces petits bateaux que les enfants confectionnent en pliant une feuille de papier, domine son crâne. Montespan saisit poliment un abricot dans la corbeille en porcelaine que le prince de santé fragile tend vers lui. Le fruit est tellement mûr et gâté auprès du noyau qu'il a un goût de fromage.

— Un autre abricot !

— Non, merci.

— J'aimerais beaucoup vous revoir, monsieur de Montespan !

— C'est-à-dire que..., répond Louis-Henri, j'étais en fait venu vous faire mes adieux et remercier l'Espagne pour son asile pendant plus d'une année. Sitôt passé les Pyrénées, les populations se sont mises aux fenêtres et ont béni mon voyage jusqu'à Madrid. La joie du sujet de ma visite a éclaté partout où je suis passé. Avec mon fils, nous fûmes hébergés par le palais et avons disposé de valets de pied en livrée. Un de vos carrosses était toujours à ma porte pour me servir... Il était à quatre mules avec un cocher royal. Ce traitement de table et de carrosse, coutume à l'égard des ambassadeurs extraordinaires, m'a beaucoup touché, mais maintenant que je peux retourner chez moi...

— Vous étiez là depuis presque un an ? Et pourquoi personne ne me l'a dit ? demande le petit prince, d'un air fâché, au cardinal Nidhart qui lui répond :

— Parce que vous dormiez, Don Carlos.

— Ah oui, c'est vrai, je dors beaucoup ! Parfois

pendant des mois. On m'appelle aussi « le Cadavre dans son lit ». Vous ai-je déjà raconté mes rêves, monsieur de Montespan ?

— Oui, prince.

— Voulez-vous un abricot ?

— Non, merci.

Il règne une gêne dans ce salon que maintenant Louis-Henri est pressé de quitter. Il va pour se lancer dans une profonde révérence lorsque le rejeton vacillant lui demande :

— Pourquoi ne pouviez-vous pas rentrer chez vous ?

Le cocu tente de lui expliquer sa situation de mari trompé par le roi de France. « Je me doutais qu'en passant sous la protection de la très dévote Espagne, je faisais un excellent calcul, que Louis XIV allait craindre des extravagances pouvant porter atteinte à son prestige. Votre dégénérescence flagrante, Don Carlos qui mourrez sans doute sans descendance, ouvre déjà la succession à votre trône pour les prétendants d'Europe. L'époux français de Marie-Thérèse se doit de ne négliger aucune précaution diplomatique et donc de me ménager. Il a cédé par lettre de rémission !... poursuit Louis-Henri en agitant une feuille de papier – (...) *Pardonnons au dit sieur marquis de Montespan, mettant pour cet effet à néant tous ajournements directs et autres procédures judiciaires qui ont été faites.* Je l'ai remporté. Je suis libre et heureux de retourner à Bonnefont ! »

— Le roi de France vous a écrit ? s'exclame, épaté, le jeune dauphin. Puis-je voir sa lettre ?

J'aime beaucoup Louis XIV et la France... même si
je ne sais pas trop où cela se trouve.

— Don Carlos, intervient Nidhart en essayant de
ne pas s'énerver, nous sommes EN GUERRE contre
la France et Louis XIV est notre ENNEMI...

— Ah bon, mais pourquoi ?!

Il y a comme un flottement dans l'air.

— Quand sera-t-il roi ? murmure Montespan à
l'oreille du cardinal.

— Dans quatre ans..., soupire Nidhart.

Louis-Henri hoche la tête sur l'air de : ben, ça
promet pour l'Espagne... Ils vont se marrer, les
Madrilènes...

— Moi, de toute façon, reprend le Premier
ministre, dès qu'il devient monarque, je retourne en
Autriche.

L'infirme débile observe Montespan :

— Vous allez retrouver votre femme chez vous ?

— J'aimerais bien...

— Ce doit être agréable d'être marié, non ?

— Ça dépend...

— Louis XIV est marié, lui ?

— Oui, et avec une Espagnole d'ailleurs.

— Ah bon ? Mais je croyais qu'il était roi de
France !

Une certaine fatigue se lit sur les visages de
Nidhart et du marquis français à qui le dauphin
demande aussi :

— Comment fait-on les enfants, monsieur de
Montespan ?

— Bon, alors là, prince ! Écoutez, je ne vais pas trop avoir le temps de...

— Voulez-vous un abricot ?

— Non !

Le Gascon va finir par les lui foutre sur la gueule, ses abricots pourris, au taré d'Espagne !... qui maintenant tremble et dont les jambes flageolent. Le confesseur a juste le temps de le récupérer dans ses bras :

— C'est parce que vous avez crié, monsieur de Montespan. Lorsqu'on crie, ça l'endort. Et voilà, il est reparti pour huit mois de lit.

Le marquis se retourne et s'en va alors que le dauphin, en bâillant et tête penchée sur une épaule, a encore le temps d'articuler :

— Embrassez Louis XIV pour moi...

L'opinion du Gascon est faite. Le futur Charles II n'a pas d'humour et ne se fout pas de sa gueule. Il est complètement con.

40.

Montespan fait bondir un cheval blanc au-dessus du paysage bleu des Pyrénées et Louis-Antoine, entre les jambes de son père, s'accroche à la crinière. C'est le retour du héros. Devant le portail de brique du castel, des paysans venus faire cuire leur pain s'écrient :

— Le revoilà ! Les revoilà !!

Cartet et Dorothée accourent. La cuisinière appelle :

— Madame Chrestienne de Zamet ! Madame Chrestienne de Zamet, c'est votre fils avec le petit marquis d'Antin !

Louis-Henri, descendu de cheval, ouvre les bras à sa mère :

— Eh, mon Dieu ! Comment se porte-t-on ici ?

— Faites sur cela vos réflexions : en trois mots, les chevaux sont maigres, ma dent branle, le précepteur a les écrouelles, mais je suis si heureuse de vous revoir avant de mourir !

Dos tordu attaqué d'un cruel rhumatisme et articulations des doigts enflées, la génitrice du Gascon, devenue squelettique pendant son absence, inquiète Louis-Henri.

— Sa maigreur vient de la sécheresse de ses poumons qui commencent à se flétrir, chuchote la cuisinière, et votre fille aussi fut très malade. Je lui ai fait prendre des bouillons de vipères qui revigorent une âme. On croit que quand on leur arrache le cœur, c'en est fait. Point du tout. Elles sont encore en vie et, en bouillon, tonifient. Elles ont redonné des forces à cette petite.

Montespan s'accroupit devant sa fille :

— Marie-Christine, je me réjouis du fond du cœur de ta résurrection. Mais qu'as-tu à mourir si souvent et donner de si terribles craintes à ton père ?

— Je crois que c'est parce que j'attends mam...

— Moi, je crois à la chicorée ! l'interrompt la cuisinière, aux fricassées de cœurs de rossignols et, tous les trois mois, un pèlerinage à la basilique toulousaine de Notre-Dame-de-la-Daurade.

— Mme Larivière m'y emmène aussi, dans la carriole du père Destival, sourit la mère du marquis. Elle me purge afin de ne manquer à rien et j'arrive alors à la messe avec une pâleur honnête.

— Que fait-on, demande la cuisinière à l'aïeule, un banquet ce soir pour le retour du marquis au château, une fête pour célébrer l'amitié de ses fidèles ?

— Il faudrait alors inviter les villageois, propose Cartet, car l'été dernier lorsque sur le côté du castel le mur d'enceinte a menacé de s'écrouler, ils sont venus le reconsolider sans réclamer de gages, connaissant l'état de vos finances, capitaine.

— Faites, décide le marquis.

L'énergique Mme Larivière frappe dans ses mains :

— Sonnez la cloche du portail pour que les fermières viennent vite m'aider, Cartet ! Vous tirerez aussi de l'eau à la citerne et dépendrez les gibiers mis à rassir dans la remise. Les manants, n'ayant pas le droit de chasse, n'en mangent jamais ! Je préparerai des gigues de chevreuil et les rôts des sangliers que vous avez chassés à l'épieu, des croustades avec une sauce Robert à l'oignon et à la moutarde. Cela fera une assez grande mangerie. Vous grignoterez bien aussi quelque chose, ce soir, madame de Zamet ?

— Un peu de poulet bouilli, la moitié d'une aile... Louis-Henri, votre épouse, sans un mot d'accompagnement, vous a fait venir huit paires d'habits.

La cuisinière, les yeux au ciel, s'en va en s'exclamant :

— Celle-là, si elle s'imagine qu'en faisant un peu de bien et beaucoup de mal... Tout le pire qu'on pourra dire c'est que l'un portant l'autre, elle fut une honnête femme...

Cartet, après avoir fait sonner la cloche, saisit le long poignard qu'il a toujours dans sa botte et, de la pointe de la lame, trace une croix sur la croûte d'un pain. Il entame la miche et porte un gros morceau dans sa bouche.

— Ne vous jetez pas sur la nourriture, vous vous faites les poches aux joues comme les singes ! lui dit Louis-Antoine qui s'adresse ensuite à son père.

Nous allons encore souper avec des roturiers ? Est-ce une habitude, ici ? Et, à ce que je vois, ce sont les domestiques qui mènent la maison !

L'enfant de six ans s'en va, furieux, vers sa chambre à l'étage du castel. Un vol d'oies sauvages. L'haleine parfumée des herbes hautes des prairies. Une rivière chante sur les galets polis. Les habitants dévoués de Bonnefont arrivent avec des bouquets. Des musiciens portent une harpe et quelques violes de gambe. Ils font maintenant dans la cour du château des pas de bohémiens avec une délicatesse et une justesse qui charment. Des hommes harassés, mal nourris, s'approchent aussi. Ils descendent de la montagne en piquant des bœufs transportant des bois pour la marine royale. Les gens du village s'affairent à l'intérieur du mur d'enceinte. Les femmes coupent des légumes qu'elles jettent dans des bassines d'eau bouillante. Les hommes soufflent sur des braises et préparent un grand feu pour griller les pièces de gibier. Une joyeuse agitation pleine de vapeurs et de fumées étourdit Chrestienne de Zamet, assise sur une chaise au centre de la cour et qui demande : « Où est mon fils ? » Quelqu'un lui répond : « Devant vous, sur la colline. »

Marie-Christine passe le pont-levis pour rejoindre son père. Dorothée s'apprête à la suivre mais Mme Larivière la retient par le bras : « Reste ici... »

— Viens plutôt m'aider à poser des planches sur les tréteaux, suggère gentiment Cartet.

La mère du marquis, regardant aller Marie-Christine, soupire avec tristesse :

— Qui veillera sur cette pauvre petite après ma mort ?

— Moi, je veux bien, répond la fille de la cuisinière, en disposant des auges sur les tables dressées en « U ».

Quant au... *marquis d'Antin*, bras croisés à la fenêtre ouverte de sa chambre, il toise ceux qui s'affairent en bas et prévient :

— En tout cas, moi, je refuse d'aider ! Je ne suis pas domestique. Je fus reçu à la cour d'Espa-a-agne !...

Au sommet de la colline, face au castel, Montespan fleurit la tombe de son amour – quelques roses couchées sur un tas de terre entouré d'arbrisseaux de lavande. Le cocu s'assied dos à la sépulture, contemple le paysage. Devant le château, les villageois se sont lancés dans des danses campagnardes – figures très hardies et qui font du corps une agitation universelle. Les mouvements des têtes accompagnent ceux des pieds suivis des épaules et de toutes les autres parties du corps. Ils s'approchent, se rencontrent, s'éloignent, se retrouvent, se joignent l'un à l'une de manière si effrontée que le curé de Bonnefont promet d'excommunier ceux qui continueront cette danse diabolique.

— Mais quoi, père Destival, s'exclame un ferronnier, à quatre-vingt-quatre ans, vous n'êtes toujours pas décédé ?

— Le Bon Dieu m'a oublié, s'excuse le curé tandis que tout le monde danse de plus belle.

Louis-Henri voit sa fille grimper le sentier. Elle s'assoit entre les jambes écartées de son père. Der-

rière eux, une croix de bois avec deux dates. Les
bras du marquis enlacent Marie-Christine. L'enfant
égrène de la lavande prise à côté. Elle en sème sur la
pente de la colline.

— Elle sera toute bleue après, la montagne...,
sourit Montespan dans les cheveux et la nuque de
l'enfant.

Marie-Christine ne dit rien et continue de souffler
les graines dans sa main.

41.

Le 2 avril 1674, malgré une forte pluie de printemps, Montespan et Cartet emmènent au matin le
petit marquis d'Antin chasser dans la montagne.
L'ancien capitaine de chevau-légers et celui qui fut
maréchal des logis aiment aller dans ces épaisses
forêts abondantes en sangliers ou grimper dans les
cols afin de poursuivre les ours et les isards qui
s'élancent de rocher en rocher.

Louis-Henri voudrait apprendre à son fils comment tuer le lièvre, la perdrix, et la grosse bête. Il
aimerait le former à ces jeux rugueux auxquels
celui-ci paraît peu disposé.

Louis-Antoine préfère suivre son précepteur qui le
conduit dans le parc pour de longues promenades
propices aux cours de latin, de philosophie et de
français.

— Père, est-ce que je ne pourrais pas plutôt
rejoindre l'abbé Anselme pour rattraper mon ensei-
gnement ? C'est que j'ai pris du retard lors de notre
séjour espagnol...

— Mais non ! Allez, tiens cet épieu, et sans doute qu'aujourd'hui tu tueras ton premier marcassin.

Sous la pluie diluvienne, d'Antin, qui depuis l'âge de sept ans a quitté son habillement d'enfant, est vêtu du pourpoint et de chausses. Ses pieds boueux et ses jambes mouillées ne se veulent point réchauffer et sont griffés par des ronces noires qui effraient ce marquis plus destiné à chasser la promotion sociale dans les alcôves des salons dorés.

Le père observe son fils d'une poltronnerie incroyable mais méchant jusqu'à la barbarie avec les enfants des gueux du village. Lorsqu'il joue à colin-maillard, il triche, regarde sous le bandeau. Il les frappe, profitant de son titre de noblesse, car il sait que les petits manants n'oseront pas répondre sur ordre de leurs parents et cela désole Louis-Henri. Louis-Antoine montre une inclination naturelle à l'obséquiosité et semble déjà fort doué pour la rouerie. Montespan a le pressentiment que son propre fils, par un contraste piquant, deviendra le modèle des courtisans de ce Louis XIV qui persécute son père et le prive lui-même, en sa tendre enfance, des caresses d'une mère... du reste peu sensible à ce déchirement. Vers les collines empanachées de bois épais, Cartet et Montespan sentent la chasse, la respirent, en entendent les bruits, les sons, en vivent la violence, la nécessaire cruauté, et Louis-Antoine porte à deux poings son petit épieu en tremblant. Soudain le concierge du château, d'un geste, fait silence et chuchote :

— Il y a une femelle devant avec ses petits... Je

vais passer par la droite pour lancer un des marcas-
sins vers vous...

Cette nouvelle est accompagnée du claquement de
dents de Louis-Antoine à qui le père explique maintenant à voix basse :

— Tu le portes comme ça, ton épieu... La main
devant, paume tournée au ciel, et la main derrière,
paume tournée vers le sol. Quand le petit sanglier
viendra droit sur toi et qu'il sera à un peu moins de
deux toises, tu t'avances d'un pas en pliant tes
genoux et vises sous la tête le poitrail de la bête qui
s'empalera. Le mouvement doit être ascendant,
comme si avec une fourche tu lançais du foin sur une
charrette. On frappe toujours de bas en haut, jamais
le contraire sinon on risque de se blesser. Et tiens
fermement ton bâton pour que l'animal ne s'échappe
pas avec.

Les genoux des jambes en « X » d'Antin tremblent et se percutent l'un contre l'autre dans un bruit
régulier de castagnettes. Quand l'enfant entend cava-
ler vers lui et des sons de feuillages écrasés, des
éclatements de brindilles qui s'envolent, il regrette
les cours d'histoire, de géographie et de mathéma-
tiques de l'abbé Anselme.

Mais voici le petit sanglier beige au dos rayé de
noir qui file vers Louis-Antoine. La bête encore à
plus de quatre toises de lui, le fils du Gascon recule
d'un pas, ferme les yeux, et plante son bâton de haut
en bas n'importe comment. Il ressent une grande
violence dans ses épaules qui le déséquilibre et lorsqu'il rouvre les yeux, s'aperçoit qu'il est traîné à plat

ventre par l'animal aux joues que traverse latérale-
ment l'épieu auquel d'Antin s'accroche désespérément en criant. On croit entendre un écho dans la
vallée. Louis-Antoine planant à l'horizontale et rico-
chant sur les herbes et dans les ronces, les éclats des
gouttes d'eau, gueule à la bête de sa voix de lutrin :
« Arrête ! Arrête ! » Ses cris redoublés excitent
le marcassin et le font aller encore plus vite, et cela
fait crier l'enfant encore plus fort. Cartet, aux pattes
d'ours, arrive en courant et riant. Étonnamment
véloce et souple malgré son quintal, il rattrape vite le
marcassin en tirant d'une de ses bottes son grand
poignard. Quand il coupe la gorge du petit sanglier,
on entend une voix humaine.

C'est la cuisinière du château, coiffée d'une
marotte de dentelle ruisselante sous la pluie torren-
tielle. Soulevant haut sa jupe sur ses vilaines pattes
de héron, tout son corps fume d'une vapeur de trans-
piration due à sa course effrénée dans un sentier qui
grimpe alors qu'elle appelle :

— Monsieur de Montespan ! Monsieur de Montespan ! C'est votre mère, Chrestienne de Zamet.
Elle est ! Elle est...

42.

Un an plus tard, presque jour pour jour – le 5 avril 1675 –, Louis-Henri pleure au pied du lit de Marie-Christine dans le couvent de Charonne à Paris. Sa fille à l'agonie l'observe :

— Ils ne sont pas à votre taille, vos habits, papa.

— Quand dans les Pyrénées j'ai appris ton état de santé, comme vêtements de rechange j'ai vite fourré dans les fontes de mon cheval ceux que ta mère m'avait envoyés. Elle les a choisis trop petits. Je ne sais pas à qui elle pensait...

Montespan, en culotte de soie trop courte et bas roses pas assez longs, avance vers la tête du lit, genoux à l'air. Au moment de s'asseoir, son pourpoint, auquel il manque plusieurs tailles, le coince aux épaules et le bas des manches lui arrive à la moitié des avant-bras :

— Veux-tu jouer avec moi à cache-cache mitoulas ? Tu sais, ce jeu où il faut deviner quel est l'objet caché dans les habits de quelqu'un de compagnie.

— Papa, votre chemise vous serre tellement que je le vois. C'est un livre.

— Oui, mais pas n'importe quel livre, fait le père en déboutonnant sa liquette afin de sortir le recueil. C'est un conte destiné aux jeunes filles qui a pour titre : *Le soupir d'une puce conservé dans un pépin de groseille.* Ça raconte le soupir d'une puce... qui est conservé... dans un pépin de groseille ! Bouh !... éclate-t-il en larmes. Pardonne-moi, fait-il en essayant de se reprendre mais, Marie-Christine, depuis des jours je tremble de la tête jusqu'aux pieds, je n'ai plus l'usage de raison, je ne dors point ; et si je dors, je me réveille avec des sursauts qui sont pires que de ne pas dormir. Vis, mon enfant !

En cette fin de journée, des bougies sur la table de nuit éclairent les verrières polychromes de la chambre de couvent où le corps de Marie-Christine, à la respiration régulière, soulève doucement sa chemise de nuit au col en dentelle de Valenciennes.

On croirait voir la Vierge Marie sur la paille d'une étable tandis que, près d'animaux, elle attend une délivrance. On dirait que l'âne et le bœuf soufflent sur sa chemise.

— Mais quel est son mal ? demande le père à un médecin debout de l'autre côté du lit.

— Je nomme sa douleur à la tête rhumatisme des membranes. Depuis qu'elle est ici, elle maigrit et sans plaintes, sans pleurs, quitte doucement le monde malgré le sirop de vie, l'eau céleste, les tisanes de santé, le clystère pour rafraîchir le ventre avec de l'eau et du lait. Ces derniers jours, elle est étonnée, accablée, elle a des vomissements, ce sont des indices.

Dans les dortoirs de Charonne, des personnes gémissent et à demi mortes cherchent du secours dans la chaleur bouillante de ce puits chrétien.

— L'an dernier, ma mère s'est éteinte en grand souci de sa petite-fille, raconte Montespan. Son testament a trahi une sollicitude inquiète pour le sort de cette enfant. Malgré cinq cent mille livres de dettes qui ont fait que j'ai dû renoncer à son héritage, elle a pris soin d'assurer sinon le bonheur, du moins la paix et la sécurité de Marie-Christine, ordonné qu'elle soit conduite au couvent avec Dorothée pour gouvernante.

La fille de Mme Larivière, à droite du médecin, baisse les yeux vers le sol.

— ... *Et cela pour beaucoup de considérations que je ne puis exprimer*, cite Louis-Henri. Elle a réglé par le détail les conditions d'existence de ma fille – chambre particulière, bois de chauffage, accès à l'infirmerie... – et lui a accordé les sommes nécessaires pour un futur mariage ou une prise de voile, mais tout cela c'était écrire sur le sable... J'ai envoyé une lettre à ma femme pour la prévenir. Est-elle passée la voir ?

— On a alerté les deux parents de la petite, rappelle une religieuse à gauche du médecin. Mais si, vous, affolé par sa fièvre et son affaiblissement avez jugé opportun de vous précipiter, terrifié à l'idée de perdre votre fille, on n'a pas vu la marquise...

— Le mois dernier, soupire Marie-Christine, en

revenant de prendre les eaux à Bourbon-l'Archambault, dans un bateau peint et doré, damassé de
rouge avec mille banderoles de France, elle s'est
arrêtée à Moulins pour visiter Louis-Antoine quelques minutes dans son pensionnat de jésuites.

— Ah bon, s'étonne son père, mais comment le
sais-tu ?

— Mon frère m'a écrit : « *C'est la première fois
que j'ai eu ce plaisir-là. Elle me fit beaucoup d'amitié mais des raisons de cour l'empêchèrent de me
voir davantage, ce dont je suis extrêmement
mortifié.* »

— Elle est peut-être très occupée, essaie de trouver comme excuse Louis-Henri.

« Très occupée... », répète en soupirant le médecin
qui contourne le lit pour dire à l'oreille du marquis :
« Rejoignez-moi demain, à quatre heures de l'après-
midi, devant le chantier du château de Versailles. Je
vous prêterai ma longue-vue et ainsi vous verrez à
quoi cette mère exemplaire est occupée pendant que
sa fille... » Le praticien s'en va, suivi par la religieuse entraînant Dorothée par le bras : « Il faut
maintenant les laisser tous les deux. »

Dans la chambre spartiate aux tomettes rouges du
couvent de Charonne, l'encens rôde mêlé aux odeurs
de cire. Marie-Christine, à douze ans et paupières
closes, se meurt de l'absence de sa mère. Elle ne
parle plus ni ne semble entendre. Son père voit peu à
peu les esprits de la vie se retirer d'elle. Mais
comme tous les agonisants qui sentent leur âme

s'enfuir, les images de son existence lui reviennent dans les yeux qu'elle ouvre à nouveau :

— Père... faites-moi comme maman me faisait...

— Mais que te faisait-elle ?

— Gru-gru-gru...

« Ah oui... » Louis-Henri se rappelle le bonheur des jours anciens en famille avec ses éclats de rire. « Rooh... Oh, oh, oh ! » murmure-t-il doucement comme un écho lointain. « Rooh... Oh, oh, oh !... Gru-gru-gru ! » continue-t-il en élevant un peu la voix. « Attention, je suis un démon !... » Assis maintenant au bord du lit, il roule des yeux, fait des grimaces à sa fille. « Rooh... Oh, oh, oh !... Gru-gru-gru ! Attention, je suis le diable ! » lance-t-il dans le couvent. Il glisse sa langue sous la lèvre inférieure qu'il pousse en avant, singeant un vieil édenté, pose l'extrémité des pouces contre ses tempes et remue les autres doigts tendus en l'air. « Rooh... Oh, oh, oh ! » Il tire la langue à Marie-Christine, lui fait un pied de nez à deux mains qu'il agite l'une devant l'autre, falsifie des bruits de pets démoniaques en faisant vibrer ses lèvres : « Brr !... » Montant de plusieurs notes, il imite de manière comique la voix de Françoise : « Rooh... Oh, oh, oh ! », se projette dans des cocasseries sans limites, gonfle ses joues tel un poisson-lune puis brutalement les creuse exagérément en louchant beaucoup – pupilles dirigées ensemble vers la pointe du nez. « Attention, c'est moi ta maman Belzébuth. Si je t'attrape le cœur, t'es... » Marie-Christine, souriante, tourne la tête sur son oreiller et ne la redresse plus. Sa chemise de nuit s'immobilise.

43.

— Où ça, docteur ?
— Là, à gauche de la terrasse, sur l'aile du roi.
Mais non, pas ici, monsieur de Montespan ! Vous

braquez votre longue-vue sur l'aile de la reine... De l'autre côté, au premier étage, septième fenêtre en partant de la gauche.

— Celle qui est ouverte ?

— Voilà, c'est ça. Y êtes-vous ?

— Ce n'est pas possible, je ne le crois pas !

— Donc vous y êtes..., sourit le médecin près du marquis éberlué et à l'œil droit plaqué au bout du tube optique.

Louis-Henri règle la netteté de l'image de sa lunette télescopique :

— Françoise, ce qu'on t'oblige à faire !...

— Ce qu'on l'oblige, ce qu'on l'oblige..., relativise le thérapeute.

Dans une antichambre enorgueillie de statues de bronze et de vases de Chine, l'épouse de Montespan, à genoux sur le parquet et de profil, taille une pipe à Louis XIV. Une horloge sonnante, en or, ponctue seize heures.

— Sa Majesté est très précise, apprécie le praticien en vérifiant à sa montre. D'est en ouest, l'ordre de succession des pièces du palais correspond au rythme d'une journée type du Roi-Soleil. À quatre heures, comme une marionnette mécanique, il s'arrête dans l'antichambre devant sa maîtresse qui l'attend à genoux, bouche ouverte.

Le monarque debout, d'une main tendue sur le côté, tient majestueusement le pommeau de sa canne et, menton relevé, regarde droit devant lui pendant que la marquise le suce. Quoique Louis-Henri ait les boules, il étire les sept sections de la lunette pour mieux voir.

— Allez-y, l'encourage le médecin. Ça peut grossir cinquante-quatre fois. Je parle de la longue-vue bien sûr, précise-t-il malicieusement.

— Un homme qui n'a pris qu'un bain dans sa vie... Dites donc, faut pas être dégoûtée.

— Je ne crois pas que votre femme le soit.

Dans l'émotion, le cocu ayant déréglé la lunette retrouve le point. Françoise, en robe décolletée, porte aux manches six rangs de dentelles fines et, dans ses cheveux blonds, s'entrelacent des rubans et des rubis. Louis-Henri reconnaît sa bouche bien dessinée et attirante, aux nombreux appétits, remarque devant les lèvres de son épouse une succession verticale de scintillements blancs :

— Mais qu'est-ce que c'est ? Un collier de perles ? Il porte un collier de perles autour de sa... ?

— Voilà ! Et observez la suite. Vous allez voir comment le roi qui déteste qu'on lui réclame des bijoux en offre à votre femme.

La mère de la défunte Marie-Christine libère l'appareil génital ruisselant – quelle toilette ! (mais ses baisers doivent dorénavant avoir un autre goût...). Le petit pénis arrogant du roi est entouré à sa base d'un magnifique collier de perles qui bat contre ses couilles. Françoise lance quelques coups de langue puis ravale l'ensemble.

— Et c'est reparti..., se désole le cocu.

— Ah, elle sait rôtir le balai, hein, Mme Quatorze !

La tête de la marquise, face à l'entrejambe du roi,

bascule d'avant en arrière dans un régulier va-
et-vient jusqu'à ce que Sa Majesté se raidisse et que
ses doigts s'étendent brutalement sur le pommeau de
sa canne. Quelques secondes d'immobilité puis la
gorge de Françoise déglutit. Son mari en a les
genoux qui flageolent au-dessus des bas roses trop
courts. La mère de ses enfants joint maintenant les
paumes tournées au ciel sous le sexe bourbon qui
s'amollit et pique du gland. Le collier de perles suit
la pente, glisse et tombe au creux des mains de Françoise se relevant pour l'installer autour de son cou
alors que le roi, ayant refermé sa culotte, avance et
ouvre une porte.

— Il sort de l'antichambre..., annonce Montespan.

— ... Et entre dans la salle de Conseil où l'attendent ses ministres pour un bref entretien, devine le
médecin du couvent de Charonne. Quelqu'un doit
ouvrir une fenêtre.

— Effectivement, confirme le Gascon en glissant
le champ de vision du tube optique vers la gauche, le
long de la façade de l'aile du roi.

— Sa Majesté ne supporte pas les endroits clos.
Été comme hiver, dès qu'il pénètre dans une pièce, il
faut ouvrir la fenêtre et tant pis pour les frileux ou
les malades, regrette le thérapeute.

Louis XIV assis dans un fauteuil compose une
attitude théâtrale en jouant avec le pommeau de sa
canne tandis que trois ministres de dos viennent à lui
en agitant les bras et relatant certainement des évé-
nements importants. Le monarque les laisse parler

sans les interrompre puis tourne sa tête emperruquée vers chacun des trois, à qui il doit donner des ordres courts, et se lève.

— Tiens, le revoilà debout, relate Louis-Henri.

— Alors, toujours en allant vers l'ouest, la fenêtre suivante – d'une chambre – a dû s'ouvrir à son tour...

— Bah oui, constate le marquis, et... oh ! Entourée d'un baldaquin doré avec des rideaux volants, une femme est à quatre pattes au bord d'un lit. Je la vois finir de basculer, par-dessus son dos et sa tête, ses jupons ! Celle-ci a de grosses fesses.

— C'est encore votre femme.

— Ah bon, mais comment est-elle arrivée là ?

— Par un passage secret. Le palais en est farci.

— Elle a grossi, remarque Montespan.

— Neuf grossesses et la gourmandise ont eu raison de sa silhouette marquée par une tendance naturelle à l'embonpoint, diagnostique le médecin.

— Ça ne lui va pas mal... Neuf grossesses !? Depuis notre mariage, ma femme a eu neuf enfants ? Ah, mais je ne le savais pas, s'étonne le cocu alors que le roi entre dans la chambre aux multiples miroirs d'Athénaïs.

Louis XIV poursuit sa course solaire en ouvrant à nouveau sa culotte brodée de scènes de batailles gagnées par lui et, bandant, avance droit vers le vaste cul nu de Françoise. Montespan plaque sa paume gauche au bout de la lunette ! Il en a assez vu.

44.

Sur la colline rocailleuse dominée d'une croix, face au château de Bonnefont, la lavande semée par Marie-Christine a pris racine. Elle s'est répandue le long des pentes mais l'on croirait que c'est le destin qui a frappé d'un coup de poing les terres du marquis et qu'une tache bleue s'étale au paysage comme un hématome. Louis-Henri, allongé sur le muret des douves, ferme les yeux et s'endort, ou plutôt fait semblant.

Quand il a entendu s'arrêter le chant des grillons parce que venait le pas d'un cheval, qu'il a senti glisser sur lui l'ombre rafraîchissante de l'équidé dans ce brûlant début d'après-midi d'été, il n'a pas daigné se redresser.

Mme Larivière est sortie de sa cuisine et a traversé la cour en agitant ses mains, faisant du vent : « Chut, il dort... » Le cavalier descendu de sa monture demande à voix très basse avec un accent anglais :

— C'est... C'est M. de Montespan, cet homme en cheveux ?

— Que lui veut-on encore ? chuchote la cuisinière. Quelle catastrophe ?

— C'est pour une bonne nouvelle.

— Ah, alors si c'est pour une bonne nouvelle... Il en a besoin. Depuis des mois, depuis qu'il a rapporté le corps de sa fille pour l'inhumer près de sa mère, il paraît assommé. D'autant qu'il a ensuite fallu lui annoncer le décès de son oncle, l'archevêque de Sens. C'est aussi comme s'il avait vu quelque chose qu'il n'aurait pas dû voir lors de son voyage à Paris...

— Il a osé forcer son exil sans autorisation du roi, s'étonne le visiteur, malgré le risque de décapitation ou de galères ?

— Hein, quoi ? s'agace la cuisinière. Mais non, vous me faites dire n'importe quoi !

— Qu'a-t-il vu ?

— J'en sais rien mais ça lui a fait le coup du lapin. Plus rien ne l'intéresse. C'est même le concierge du castel qui doit tenir les livres de comptes et aller percevoir les fermages... de moins en moins nombreux d'ailleurs depuis qu'il a renoncé aux héritages de ses deux parents. Vous avez grande allure, vous venez de la cour, hein ?... poursuit-elle, soupçonneuse. Bien vrai que ce n'est pas pour l'embêter ?

— Mais non, c'est pour offrir...

— Si ce sont des écus, repartez avec. Il a déjà dit que sa femme n'était pas à vendre.

— Ce n'est pas cela.

— Ah ?

Alors Mme Larivière, du bout des doigts, remue doucement l'épaule du cocu :

— Monsieur le co..., Monsieur le marquis...

Louis-Henri respire profondément et régulièrement, paupières closes. Des mouches bourdonnent, volent autour de lui, qui finit par ouvrir les yeux et s'asseoir au bord du muret. Il bâille et s'étire pendant que le visiteur se présente :

— Chancelier Hyde, passé de la cour d'Angleterre au service du roi de France...

— Un chancelier maintenant ? s'hébète Montespan en frottant ses cheveux coiffés en pétard. J'ai droit à des émissaires de plus en plus prestigieux. Est-ce qu'un jour Louis XIV compte venir en personne ? Dites-lui que je suis prêt à le provoquer en duel, là, sur les planches de mon pont-levis et sous les cornes de pierre que j'ai fait ajouter aux armoiries du portail.

— Et voilà ! s'énerve la cuisinière envers le chancelier. Vous aviez dit n'être pas venu l'embêter et puis lui faites dire des sottises !... Ah, si le concierge était là, il vous aurait déjà attrapé par le bas du dos et, d'un bras, il vous aurait refoutu sur votre cheval, et hue !... D'un bras ! Il est comme ça, Cartet, il est fort, il...

— Ça va, madame Larivière, l'interrompt Montespan.

— Oh, vous avez raison ! Tiens, je préfère retourner dans ma cuisine plutôt que d'entendre des... Et puis, qu'est-ce que tu fiches là, toi ? gueule-t-elle à Dorothée (vingt et un ans) contre qui elle bute. Il n'y a pas de ménage à faire dans les chambres ? C'est quoi ce foin dans tes cheveux ? Et ta jupe, pourquoi elle est toute retournée ? D'où tu viens ? Tu crois qu'on n'a pas déjà assez à faire dans cette maison avec une certaine « traînée » !...

L'Anglais aux sourcils blonds est élégant et calme. D'un mouchoir en dentelle, il tamponne doucement la sueur de son front, sa gorge et sa nuque à la peau blanche sensible au soleil. Sans animosité envers lui, Montespan propose qu'ils aillent se poser un peu plus loin à l'ombre du portail. Dorothée arrive avec une cruche d'eau très fraîche tirée au puits et deux verres contenant chacun une rondelle de citron d'Espagne. Elle les sert et s'en va, retirant encore quelques brins de paille à son corsage mal refermé. Le chancelier se désaltère par petites lampées de l'eau glacée tandis que Louis-Henri tient son verre à deux mains en regardant longuement flotter la fine tranche d'agrume.

— Ma femme est-elle heureuse ?...

Le visiteur assis, dos aux lotus pourrissants dans l'eau croupie des douves, observe la cour démolie du misérable château lézardé puis à droite le fameux carrosse cornu abandonné près d'une énorme glycine contre un mur. Tout poussiéreux avec des traces de fientes d'oiseau et portière dégondée à la vitre brisée, il est devenu un poulailler où les volailles couvent sur ses banquettes de cuir crevé. Un petit coq arrogant, perché sur une des ramures de cerf dominant le noir véhicule, chante dans l'éblouissement de l'été.

— En tout cas, elle est très exigeante, commente l'Anglais. Certains commencent à la surnommer « Quanto » à cause du jeu de cartes italien, *quantova*, qui veut dire « combien ». Athénaïs a voulu son propre château à Clagny. Pas à l'est de Clagny, pas à l'ouest, ni au nord ou au sud, mais à la place de Clagny. Elle a fait expulser les habitants, démolir l'église, raser le village et déplacer le cimetière, mais lorsque le roi a montré les plans du palais qu'il proposait, elle eut l'audace de remarquer avec mépris que c'est le genre de résidence qu'on offre à « une fille d'opéra ». Alors maintenant, c'est Mansart qui lui construit un petit château féerique. Il coûtera le quart du budget de la marine. À la cour de Versailles, dit « le Tripot », le roi règle systématiquement les dettes que votre épouse contracte. Elle inflige à la Trésorerie du royaume des dépenses énormes. Elle se saoule chaque soir, joue, perd des sommes fantastiques et jette ses colliers de perles sur le tapis vert, jusqu'à sept par semaine.

Le Gascon suit des yeux l'ascension du vol ivre d'une abeille croisant un papillon virevoltant et maladroit :

— Elle n'est pas heureuse, quoi...

— Marquis, se lance le chancelier, Sa Majesté m'a ordonné de me mettre en route pour la Guyenne afin de vous annoncer une excellente nouvelle : « *Faites savoir à M. de Montespan que son marquisat va être érigé en duché-pairie et que j'y ajouterai le nombre de seigneuries convenables, ne voulant pas déroger à l'usage.* »

Louis-Henri, en vaste chemise blanche débraillée sur une épaule nue, contemple toujours le verre entre ses longues jambes écartées, chaussées de bottes râpées. L'Anglais, devant l'absence de réaction du hobereau, craint de ne pas s'être fait suffisamment comprendre et précise :

— C'est sans rien demander en retour que le roi vous propose de devenir duc. Le duché de Belle-garde vient de tomber en déshérence.

— Est-ce qu'on la voit quelquefois soupirer, l'air de regretter un bonheur passé... et peut-être même pleurer dans ses mains ?...

— Ah oui, elle pleure beaucoup... depuis que la veuve Scarron a été nommée marquise de Main-tenon ! Votre femme exige de devenir duchesse pour se trouver au-dessus de la gouvernante de ses enfants royaux. Vous pouvez juger du martyre que souffre son orgueil outragé aussi par le fait qu'elle doive res-ter debout en public devant le roi quand bien même elle est la personne la plus importante de la cour. Pour obtenir le tabouret, il faut être duchesse mais Athénaïs ne peut être créée duchesse sans que son mari fût duc, d'où l'objet de ma visite...

Montespan fait silence, pose son verre, se lève pour retourner s'asseoir dans la partie ensoleillée du muret. Hyde se déplace le long des douves jusqu'au marquis qui redresse la tête et lui déclare :

— Je suis sensible, milord, autant que je le dois à l'honneur que vous avez bien voulu me faire en venant ici, et cependant, permettez-moi de trouver étrange qu'un homme de votre importance ait

accepté de se mêler d'une semblable négociation.
Le roi de France ne m'a pas consulté lorsqu'il a
voulu faire de mon épouse sa maîtresse, il est assez
extraordinaire qu'un aussi grand prince attende
aujourd'hui mon intervention pour récompenser
une conduite que j'ai improuvée, que j'improuve,
que j'improuverai jusqu'à mon dernier soupir. Sa
Majesté a fait huit ou dix enfants à mon épouse sans
m'en dire un mot : il peut bien lui faire présent d'un
duché sans m'appeler pour cela à l'aide. Qu'il la
fasse princesse et même altesse s'il le veut. Il a toute
puissance. Je ne suis qu'un roseau, il est un chêne. Si
Mme de Montespan rêve les ambitions, la mienne
est depuis quarante ans satisfaite. Je suis né marquis,
je mourrai marquis, à moins d'une catastrophe
imprévue...

Et Louis-Henri s'allonge à nouveau sur le muret.
Avant-bras croisés par-dessus les yeux, il s'endort.
Il n'entend même pas cogner les fers de la monture
du chancelier qui s'éloigne. Le chant des grillons
reprend.

45.

— Quoi ?!... Comment ça, aurait-elle explosé de colère devant Hyde, il me prive du tabouret ? Alors je vais finir de le ruiner totalement, le dépouiller jusqu'à l'os, ce gardeur d'oies, ce torche-cul vulgaire comme un meuble utile au ménage !

— Mais de qui parlait-elle ?

— Eh bien, de vous bien sûr, marquis.

— De moi ?

Louis-Henri en grimpant l'escalier, rue Taranne, n'en revient pas. Ce que dit maintenant de lui l'amour de sa vie !... M. et Mme Abraham, aux côtés du Gascon, grimacent, embarrassés et perplexes.

— Cette petite s'est métamorphosée, soupire Constance.

— La pauvre, au Tripot, ne se rend plus compte de rien, l'excuse le cocu. Elle m'avait prévenu : « Versailles est un pays effroyable et il n'y a pas de tête qui n'y tourne. La cour change les meilleurs. » Je dois la sortir de cet enfer, poursuit-il tandis qu'un garde, sur le palier du premier étage, l'écoute et qu'un huissier fait l'inventaire du salon près d'un secrétaire qui note :

— Une tapisserie de Rouen représentant l'histoire de Moïse, huit sièges pliants, deux chaises torsadées rembourrées de crin, une glace de Venise de... trente pouces de haut, une petite table...

Au fur et à mesure que l'homme de loi énumère les meubles, des gardes les descendent dans la rue pour les charger sur une charrette de la police. L'huissier reconnaît le marquis et se présente : « François Rhurin. Au-dessus, c'est la cuisine ? Vous permettez ?... » Il passe devant Montespan et au deuxième étage recommence à dicter :

— Des broches et des poêles en fer, des casseroles et poêlons en cuivre étamé...

Le perruquier Joseph Abraham plisse une mine réellement désolée vers son locataire :

— Quand ils ont posé les scellés et prévenu du jour de la saisie, on vous a immédiatement écrit. Ah, si vous aviez accepté ce titre que Sa Majesté proposait...

— Je ne veux pas de la couronne ducale pour les exercices de ma femme.

— ... Lardoires, rouleaux, un mortier de marbre et son pilon.

L'huissier faisant ses comptes grimpe vers la chambre du troisième étage, suivi du vieillissant couple Abraham à qui Montespan explique en lâchant des brocards sans souci des oreilles malveillantes :

— Les juristes du roi m'attaquent sur mon point

faible : l'argent. Au nom de Françoise, ils me réclament le remboursement de sa dot que je n'ai jamais touchée ! Je n'ai perçu que les intérêts. Mais en me portant ce coup bas, ils s'exposent à ma riposte cinglante. Sitôt arrivé ce matin à Paris je me suis retourné vers mon beau-père et, au risque de provoquer l'effondrement définitif de la maison Mortemart, je lui réclame le versement immédiat des soixante mille écus demandés par les avocats de sa fille. Devant cette attaque, les plaignants vont j'espère arrêter les frais et mettre leurs déraisonnables prétentions en sourdine !

— Un lit de noyer, une couverture... Monsieur le marquis, j'estime l'ensemble pour un prix total de neuf cent cinquante livres qui seront versés à votre femme.

— Neuf cent cinquante livres..., répète Louis-Henri. Elle fait saisir mes meubles pour neuf cent cinquante livres alors que le roi lui édifie un palais en mosaïque chinoise à trois millions d'écus.

Il en éclate de rire. « Elle n'a plus les pieds sur terre. »

L'huissier annonce que le Parlement décidera sans doute d'en faire de même avec les autres biens du marquis en Guyenne sauf s'il paie, séance tenante, la dot plus les quatre mille livres annuelles de pension alimentaire, depuis leur séparation de corps, que réclame la favorite.

— Mais comment le pourrais-je ? Je n'ai plus une pistole en poche et ne sais même pas où dormir cette nuit.

Ça ne paraît pas être le problème de Rhurin que le hobereau se fasse jeter sur le pavé de Paris, en danger de perdre également jusqu'à la dernière motte de terre de son domaine gascon.

Montespan croit que les Pyrénées lui tombent sur la perruque. Il rappelle inutilement à l'huissier que selon la loi actuelle, quelles que soient ses raisons, une femme ne peut quitter le domicile conjugal sous peine d'être privée de ses droits et que, si elle est surprise en flagrant délit d'adultère, l'épouse risque le carcan, le pilori ou le bannissement, avec perte de sa dot au profit de l'époux si celui-ci ne l'a pas assassinée puisqu'on n'est passible d'aucune peine dans ce cas-là.

— A-avez-vous l'intention de tuer la maîtresse du roi ? en bégaie François Rhurin.

— Non, bien au contraire...

L'après-midi même, à quatre heures et demie, entouré de nombreux miroirs, Louis XIV referme sa culotte chamarrée puis écrit un mot :

Monsieur Colbert,

En passant à l'instant par la salle de Conseil j'ai oublié de vous dire qu'il m'est revenu aux oreilles que M. de Montespan étant à Paris se permet des propos indiscrets. Il serait bien à propos d'observer sa conduite. C'est un fou plein de grandes extravagances que vous me ferez le plaisir de suivre de près. Pour que son prétexte de rester à Paris ne dure pas, voyez Novion afin qu'on se hâte au Parlement. Je sais que Montespan menace de venir enlever sa femme. Comme il en est capable, je me repose encore sur vous pour qu'il ne paraisse pas aux alentours du Palais et qu'il sorte de Paris au plus tôt.

46.

Montespan avance dans le parc du château de Versailles comme un loup dans la forêt de Bonnefont. Il rôde parmi les alternances des parterres de gazon et de fleurs, suit, tête baissée, les plans d'eau – miroirs qui font du ciel un élément du jardin à la française. Il se cache de profil derrière les statues. Il s'accroupit à l'abri des épais massifs de narcisses, hyacinthes, iris, anémones peluchées, progresse à pas souples vers le palais...

Versailles est un chantier permanent. Trente-six mille hommes y travaillent : tailleurs de pierre, maçons, charpentiers, couvreurs, terrassiers, manœuvres... Ils logent en bordure de l'immense domaine royal dans des baraquements surnommés « hôtels de Limoges » car la plupart des ouvriers de la pierre sont originaires du Limousin et de la Creuse. En été le labeur se poursuit à la lueur des flambeaux. Des tentes font office d'infirmerie et les officiers du serdeau revendent les restes des plats de la cour dans des baraques en bordure du château. Montespan a profité en plein jour de ce fourmillement incessant pour se cacher sous la

bâche d'une charrette transportant des pieds d'ananas
et des plants de petits pois dont le roi raffole, des tonneaux de glace aux fruits. Sitôt une porte de service du
mur d'enceinte franchie, Louis-Henri a quitté le véhicule et s'est planqué dans les buissons.

Cinq mille courtisans désœuvrés et cachant leur
vérole sous le fard se croisent dans les allées, se
saluent ou s'ignorent superbement et le Gascon avance
dos courbé vers l'arrière du palais. Il veut enlever
Françoise à Versailles – « Il faut que je la sorte de là »
– mais c'est impossible. Il l'aperçoit au loin, dix fois
plus protégée que la reine. Quarante gardes du corps
pour elle seule l'accompagnent – des officiers qui
scrutent les alentours tandis qu'elle monte les marches
de la demeure royale que le cocu gravit à son tour.

Un jeune sergent chargé de filtrer l'entrée demande
aux gens qu'il ne reconnaît pas leur identité : « Qui
êtes-vous ? » Devant Louis-Henri, des ducs et des
princes vexés répondent n'importe quoi : « Jules
César ! », « Le pape ! ». Le garde fait un peu la gueule
de devoir affronter ces plaisanteries qu'il ne juge pas
fines mais se force quand même à sourire avec déférence en les laissant passer. Lorsque le Gascon se présente : « Monsieur de Montespan », là, le sergent
éclate de rire :

— Ah, ah ! Voilà, ça c'est drôle comme blague.
Entrez, monsieur de... Montespan ! Ouh, ouh, ouh !

À l'intérieur du palais, ce sont des bruits perma-
nents toute la journée. Des ouvriers cassent des cloi-
sons, des domestiques courent les étages, des sollici-

teurs piétinent dans les galeries. Louis-Henri se
trouve vite saoulé par ce tournoiement.

À l'étage, le cocu comprend qu'il ne pourra s'approcher davantage de sa femme. Une véritable petite
armée est postée devant ses appartements. Bon... mais
il tombe en arrêt devant un tableau, sans doute de
Mignard, accroché contre un mur. C'est Françoise !
Le cœur du Gascon se met à battre vite devant la
représentation de celle dont il ne peut décidément
oublier ni la voix ni le visage. Mais qu'elle est belle,
alanguie sur un tapis d'Orient et accoudée dans un
décor de feuillages ! Elle porte autour du cou un collier de perles... Grr ! Quatre enfants l'entourent. Sont-
ce quelques-uns des bâtards qu'elle a eus avec le roi ?
Une étiquette en cuivre, vissée dans le bas du cadre
doré, indique qu'il s'agit de gauche à droite de : Mlle
de Nantes, le comte de Toulouse, Mlle de Blois, le
duc du Maine. « Ils sont beaux », pense Montespan.

Ils sont très moches ! Louis-Henri les a retrouvés tous les quatre dans le parc, à peu près disposés comme sur le tableau, sans Françoise hélas ! À l'ombre d'un épais bosquet, il est tombé sur eux – Ô hasard ! – qui le regardent autour d'un tapis. Celui qui est debout à droite, le plus âgé, se présente :

— Duc du Maine.

Montespan comprend pourquoi le peintre l'a représenté en long manteau de vizir traînant au sol. L'adolescent a une jambe atrophiée beaucoup plus courte que l'autre et boite de manière extrêmement pathétique malgré une énorme semelle en bois. Il s'assied sur le tapis en souriant :

— On me surnomme « le Gambillart », je ne suis pas très fringant. À trois ans, quand mes grosses dents percèrent, cela m'a donné des convulsions si terribles qu'une de mes jambes s'est retirée beaucoup plus que l'autre. On a essayé d'allonger la petite. Depuis, elle traîne encore davantage.

Devant du Maine, Mlle de Blois se marre en s'asseyant à son tour. Avec une épaule plus haute que l'autre, cette poupée de sang ressemble à un cafard. Elle chante des chansons salaces et paraît avoir une sexualité débridée, totalement anormale pour son jeune âge.

« Elle couche avec son père, le roi », dit Mlle de Nantes qui louche horriblement et est toute velue. Venue s'accroupir telle une guenon, elle se coiffe un genou et en tresse les longs poils. Le comte de Toulouse est bossu. Les rejetons légitimés de Sa Majesté ne jouissent pas d'une brillante santé.

Conçus dans l'embrasure d'une fenêtre ouverte, les fruits adultérins du Roi-Soleil semblent frappés d'une malédiction générale. Ah, ils ne sont pas comme en peinture, les bâtards de Louis XIV ! Le peintre a menti, travesti la réalité, pourtant quel tableau ça aurait fait. Montespan leur demande :

— Mais n'avez-vous pas d'autres frères et sœurs ?

— Ah oui, mais ils sont... ils sont partis sodomiser les anges, rigole la foldingue Mlle de Blois en relevant sa robe et montrant son cul merdeux au Gascon.

— En juin dernier, soupire le duc boitant bas, notre frère, le comte de Vexin, nous quitta. Il n'aura vécu onze ans que pour faire voir par ses infirmités qu'il était heureux de mourir. Il ne pouvait plus souffrir le jour. Voulez-vous jouer aux cartes avec nous, monsieur ?

— Ah, mais bien sûr, mes enfants... Je vais les distribuer.

Le donneur de cartes est sensible au comique de sa propre situation autour de ce tapis dans l'herbe. Le marquis de Montespan, à Versailles, joue avec les enfants de son épouse... Il joue et donne très respectueusement, avec un baisement de main velue qui laisse de longs poils entre les dents, une carte à cette fille de sa femme comme si c'était la sienne :

— Tiens, voilà, ma cadette.

Il se retourne quelquefois et rit toujours un peu. Le bossu demande au cocu :

— Comment doit-on vous appeler, monsieur ?

— Papa.

Quelqu'un d'intrigué, là-bas, les observe tous les cinq puis se décide à venir vers le tapis. Montespan se lève :

— Finalement, je vais devoir quitter la partie. Amusez-vous bien et soyez sages, mes enfants.

Le Gascon s'éloigne rapidement et tourne à un angle du palais alors que la personne intriguée s'approche des bâtards :

— Qui était cet homme ?

— Monsieur Pâhpâh.

La nuit venue, après les festivités et les concerts en plein air illuminés par les flambeaux, la foule de courtisans rejoint ses appartements ou les tables de jeu de quelque suite princière à l'intérieur du palais. Montespan, resté dans le parc, rôde toujours entre les arbres lorsqu'il aperçoit soudain six têtes alignées s'élever derrière un taillis. Elles ont sur le crâne une courte perruque blonde coiffée à la hurluberlu et quoique les visages aient vieilli, le Gascon reconnaît, surtout à leur blouse grise, les six apprentis du perruquier Abraham :

— Mais que faites-vous là ?

Les six têtes descendent et disparaissent derrière le taillis d'où montent six voix l'une après l'autre :

— Grâce à une complicité, on s'infiltre dans le domaine et vient les dimanches et jours de fête essayer de l'apercevoir...

— Entre chien et loup, on grimpe dans les arbres pour la regarder à travers les vitres se baigner nue dans sa salle d'eau, mais ce soir c'est impossible...

— La garde de nuit a délaissé le reste du château

pour se regrouper autour de sa partie de bâtiment et empêcher toute approche car le roi, sachant que vous êtes sorti de votre exil, craint un enlèvement...

— Mais l'après-midi, à quatre heures, devant le grand chantier du palais...

— On la contemple avec une longue-vue...

— Et alors là, ce qu'on voit...

« Oui, bon, ben ça va ! » s'énerve le cocu accroupi qui se lève : « Venez plutôt m'aider. »

Les six têtes réapparaissent ensemble :

— À l'enlever ?

— Mais non, puisque c'est impossible.

Traversant le parterre du Midi alors que la sécurité royale se trouve de l'autre côté, la bande arrive au pied de l'appartement de la reine. Montespan repère sa chambre à l'étage où la lumière vient d'être soufflée. Ancien capitaine, il attend quelques minutes et ordonne :

— Allons-y !

Les longs apprentis minces cavalent jusqu'à la façade puis, trois au sol, deux allant debout sur leurs épaules et encore un autre au-dessus, ils forment vite une haute pyramide humaine que Montespan se dépêche d'escalader comme s'il montait un escalier – là un pied sur une épaule, une tête, une main – jusqu'au bas de la tablette d'appui. À la force des bras, il se hisse et entre dans la chambre à la fenêtre ouverte puisque Sa Majesté, tout à l'heure, rejoindra la reine.

— Le roi baise ma femme, je vais baiser la sienne...

Pendant qu'il entend dehors, en catimini et le long

de la façade, finir de se désagréger l'échafaudage humain des apprentis partis vite se cacher en silence, lui – *fou plein d'extravagances*, dirait l'Autre – ose venir à pas de loup s'asseoir au bord du lit de Marie-Thérèse qu'il n'a jamais vue. Elle dort enfouie parmi les oreillers dans un décor éteint délirant d'or au plafond astral et Louis-Henri lui parle tout bas d'une voix à peine audible :

— Votre mari, en ce moment, fait l'amour à ma femme. Agissons de même pour qu'il connaisse lui aussi le poids des cornes.

Montespan soulève très délicatement et pouce à pouce, comme on retire le pansement sur la plaie à vif d'un blessé, le magnifique dessus-de-lit brodé d'une scène de chasse à courre sonnant la curée d'une biche en fils d'argent. La couverture et le drap de satin sont retirés ensemble. La chemise de nuit de la reine tirebouchonne autour de ses jambes. « Vous êtes courte sur pattes », regrette le marquis, glissant une paume sous le vêtement et remontant à l'arrière d'une cuisse. Il n'aime pas cette peau qu'il trouve... bête. Françoise, elle, oui, sa peau est spirituelle et son cul a de l'esprit, tandis que celui de Marie-Thérèse, constate le Gascon en soulevant haut la chemise de nuit, quelle désolation ! Un machin carré sous rien comme hanches qui donne une silhouette de marcassin.

— Dans les bordels derrière la place de Grève, vous ne feriez pas une pistole.

Montespan mate le cul nu de la reine à Versailles. Une toux, le moindre mouvement, le plus léger hasard pourrait déceler ce téméraire, et alors que deviendrait-il ?

— On raconte que vous faites dire une messe spéciale à chaque fois que le roi vous grimpe. Avec moi, le curé ne vous verrait pas souvent.

Il écarte l'encolure en dentelle pour observer les seins... vilains. Du plat d'une paume, Louis-Henri écrase lentement le duvet d'un oreiller pour découvrir un visage de profil aux dents gâtées, affligé d'un teint cireux aggravé par des taches brunes piquées près d'un nez gigantesque. Montespan s'en lève d'effroi et recule, observe l'horrible reine courtaude au cul découvert.

— Ah, mais ce n'est pas possible, quel boudin d'Auvergne ! Je comprends qu'il préfère ma femme, votre mari... C'est même la première fois que je comprends le roi. Comment jouer à colin-tampon avec vous ?

Louis-Henri ne sait où trouver la motivation, cherche autour de lui et se dit qu'à part, posée sur le petit bureau, la carafe d'alcool pour se saouler la gueule... il ne va jamais y arriver. Il s'enfonce dans le fauteuil devant le meuble sur lequel il étale et croise ses talons rouges crottés par la terre du parc, se sert un digestif doré d'Alicante et boit d'un trait. Il se sert à nouveau. Une boîte de chocolats ouverte le tente. Il en boulotte quelques-uns puis tous et la renverse en se marrant. Le cocu commence à être bien torché, sort de son pourpoint une pipe en os qu'il allume et crache en l'air des ronds de fumée vers le plafond peint par Le Brun. La braise du petit fourneau grésille et rougeoie dans l'obscurité de la chambre. Dehors, par la fenêtre ouverte à l'étage, on voit derrière le mur de clôture des forges en activité, les gerbes d'étincelles des métaux hurlant de quelque diable à l'ouvrage. Louis-Henri ôte sa perruque qu'il pose près de la pipe et se lève, boit le reste de la carafe au goulot, s'essuie les lèvres et baisse sa culotte de soie rose, s'approche du monumental baldaquin mais... rien.

La reine, dans son sommeil, s'est retournée sur le dos et, bouche molle grande ouverte, elle ronfle. Louis-Henri, debout et la bite à l'air, déambule dans l'immense chambre royale, se confie :

— J'étais si bien, moi, avec Françoise... J'aimais ses rires et tout ce qu'elle me disait. Très solitaire par goût, j'étais mieux que seul avec elle. Dès qu'elle était là, je respirais mieux, m'apaisais. J'aimais surtout son intelligence. Elle me manque, si vous saviez... Je ne puis m'habituer à son absence. Dès qu'elle ouvrait une porte dans une pièce où j'étais, un sourire allumait mes lèvres : « Bonjour chérie, ô mon amour ! » Souvent, m'endormant contre son corps, je joignais mes paumes. Se réveiller à ses côtés était un rêve qui allait se poursuivre tout le jour et je m'en mordais les lèvres de bonheur. Certains matins, la bouche en sang, elle baisait mes plaies : « Tu m'aimes tant. » « Trop ? » demandais-je, et elle riait. Quand quelque nuit elle paniquait, prise de son angoisse, c'est moi qui la consolais, la rassurais : « N'aie crainte, tout ira bien... »

Marie-Thérèse parle en dormant :

— Ceppe tupe me fera mourir !...

L'austère et terne reine née à Madrid n'est jamais parvenue à apprendre correctement le français et la subtilité des traits d'esprit des courtisans la plonge dans des abîmes de perplexité. Elle confond les « t » et les « p ».

— Quoi ? Qu'avez-vous dit ?!...

Montespan fronce les yeux, prêt à lui écraser sur sa gueule un des grands vases chinois mais il se maîtrise, tourne le dos à cette idiote, fervente adepte des jeux et adversaire particulièrement appréciée car elle ne comprend jamais rien aux règles.

— De toutes façons, à quoi bon vous réveiller, vous ne voudriez pas de moi. L'idée de simplement poser les yeux sur un homme qui n'aurait pas été consacré par Dieu vous semble inconcevable. Il vous le faut vêtu en empereur romain, tunique d'or et diamants, et coiffé d'un casque surmonté d'une plume ! Tandis que Françoise, moi, je sais qu'elle est douce et gentille, aux goûts simples, qu'elle avait un sexe rose doucement nacré, tiens, comme l'intérieur de ce mollusque, petit bénitier fixé à votre mur. Oh oui, elle avait un coquillage...

Si Marie-Thérèse se réveillait, se redressait, elle verrait le bras droit du marquis de dos s'agiter d'un frénétique va-et-vient. Des larmes de lait filent soudain dans l'eau bénite, tournoient en longs filaments. Quelques gouttes encore tombent et s'éclatent comme des perles mais l'on entend des portes s'ouvrir et venir des bruits de pas sur le parquet d'un couloir. Montespan, déjà à la fenêtre, saute dans le vide. Heureusement que les apprentis, tout de suite accourus, ont vite reformé leur pyramide humaine le long de la façade. Le dernier, en grimpant sur les deux du dessous, reçoit sur ses épaules le marquis qui descend rapidement.

Sur le gravier, les six coiffés à la hurluberlu filent en étoile comme sous le souffle silencieux d'une bombe. Ils agitent, vers le Gascon, une main aux doigts écartés pour lui dire adieu. Louis-Henri aperçoit un chariot bâché plein d'orangers dans de grandes caisses que, l'automne venant, on va transporter de nuit à l'abri des serres royales, au-delà du mur d'enceinte.

On ne sait pas si le roi, entrant dans la chambre de la reine, a voulu se bénir et fut surpris par ce qu'il déposait sur son front, ses lèvres, ou si c'est parce qu'il a vu, sur le bureau de Marie-Thérèse, la pipe d'homme fumant encore près d'une perruque abandonnée, le verre, la carafe vidée, la boîte de chocolats renversée, les traces de talons crottés sur le bois précieux, ou bien le cul dénudé de son épouse, tourné vers le plafond astral, mais sa voix jupitérienne a appelé, claquant dans la nuit de Versailles comme un tonnerre :

— Lauzun !

47.

— Je crois que je n'aime pas mon fils. C'est une carogne. Son ambition féroce devrait le conduire à la plus parfaite et la plus raffinée courtisanerie, en un siècle où pourtant l'art de la bassesse chez beaucoup d'autres semble impossible à dépasser. En revenant de Paris, je l'ai visité dans son pensionnat de jésuites à Moulins. Louis-Antoine ne m'a pas plu du tout.

— C'est parce que nous allons à la chasse, capitaine, que vous repensez à lui ? Ça vous rappelle lorsqu'on avait essayé de l'exercer à...

— Il m'a dit qu'il ne fallait plus que je vienne, que ça nuirait à ses entrées à la cour.

— Et... la « favorite », il la revoit ?

— Elle lui assure une pension de six mille écus et le fait souvent venir à Versailles. Là-bas, heureux aux jeux de hasard, il est soupçonné d'aider la fortune. Françoise lui a promis, cette année, un brevet de lieutenant à la compagnie colonelle du régiment du roi pour ses dix-huit ans.

— Dix-huit ans déjà ? Comme le temps passe..., n'en revient pas Cartet en arrivant près du grand rocher à l'intersection des deux allées qui se croisent dans le bois du marquis.

Au creux de la vallée, des vieilles courbées rongent des trognons de chou en bordure des champs, ramassent des coquilles de noix pour en faire du pain. Le regain apporte aux bêtes un supplément de fourrage pour un hiver que les vieux prédisent tel que de mémoire d'homme on ne se souviendra d'aucun qui en eût approché.

— Versailles ignore la misère du pays..., déplore Montespan, se retournant vers son ancien maréchal des logis qui fait tomber dans les feuilles une toile de chasse – filet à tendre entre deux arbres où se prendront les gibiers.

Le Gascon, à une extrémité des mailles, saisit une corde qu'il noue au tronc d'un arbre.

— Laissez, lui dit Cartet, je vais le faire.

Le marquis continue son nœud marin :

— Louis-Antoine m'a avoué : « Je me laisse aller à l'amour des grandeurs. Le penser m'en paraît doux. » D'Antin a ses chimères. Peu d'hommes se déshonoreront aussi complètement que mon garçon, regrette le père en testant de la main la résistance du filet tendu qu'il rabaisse au sol. Je ne sais pas d'où ça lui vient. Je...

Cartet plaque une paume contre les lèvres du cocu :

— Chut !

« Quoi ? Que se passe-t-il ?... » murmure Louis-Henri entre les gros doigts du concierge qui retire sa main :

— J'entends des bruits qui s'approchent.

— D'animaux ?

— Non.

— Des braconniers ?

— Non plus. Ils se seraient mieux placés rapport au vent, et là je les sens, renifle Cartet dont les moustaches, telles des antennes d'insecte, semblent se dresser aussi à l'affût. Chasseurs d'homme, ils sont quatre et pas des brigands. Je perçois leur odeur infecte de tannerie et buanderie militaire. En réponse à votre escapade versaillaise, c'est une escouade de dragons qui vient pour vous, capitaine... Moi, je dirais l'ombre du roi qui s'approche. Par la gauche, ils vont entrer dans la clairière.

— Cachez-vous derrière le gros chêne, Cartet. Je vais les attendre à la croisée des chemins.

La vigilance qu'il faut au marquis pour rester en vie. Les dragons embusqués sortent enfin de derrière un taillis. L'éclair de leurs épées dégainées !

L'un d'eux, à fine moustache comme un trait de fusain sous le nez et qui paraît être le chef de ces tueurs, déclare d'une voix effroyable : « Par la mort ! Cocu, je te tue et ta femme est une pute ! »

Louis-Henri fait celui que la peur des armes rend insensible aux injures. Tandis qu'ils avancent, il recule et dit au chef :

— Un contre quatre, monsieur le brave, nous nous verrons autre part où les épées ne seront pas toutes du même côté.

Puis, pivotant vers le gros chêne, il fuit en courant, commence à sentir dans les jambes les méfaits de l'âge. Les jeunes assassins patentés du roi, plus vifs, s'élancent après lui, l'épée au bout d'un bras tendu en avant. Arrivé au gros chêne, Cartet soulève le filet dans les mailles duquel ils se prennent alors que le chef s'emparait d'un pistolet qui tombe et roule à terre. Le concierge sort d'une botte son long poignard qu'il plonge dans l'un des quatre. Puis il se bat à mains nues avec un autre très vigoureux. Ils se font force caresses, s'empêtrent dans le filet. Montespan, revenu, ramasse et plaque la gueule du pistolet contre les dents du chef :

— Je n'aime pas qu'on dise devant moi du mal de ma femme. Vous serez excommunié comme un loup-garou.

Il lâche le feu du pistolet dans la moustache en trait de fusain qui s'efface :

— Voilà comme il faut traiter ceux qui donnent un faux avis.

À côté, l'ancien maréchal des logis, éclaboussé de cervelle, s'étonne : « Ne m'aviez-vous pas dit, marquis, qu'avant de rencontrer votre femme vous étiez de nature fort peu querelleuse ? » puis, à l'intérieur d'un bras, il casse le cou de son dragon alors que le dernier s'échappe. Le pistolet étant vidé, Montespan lance la lame de son couteau de chasse qui va se planter entièrement dans une épaule du fuyard. Hésitant à poursuivre cette jeunesse encore véloce, le Gascon est rassuré par Cartet :

— Restez là, capitaine, il a son compte, et en prenant cette direction il n'est pas prêt de trouver du secours dans l'immense forêt inextricable qui va jusqu'au col de Bielsa. Il sera mangé par les loups. Bien malin celui qui retrouvera son corps. Que fait-on de ceux-là que la mort a semés ?

Le marquis, près du grand rocher, soulève la grille du souterrain de fuite de son château :

— Glissons-les ici. De toute manière, ce goulot ne sert plus à rien depuis que l'intendant en a fait ébouler l'entrée dans la cour.

Après avoir ramassé le filet qu'il porte sur son dos, Cartet, redescendant le chemin vers les chemi-nées fumantes du castel, se plaint de douleurs articu-laires :

— Hou, ce n'est plus de mon âge de m'amuser avec les garnements ou alors c'est signe de grand gel...

Montespan, à sa droite, soupire :

— Mon fils a honte de son père... Quand je lui dis que je l'aime malgré tout, il laisse échapper des gloussements de rire malveillants. Je ne sais pas de qui il peut tenir ça...

Le concierge, bottes en peau d'ours dérapant dans les caillasses, ne dit rien.

48.

Dans le château ruiné, aux toits crevés, de Bonne-font, le froid règne presque plus qu'à l'intérieur des chaumières des manants. La grande demeure reste inchauffable avec ses pièces délabrées, ses passages, ses cabinets, ses multiples courants d'air. L'eau gèle-rait dans les carafes et le vin dans les bouteilles si on ne les avait pas déposées sur le rebord de la chemi-née où le feu souffle un bruit continu de rouet tissant le chanvre.

Au bout de la longue table de cette cuisine, Doro-thée, large pinceau à la main, couvre tous les habits, les souliers, de cirure – mélange de cire et de suif pour imperméabiliser. Elle lève les yeux vers la fenêtre givrée, voit s'approcher la lueur d'un flam-beau :

— Tiens, voilà quelqu'un !

Le marquis, dans son fauteuil à l'autre extrémité de la table et dos à la fenêtre, se retourne. À sa droite, Cartet, assis sur un banc, était en train de lui proposer de faire couper les arbres du bois qui sont gâtés, et que sans cela ils ne vaudront plus rien, qu'il

faudrait inspecter les palombières. Mme Larivière
finit la vaisselle du souper et range. La porte s'ouvre.

Le fin voile de brume, soudain éclairé, tourne
au-dessus des pavés de la cour et s'élève dans la nuit
noire. Un homme entre :

— Brrr ! J'ai voulu tirer la chaîne de votre cloche
près du portail mais elle est gelée.

« Lauzun ? » Montespan n'en revient pas : « Vous
ici, mais que me vaut ? Et comment cela va-t-il
depuis tout ce temps ? »

— Je fus un peu condamné à vie au fort de Pignerol, dit le visiteur en lourd manteau de fourrure,
allant se réchauffer les mains au-dessus des flammes
de la cheminée. Je me suis échappé, on m'a repris et
puis tout s'est arrangé. Me revoilà dans les petits
papiers du roi. Vous devriez prendre exemple sur
moi..., sourit Lauzun en pivotant et ouvrant son manteau sur un merveilleux habit de brocart orné de
rubans roses et dorés. Sa Majesté m'a donné la
charge de colonel des dragons.

— Des dragons ?... répète le marquis. Avez-vous
soif ou faim ? Je crois que la marmite contient un
reste du potage où nagent des croûtons de pain de
fougère.

— Juste un peu de vin chaud, s'il vous plaît
madame, demande le colonel à la cuisinière. Bonsoir
mademoiselle, fait-il à Dorothée qui ne le quitte pas
des yeux.

Il salue le concierge en s'asseyant près de lui sur
le banc. Petit homme droit à la perruque blondasse
piquée de neige coulant sous un feutre à large bord

planté sur la tête, sa mine rechigne et, à son côté, il porte une besace qu'il ouvre :

— À propos de dragons, depuis Versailles et juste avant l'hiver, j'en avais envoyé quatre se promener dans votre bois... C'est tout ce que j'ai retrouvé d'eux ! poursuit-il en sortant de sa besace une vertèbre humaine qu'il dépose sur la table.

— Ce n'est pas tellement..., se doit de reconnaître Montespan impavide.

— Vous avez trouvé ça où exactement ? demande Cartet intéressé.

— Bien après le bois du marquis, dans l'immense forêt à peu près entre ici et le col de Bielsa.

L'ancien maréchal des logis se tourne complètement vers le visiteur et l'observe, épaté.

— À côté, il y avait aussi cela, dit Lauzun en mettant sur la table une omoplate traversée d'une arme blanche.

— Vous comptez encore sortir beaucoup de cochonneries ?! râle Mme Larivière. C'est vrai, ça ne sert à rien de faire le ménage si...

— Non, c'est tout. Il n'y avait rien d'autre.

— Oh, vous avez vu, Cartet, mon couteau de chasse ! Je croyais l'avoir perdu. Mais oui, c'est bien le mien. Regardez, il est gravé de mes armoiries avec les cornes ajoutées. C'est le vent, la tempête qui l'aura emporté et jeté dans l'os.

— C'est vrai qu'on a eu du très mauvais temps, regrette le concierge. Une partie du toit du castel s'est envolée. D'abord une gelée qui dura près de deux mois rendit les rivières solides et les bords de mer capables de porter des charrettes. Un faux dégel fondit les neiges qui avaient couvert la terre. Il fut suivi d'un subit renouvellement de gelée encore plus forte que la précédente trois autres semaines durant. La violence de cette seconde gelée perdit tout. Les arbres fruitiers ont éclaté. Il ne reste plus ni noyers, ni oliviers, ni vignes. Les bêtes sont mortes dans les étables et les gibiers dans les bois. Les jardins périrent et tous les grains dans la terre. La désolation de cette ruine est générale. Chacun resserre son vieux grain ; le pain surenchérit à proportion du désespoir de la récolte à venir.

— Je sais, dit Lauzun. Il en est de même partout en France. En Auvergne, la famine est telle que les femmes dévorent leurs enfants morts. Pendant mon voyage, aux relais de poste, j'ai vu arriver des gens si exténués et abattus de faim que lorsqu'on leur tendait un croûton ils ne pouvaient pas même desserrer les dents pour manger. Nous entrons dans des années sombres... La nouvelle persécution des protestants, la dégradation du climat, les répercussions directes sur les récoltes, le peuple écrasé par les impôts et la misère, les guerres ruineuses allumées de tous côtés aux frontières.

— Ah bon ? s'étonne Mme Larivière debout et les mains sur les hanches. Le roi se lance dans des conflits ?

— À Versailles, lui répond Lauzun sans se retourner vers elle, les travaux viennent de cesser alors l'Europe s'inquiète car cela signifie que l'argent financera de nouvelles guerres. C'est comme si le roi commençait à se lasser de quelque chose..., poursuit le colonel en fixant Montespan.

Louis-Henri regarde sur la table le moutardier – petit baril en faïence – près de la vertèbre, le sel dans la coupelle en forme de coquille devant le couteau de chasse planté dans l'omoplate, et il demande à la cuisinière la bouteille de ratafia avec des verres. Lauzun insiste en soufflant la vapeur au bord de son bol :

— Et donc, vous n'avez pas croisé mes dragons ?

— Oh non, répond Cartet. Quatre, vous pensez bien, on les aurait repérés.

— Si c'était le cas, vous me le diriez...

— Mais bien sûr. De toute manière, nous, la dernière fois qu'on est allés au bois c'était... Ah ben, tiens, la veille du premier grand gel : la veille de la Saint-Thomas.

— Je pense que c'est ce jour-là qu'ils devaient s'y trouver également.

— Ils se seront perdus et les loups les auront mangés, conclut le concierge en servant l'alcool.

Mme Larivière remue les pincettes du feu qui flambe haut et vif dans ce château des Pyrénées. La gnôle lie les propos et délie les langues. Dorothée admire l'éclat noble des bagues du visiteur et, entre les pieds de la table, ses magnifiques chaussures incrustées de perles et de diamants. La cuisinière inquiète trouve que ça boit trop autour de cette table.

Dans la faille du soir, la bouteille se vide. Enfin, à force d'avaler, le colonel et le marquis s'emplissent. Lauzun n'en est que plus sérieux et Montespan en est si hébété et si pesant qu'il se penche sur la table :

— Ainsi donc, maintenant, l'amant de ma femme veut m'expédier *ad patres* ! Vite, madame Larivière, faites dégeler l'encrier que j'écrive mon testament. Je voudrais être en règle pour si un « accident » m'arrivait, pour si je butais contre un sceptre par exemple...

— Et dans ce testament, vous évoquerez Sa Majesté ?... demande le colonel des dragons.

— Bien évidemment. *In vino veritas !*

— Si vous l'écrivez là, marquis, permettez-moi ensuite de suivre la soubrette pour qu'elle m'indique une chambre où dormir, et dès demain je rentrerai vers Paris le faire publier par les chansonniers du Pont-Neuf.

— Toper vaut contrat ! s'exclame le Gascon. Madame Larivière, cette encre !

— De toutes vos folies, celle-ci est la plus grande que vous pourriez commettre, Monsieur, commente la cuisinière.

— Allez, madame « Cartet » !

— Oh ! alors ça ! Me marier avec un concierge qui se met aussi à boire, alors là ! Je préférerais être enfouie sous cent mille pieds de merde !

L'ancien maréchal des logis, un petit coup dans le nez et les yeux plissés pétillants, est hilare : « Elle est gentille... » La plume du cocu va sur le papier :

Testament,

N'ayant pas à me louer d'une épouse qui, se divertissant autant que possible, m'a fait passer ma

*jeunesse et ma vie dans le célibat, je me borne à lui
léguer mon grand portrait peint par Sabatel, la
priant de le placer dans sa chambre quand le roi n'y
entrera plus. Quoique le marquis d'Antin ressemble
prodigieusement à sa mère, je ne balance point à le
croire mon fils. En cette qualité, je lui lègue et laisse
mes biens à titre d'aîné. Je laisse à leurs Altesses
M. le duc du Maine, Mgr le comte de Toulouse,
Mlle de Nantes, Mlle de Blois (nés pendant mon
mariage avec leur mère et conséquemment mes filles
et fils présumés) leur légitime comme de droit à la
charge de porter le nom de Pardaillan. Je lègue et
donne au roi mon château de Bonnefont, le suppliant
d'y instituer une communauté de dames repenties, à
la charge de mettre mon épouse à la tête de ce dit
couvent et de l'y nommer première abbesse.*

*Louis-Henri de Pardaillan,
marquis de Montespan,
époux séparé quoique inséparable.*

49.

— Plumes, rubans, pendentifs !... Galons, lacets, fleurs artificielles ! Mouchoirs, boutons, pacotille...

Un colporteur chevelu qui va criant s'approche du château du cocu, entre dans sa cour où tout le minuscule village est réuni en ce printemps :

— Almanachs, contes et légendes, faits divers tous plus incroyables les uns que les autres ! Livres de cuisine : *Le Pâtissier royal, L'École des ragoûts* ! Images pieuses, testament de Montespan...

Louis-Henri se retourne :

— Vous vendez mon testament ?

— Êtes-vous le marquis de Montespan ? Ah, mais oui, je suis à Bonnefont...

La cour du castel est envahie de fumées fortes. Sur des grilles, par-dessus les braises, des bas morceaux fricassent – oreilles, cervelles, yeux... Des pieds bouillis, en carbonade, hachis, ont été préparés par la cuisinière que le marquis appelle :

— Madame Lar... Cartet ! Venez voir !

La mère de Dorothée arrive, tête couverte d'un

voile de mariée alors qu'on entend encore sonner les cloches de l'église.

— J'aurais voulu vous offrir un plus fastueux banquet de noces, s'excuse Montespan, mais puisque tout est devenu si cher et que les forêts sont vides de gibier... hélas ! Ce marchand ambulant, je l'ai entendu, vend des fleurs artificielles. Choisissez-en une pour l'accrocher à votre tempe puisque nous vivons une fin d'avril où il n'en pousse ni dans les jardins ni au bord des chemins.

La cuisinière saisit une marguerite composée de pétales en satin blanc et d'un pistil de velours jaune qu'elle fixe à son voile : « Merci Monsieur... » Émue, elle cherche à parler d'autre chose : « Vous n'auriez pas vu ma fille ? Je vais demander à Cartet », dit-elle en s'éloignant vers son... mari habillé propre et chaussé d'espadrilles.

Le concierge, après avoir fait « non » de la tête, circule parmi les invités, trinque et présente un plateau chargé. Les boyaux grillés des poulets, des dindons, des lapins, sont d'agréables morceaux pour ces paysans qui ne consomment plus guère que du pain à la farine de panic – il rend les personnes toutes jaunes et si faibles que la plupart ont du mal à travailler ou même à tenir sur leurs jambes.

— Combien vous dois-je pour la fleur ? demande Louis-Henri au colporteur.

— Rien ! s'exclame celui-ci. Grâce à vous, je fais des affaires. En ces temps de disette, ce ne sont pas mes livres de cuisine qu'on s'arrache... ni mes images pieuses. Ce que tout le monde veut lire, ce sont vos *dernières volontés* !

— Ah bon ?

Le Gascon longe les douves vers la porte entrouverte de la grange à gauche de la cour. Le marchand dessangle la malle qu'il portait sur son dos et la dépose en s'étonnant à son tour :

— Vous ne le saviez pas, marquis ?... Votre testament a déclenché à Paris un énorme éclat de rire. Les chansonniers du Pont-Neuf le vendent à profusion et moi également dans toutes les villes de province que je traverse. On recopie le texte, se le passe, en fait lecture dans les salons, rit des dispositions, applaudit à la méchante farce ! Ce soufflet monumental au roi s'arrache également à Versailles. Il circule sous le manteau à la grande fureur d'Athénaïs et au grand déplaisir de Sa Majesté qui veut maintenant vous faire enfermer comme fou aux Petites-Maisons...

Louis-Henri entend la cuisinière sur le pont-levis appeler « Dorothée ! Dorothée ! » puis se tourne vers le colporteur :

— Et donc, ces mesures testamentaires... n'ont pas amusé mon épouse ?

— Oh, votre épouse, je ne sais pas ce qui l'amuse en ce moment. On parle d'un commencement de lassitude de Louis XIV devant les hauteurs capricieuses de sa maîtresse. On dit qu'il se fatigue également des relations physiques harassantes auxquelles il s'adonnait jadis avec ivresse dans ses bras. Cette année, la favorite fut même oubliée des invitations aux fêtes

de printemps de la cour. Le roi se détache publiquement d'elle. Mme de Montespan tombe à un point
qu'il n'est pas croyable ; Sa Majesté ne la regarde
presque plus et vous jugez bien que les courtisans
suivent cet exemple.

« Les gens sont méchants... », regrette Montespan
tandis que le colporteur se sert en crêtes de poulet
sur une table puis reprend, grignotant :

— En janvier, elle fut prise d'une grande colère :
« Si c'est ainsi, si le souverain n'a plus de considération pour la mère de ses enfants, alors je quitterai ma
chambre ! » Le roi a accepté et annoncé qu'il cédait
l'appartement versaillais de la marquise à son fils, le
duc du Maine, et celui du duc à la jeune Mlle de
Blois. Athénaïs fut prise à son propre piège.

— La pauvre..., soupire le cocu, buvant un verre
d'eau. Mais alors où dort-elle ?

— Votre épouse doit se contenter, au rez-
de-chaussée, de l'appartement des bains, bien moins
favorisé. C'est le premier grand pas de sa disgrâce et
de son éloignement, la chute de « Quanto ».

Boum !... Derrière lui, le marquis entend quelque
chose tomber comme un gros sac de sable. Il se
retourne et pousse la porte entrouverte de la grange.
Dorothée gît à plat ventre sur le sol au pied d'une
échelle. Elle se relève en titubant et veut à nouveau
gravir les barreaux pour se rejeter dans le vide. Montespan stoppe sa progression en saisissant la jeune
femme par la taille.

« Mais que se passe-t-il ? » La cuisinière en voile
de mariée, talonnée par le colporteur, file dans la

grange vers sa fille : « Que t'est-il arrivé ? » Cartet apparaît à son tour, un godet à la main, alors que les invités de la noce, n'ayant rien entendu, continuent de se restaurer de boyaux d'oiseaux et que l'orchestre local accorde ses instruments à roue : « Rouiiin !... »

— Maman, je suis pleine !... avoue Dorothée en sanglotant dans les bras du marquis.

— Quoi ?! Est-ce vous, Monsieur, qui..., fronce subitement des yeux la nouvelle mariée vers celui qui enlace sa fille.

— Oh, ça va, madame Larivière ! s'énerve Montespan.

— Cartet ! Mme Cartet !... Si ça ne vous dérange pas.

— Bon, si vous voulez, mais vous avez déjà failli me faire enfermer à Pignerol.

— Alors qui, Dorothée ? Brehaigne ! l'injurie la cuisinière dont la marguerite artificielle tremble au voile. Qui t'a engrossée ? Le nom de ce saligaud du village ! Mon mari lui arrachera sa tête !

— La tête de que, qui ? bredouille le gros concierge aux yeux brillants des apéros pris en compagnie des gueux.

Dorothée s'explique dans le parfum aux odeurs de réglisse et de fleur d'oranger des habits soyeux du marquis :

— Je me suis jetée sur le ventre pour provoquer une fausse couche. Maman ! il m'avait dit : « Quelle grâce extrême ! Quel port glorieux ! Où voit-on des déesses qui soient faites de même ?... »

— Mais qui ?

— Sur le parquet, il m'a fait glisser un pas de menuet avec une grâce propre à émouvoir un cœur sous la robe...

— Mais qui ça ?

— Le monsieur qui avait de magnifiques chaussures incrustées de perles et de diamants.

— Lauzun ?!

Montespan en est sur le cul.

— Maman ! supplie la jeune femme enceinte à la peau moite dans sa chaste robe, il me faudrait des bains de siège dans des décoctions d'ergots de seigle, de racines de rue, feuilles de genévrier, pour faire passer l'enfant... mais il n'y en a plus ! Prends une aiguille à tricoter et crève-le, toi !

— Ça ne va pas, non ? s'indigne le Gascon. Pour mourir d'une hémorragie ? On pourra bien l'élever quand même, ce petit ! Alors pourquoi le faire passer ?

— Parce qu'une fille doit demeurer comme un vase scellé jusqu'à son mariage ! proclame, sentencieuse, la cuisinière.

— C'est vous qui dites ça, madame... Cartet ? s'étonne le marquis.

— Au fait, oui. Et nous, on le sait qui est le père de notre fille ? demande soudain le concierge hébété à sa femme.

Le colporteur, assistant à la scène, se veut rassurant en rappelant qu'il n'y a pas que dans cette grange qu'on trouve des mystères, des chutes et des rebondissements :

— Par exemple à Versailles, circule une parodie de *Notre Père*, encore inimaginable il y a quelques mois, qui se termine par : « Délivre-nous de la Montespan. » Ceux qui la portaient aux nues hier, la traitent plus bas que terre aujourd'hui. Même Racine qui lui doit tout la bafoue publiquement dans son *Esther* – comédie qui raconte la chute de la Montespan et la montée de la Maintenon. Encore un bel exemple d'ingratitude ! Mais les gens disent que le roi, depuis l'opération de sa fistule anale, a maintenant plus besoin d'une infirmière que d'une pute. Sourde et perfide comme une eau souterraine, la Maintenon est surnommée : « Mme de Maintenant ». La faveur de la veuve Scarron croît et celle de votre épouse, monsieur le marquis, diminue à vue d'œil. Un matin, la Maintenon a croisé la Montespan dans l'escalier : « Quoi, vous descendez madame, moi, je monte. » Un soir, Sa Majesté, allant vers la chambre de la Maintenon, a laissé son chien Malice dans celle de votre épouse : « Tenez madame, voilà votre compagnie, c'est assez. »

Louis-Henri serre les poings :

— Je crèverai les yeux de tous ceux qui font autant de mal à Françoise !...

50.

— Ah, vous m'auriez entendu, maître Jean Sabatel, il y a une année et demie, dès le lendemain du
mariage de mon concierge avec la cuisinière, je me
suis écrié : « Françoise entre en disgrâce. Elle va
revenir ! On va faire des travaux pour l'accueillir ! »
N'est-ce pas madame Cartet que c'est vrai ?

La cuisinière, portant un lourd cuvier de linge,
passe devant Montespan :

— Je ne réponds rien, Monsieur, à ces comptes et
à ces calculs que vous avez faits, à ces avances hor-
ribles, à cette dépense sans mesure : cent vingt mille
livres, il n'y a plus de bornes !

Visage ridé, Mme Cartet traverse le pont-levis et
sort de l'enceinte du château en râlant après Louis-
Henri :

— Vous, submergé de dettes et dont la maison ne
tient que par le miracle du nom, votre belle façade a
peut-être été ravalée mais elle est rongée de l'intérieur par des couches d'emprunts et de crédits épui-
sés qui pourraient à tout moment l'écrouler comme
un château de cartes... allant jusqu'à votre dégrada-

tion de noblesse qui fait d'un gentilhomme un rotu-
rier taillable et déclaré indigne de posséder aucune
charge ! Ah mais quelle...

— Quelle quoi ? lui demande le marquis tandis
que, devant le castel, la râleuse étend sur un fil son
drap qui bat au soleil. Il faut savoir faire la paix,
madame Cartet, et recueillir convenablement celle
qui s'est égarée !... Mais ne laissez pas ce linge ici,
malheureuse. Si Françoise revenait aujourd'hui, je
ne voudrais pas qu'elle soit reçue par des draps à
sécher tout de même !

— Hou... là, là, soupire la femme du concierge,
remballant la lessive de sa buée d'automne et retournant vers le pont-levis. Ça devient n'importe quoi,
ici ! Alors si en plus, maintenant, Monsieur engage
un peintre itinérant...

— Elle a gardé son caractère, se souvient l'artiste
de Montlhéry venu ici il y a longtemps faire le portrait du marquis. En revanche, le décor a drôlement
changé !

— Vous avez vu ça ? Déjà la nouvelle grille du
portail, commandée aux ferronniers d'Auch, imitant,
bon, en moins bien, mais... celle de Versailles ! Et
ma cour repavée, vous avez vu ma cour maintenant ?
Avant il y avait des orties, des ronces qui auraient
déchiré sa robe. La cour était boueuse et les roues
des charrettes s'engorgeaient jusqu'aux essieux les
jours de pluie. Elle y aurait taché ses bottines. J'ai
fait aussi remplacer cette marche que le gel avait
fendue pour qu'elle ne torde pas ses jolies chevilles.
On a couvert à neuf le château. Je n'avais pas envie

qu'il pleuve sur son beau visage quand elle redormira près de moi dans notre chambre. Vous me direz : « Ce n'est pas du travail de Mansart », mais quand même ! Et le parc derrière, venez voir le parc.

Le marquis, courbatu et se tenant les reins, entraîne le peintre et lui fait l'article :

— Regardez, tout fut débroussaillé. Tout est tondu, gratté, propre, tout est disposé à la recevoir pour qu'elle promène dans l'herbe sa gracieuse silhouette. Ce n'est pas un jardin de Le Nôtre mais... il possède quand même six orangers dans des caisses ! Ça lui rappellera là où elle habitait. Elle ne se sentira pas trop dépaysée. Et vous avez vu, au centre de la pelouse, le petit bassin circulaire avec son jet d'eau ? Il ne monte pas très haut. On ne peut pas le comparer aux grandes eaux du bassin d'Apollon. Malgré tout, il est bien, hein ?... avec une, oui une seule... mais une statue de Vénus, aux traits de Françoise, que j'ai commandée à Toulouse. Ah, le sculpteur n'est pas Girardon... mais de la bouche entrouverte jaillit le jet où elle pourra venir se désaltérer. C'est de l'eau très pure que je fais venir d'une source à six lieues d'ici par un emboîtage souterrain de tuyaux de poterie. Sortie d'entre les lèvres de Vénus-Françoise, elle alimente ensuite les douves. Ces pièces stagnantes sont maintenant assainies, poursuit Montespan en s'étirant et reconduisant le peintre devant le castel. Ainsi plus de moustiques cruels pour sa peau délicate ni, à ses sensibles narines, d'odeurs croupissantes qui montaient jusqu'aux fenêtres, les jours de fortes chaleurs et lui auraient donné des nausées. Les fleurs repoussent. On en mettra des bouquets à l'intérieur de toutes les pièces. Je pense qu'elle sera heureuse...

Du mitan de la cour, on entend des voix aux tonalités exagérées s'exclamer dans l'ancienne salle des gardes à la porte fermée que le marquis, épongeant son front, ouvre en commentant au peintre :

— J'ai aussi voulu qu'elle ait son théâtre. Elle aime tellement ça. Ah, ce n'est pas la Comédie française – il n'y a que huit chaises en bois blanc que j'ai fait couvrir de peinture dorée – mais elle pourra y applaudir les représentations des troupes de passage jouant à domicile pour deux cent cinquante livres.

Louis-Henri tend verticalement un index sur ses lèvres et chuchote :

— Là, ils répètent... certes pas une pièce de Corneille mais... Entrez et observez les murs que j'aimerais que vous décoriez de fleurs, de rinceaux, d'acanthes. J'imaginais un ensemble camaïeu de rouge capucine et de gris bleuté. Est-ce que ce serait possible ?

— Bien sûr, quoique..., prévient le peintre modeste en souriant, ce ne sera évidemment pas du Le Brun !

— Aucune importance, et dans notre chambre je voudrais un plafond de gypseries représentant les symboles de l'amour : carquois et flèches, cupidons, mais asseyons-nous, je suis fatigué, et écoutons cette comédie – un petit marquis, courtisan à Versailles, s'apprête à épouser le sac de pistoles qu'une usurière donne en dot à sa fille benjamine. Et il fait par avance l'éducation de celle-ci, très étonnée.

Par-dessus des planches posées sur des tréteaux, la jeune comédienne en fond de scène s'avance vers un acteur tout en rubans et elle se pose les poings sur les hanches.

— Elle n'est pas coiffée à la hurluberlu, souffle et regrette Montespan à l'oreille du peintre, mais...

— Elle est coiffée à la Fontanges, répond le décorateur.

— Qui ?

La comédienne, aux cheveux longs coulant sur les épaules et dans son rôle, s'étonne à son tour :

BENJAMINE

— *Est-ce qu'il y a donc du mal à aimer son mari ?*

MARQUIS

— *Du moins, il y a ridicule. À la cour, un homme se marie pour avoir des héritiers, une femme pour avoir un nom ; et c'est tout ce qu'elle a de commun avec son mari.*

BENJAMINE

— *Se prendre sans s'aimer ! Le moyen de pouvoir bien vivre ensemble !*

MARQUIS

— *On y vit le mieux du monde, en bons amis. On ne s'y pique ni de cette tendresse, ni de cette jalousie*

qui dégraderait un homme comme il faut. Un mari,
par exemple, rencontre-t-il l'amant de sa femme :
« Hé ! bonjour, mon cher chevalier ! Où diable te
fourres-tu donc ? Il y a un siècle que je te cherche.
Mais, à propos, comment se porte ma femme ? Êtes-
vous toujours bien ensemble ? Elle est aimable au
moins ? Eh ! d'honneur, si je n'étais pas son mari, je
sens que je l'aimerais. D'où vient donc que tu n'es
pas avec elle ?... Ah, je vois, je vois... Je gage que
vous êtes brouillés ensemble. Allons, allons, je vais
lui envoyer demander à souper pour ce soir ; tu y
viendras et je veux te raccommoder avec elle. »

BENJAMINE

— *Je vous avoue que tout ce que vous me dites*
me paraît extraordinaire.

MARQUIS

— *Je le crois facilement. La cour est un monde*
bien nouveau pour qui ne l'a jamais vue que de loin.
Pour nous, nous y sommes à l'aise parce que nous
sommes les naturels de ce pays.

Montespan applaudit des deux mains, prenant son
voisin décorateur à témoin : « Ce n'est pas mal,
hein ? » La porte de l'ancienne salle des..., du
« théâtre », s'ouvre sur la cuisinière portant un nourrisson dans ses bras. Elle cherche Cartet ou Dorothée
afin de confier l'enfant langé, le temps pour elle de
repasser.

— Je vais la prendre, propose le Gascon. Viens, Marie-Christine...

La nuque au creux du coude du cocu, la toute petite fille a le bout du nez pointu de Lauzun. Louis-Henri lui fait des risettes :

— Françoise aussi l'aimera beaucoup. Elle qui en a fait huit ou dix au roi adore les nourrissons.

— Votre femme est un monstre.

« Qu'est-ce que vous dites ? Retirez ça !... » gronde le farouche Gascon regardant soudain son décorateur comme s'il était un Turc à Gigeri, mais l'autre ne se démonte pas :

— Il y a quelque chose de pourri dans l'État français, quelque chose pris par votre femme dans les quartiers misérables de Paris s'est infiltré à Versailles...

— Pourquoi dites-vous ça ?!

— La cour nage maintenant dans une mer hystérique de sorcelleries, de poisons grouillants, d'histoires de meurtres. La princesse de Tingry, la duchesse de Bouillon, la comtesse de Soissons, le marquis de Cessac, la vicomtesse de Polignac, la marquise d'Alluye, la duchesse d'Angoulême, le comte de Gassily, le duc de Vendôme... ont été inculpés. Les spectateurs, aux procès, les bombardent de chats miaulants.

Louis-Henri se lève brutalement, portant la nouvelle Marie-Christine dans ses bras :

— Ma femme n'a rien à voir avec ces fous-là !

— Rue Saint-Antoine, devant moi, une empoisonneuse ivre s'est vantée entre deux lampées de vin : « Quel beau métier ! Et quelle clientèle ! Je ne vois chez moi que duchesses, marquises, princes, seigneurs ! Encore trois empoisonnements et je me retire, fortune faite ! » L'affaire des Poisons tourne au cauchemar politique. Tout le monde à la cour administre à chacun dans le potage, le vin ou le parfum, de la poudre à faire éternuer une dernière fois. On atteint la lie des siècles. Racine aurait aussi empoisonné sa maîtresse : l'actrice Mme Duparc.

— Ça ne m'étonne pas de lui ! À force d'écrire des tragédies. Mais Françoise !...

— La Reynie a mis la main sur un véritable nid de guêpes. Il anéantit les ouvrières mais craint de s'attaquer à la reine des guêpes : Athénaïs de Montespan.

— Vous délirez ! Françoise...

— ... a empoisonné la stupide Mlle de Fontanges aux cheveux longs qu'elle avait inconsidérément jetée dans les bras du roi afin qu'il s'écarte de la veuve Scarron.

— Vous êtes dingue !

— Elle lui a offert une chemise de nuit imprégnée de cyanure. Dans la nuit, le poison cutané mêlé à la sueur est entré dans la peau de la Fontanges qui est morte le 28 juin dernier en crachant un pus horrible.

— Calomnie ! Françoise n'y est pour rien !

— La jeune fille a eu le temps de jeter sa diatribe contre votre épouse : « C'est vous qui m'avez empoisonnée ! Mais l'on vous attend, tigresse, dans le Tartare, où sont les empoisonneurs, lieu effroyable par les hurlements et par les grincements de dents que ces misérables font. L'on vous mettra au rang de la Brinvilliers et des autres qui ont attenté à la vie d'innocentes créatures ! »

— Des preuves ! Des preuves ! gueule le marquis.

Apeurée, Marie-Christine se met à pleurer. La cuisinière déboule dans le théâtre : « Ah, là, là ! Mais qu'est-ce que vous lui faites à ce nourrisson pour qu'il crie comme ça ? Rendez-moi cette petite ! » puis elle s'en va tandis que le peintre poursuit son pilonnage :

— Le roi a ordonné qu'aucune autopsie ne soit pratiquée, ce qui montre bien que lui aussi a des doutes : « Si vous pouvez éviter de faire ouvrir le corps, je crois que ce serait le meilleur parti. » Mais il a commandé une enquête. On ne connaîtra jamais le contenu exact des documents qui furent remis à Louis concernant l'implication de la mère de ses enfants dans l'affaire des Poisons : après les avoir lus, il les brûla de ses propres mains.

— Et alors ? Qu'est-ce que ça prouve ? Ce n'est pas vrai !

— Elle ne se débarrasse pas seulement des gêneuses. Près de chez moi à Montlhéry, dans la chapelle de Villebousin, elle fait pire.

— Je ne vous crois pas !

— Vous voudriez assister ?

51.

Par la fenêtre d'une auberge désertée entre Paris et Orléans, Montespan, en soutane et accoudé à une table, regarde d'abord les calmes terres pleines d'eau régulière. Un moulin à vent gouverne les champs. Le marquis déguisé tourne ensuite la tête vers la chapelle du château isolé de Villebousin alors que le peintre Sabatel, assis à côté, demande :

— Vous n'avez pas oublié la bourse de pistoles ?

— Non, répond Louis-Henri, mettant la main à sa poche pour la lui tendre.

— Pas à moi, refuse Sabatel. C'est au moine que j'ai réussi à acheter et que vous allez remplacer qu'il faudra la donner au dernier moment.

— Il y aura qui ?

— L'abbé Guibourg, qui présidera la cérémonie, marchera en tête. Vous ne pourrez pas le louper : il a une figure effrayante, un visage de cauchemar. Il sera suivi par Lesage et l'abbé Mariette puis des quatre moines en cagoule à la queue leu leu, du plus petit au plus grand. C'est le dernier que vous remplacerez. Lorsque vous serez installé, il faudra attendre qu'Athénaïs de Montespan arrive.

Le cœur de Louis-Henri se met à battre comme pour un rendez-vous amoureux.

— Vous garderez toujours la cagoule bien rabattue, rappelle le peintre. Quoi qu'il se passe, vous n'interviendrez jamais. Vous m'avez promis. Il en va de ma vie si vous êtes dévoilé. Tiens, voici le premier carrosse, là-bas. Allez-y !

Le marquis en robe de bure sort, traverse un chemin, pénètre dans la cour du château abandonné pour l'après-midi, se dirige vers la chapelle. Adossée contre un mur, une tour du XVe siècle en marque l'entrée. Louis-Henri baisse la tête pour passer la petite porte. En face, un renfoncement sombre où il se cache. Un couloir, à sa droite, mène au lieu de culte de cette demeure féodale appartenant à un parent de Mlle des Œillets, la demoiselle d'honneur d'Athénaïs.

Des bruits de roues ferrées résonnent sur les pavés de la cour. Bientôt un premier personnage en chasuble blanche ornée de pommes de pin noires entre. Il est effectivement d'une grande laideur – teint et traits de gargouille aux longues oreilles pointues –, il paraît être l'incarnation du mal. Un abbé à surplis et étole le suit ainsi qu'un autre homme portant un panier. Les moines en file indienne arrivent derrière. Quand le quatrième se baisse pour passer la porte, Montespan sort de sa cachette, lui donne sa bourse dont les pièces s'entrechoquent et ils échangent leurs places. Le troisième moine, ayant perçu le cliquetis, se retourne mais il est rassuré de se voir toujours suivi par un grand ecclésiastique aux paumes jointes et front baissé sous la capuche.

Le parallélépipède d'un tombeau en pierre trône au centre de la petite chapelle. L'abbé Guibourg, crucifix et canif aux mains, regarde Lesage couvrir le mausolée d'un drap. L'abbé Mariette fait des aspersions d'eau bénite en marmonnant l'Évangile des Rois. Les moines, tous tournés dans le même sens, se placent aux quatre angles de la salle gothique. Le Gascon, entré le dernier, se retrouve près de la porte et dos au tombeau sur lequel aura lieu la cérémonie. De longs vitraux étroits éclairent les dalles de lueurs célestes. Montespan observe les frises murales, reconnaît le style de Sabatel. Sa vaste capuche brune profondément enfoncée lui dissimule presque toute la tête qu'il baisse encore un peu plus vers le sol lorsqu'il entend les cahots d'un carrosse qui arrive.

Quand on dit de quelqu'un que son visage est passé par toutes les couleurs !... C'est vrai pour le visage de Louis-Henri sous la capuche. Il passe par toutes les couleurs.

Rose ! Le cocu est rose d'émotion quand il reconnaît le rythme du claquement des talons fins de sa femme qui vient. Athénaïs pénètre dans la chapelle. Son mari, sans redresser la tête, pivote ses pupilles vers elle en robe de point d'Angleterre plissée et agrafe de pierreries sous un manteau de gaze. Elle a grossi et puis vieilli comme lui (ils ont tous deux quarante-neuf ans), passe en le frôlant. Jamais il ne s'est trouvé si près d'elle depuis tant d'années.

Rouge ! Le marquis devient tout rouge quand il entend son épouse se dénuder entièrement derrière lui. Le feulement de l'ensemble des habits glissant le long de sa peau et s'abattant au sol !... Il perçoit qu'elle s'allonge à plat dos sur le tombeau et que c'est le ventre du corps nu d'Athénaïs qui servira d'autel.

« *Astaroth, Asmodée, princes de l'Amitié et de l'Amour...* » – Louis-Henri reconnaît la belle voix de Françoise – « *... je vous conjure d'accepter le sacrifice que je vous présente pour les choses que je demande.* » Quel sacrifice et pourquoi a-t-elle commencé par invoquer le nom de deux démons ? Quelle est cette messe à rebours ? « *Je veux que le roi continue à me témoigner son amour, que les princes et princesses de la cour m'honorent, et que rien de que je sollicite auprès de Sa Majesté ne me soit refusé.* » Montespan entend ensuite sortir, des grincements d'osier d'un panier, les pleurs d'un nourrisson réveillé puis les sons d'une lame qui tranche... Il n'y a plus de pleurs mais les bruits d'un liquide qui coule dans un calice. Sonorités de gorge de quelqu'un qui boit. Ô ce bruit de déglutition. Louis-Henri est vert !

Blanc... Le Gascon blêmit pendant que sa femme se rhabille, à croire que c'est lui qu'on vient de vider de son sang. Ses jambes de capitaine peinent à le soutenir, sont prêtes à se dérober sous lui. De nouveau le choc retrouvé des talons fins sur les dalles

qui ralentit à hauteur du cocu, s'immobilise. Françoise renifle autour un parfum, semble se demander
si..., regarde la capuche du moine près d'elle puis
s'en va.

Quant au mari, il est carbonisé, noir !... la tête en
cendre.

52.

— C'est grave, docteur ?

— Très.

Le médecin roux, ventru et barbu, en robe de velours rouge, dentelles aux poignets, prend le pouls de Montespan et de l'autre main soulève et observe une fiole en verre contenant l'urine du marquis :

— Ça vous a pris quand ?

— De retour d'un voyage entre Paris et Orléans, j'ai passé un été et un automne sans parvenir à m'en remettre. Je suis victime d'hémorragies. Je souffre. La nuit, je garde les yeux grands ouverts, suant de fièvre. Je sens que ma fin est proche.

— Elle l'est.

Une odeur de renfermé règne dans le sombre cabinet toulousain seulement éclairé par une bougie devant laquelle l'homme de science contemple l'intérieur de la fiole. À travers le verre fin, la flamme projette sur tous les murs les lueurs flottantes de l'urine du Gascon que le médecin analyse :

— Vapeurs élevées de la rate et de l'humeur mélancolique dont elles portent les livrées par le chagrin qu'elles impriment. Elles se glissent par les artères au cœur et au poumon où elles excitent des palpitations, des inquiétudes et des étouffements considérables. De là, s'élevant au cerveau, elles y causent, agitant les esprits.

— Ce qui veut dire ?...

— Vous êtes cuit.

À travers l'épais rideau masquant la fenêtre, on entend dehors, dans les rues de Toulouse, les voix d'un charivari de carnaval crier :

— À mort les cocus !

Sous sa perruque à double tumulus bien ordonné, le marquis, vêtu d'un pourpoint gris et de bas roses, écoute le médecin justifier ces exclamations :

— Presque quatre-vingts jours de fête où il est défendu de travailler par la ville... Les beuveries et les moqueries hurlées envers les infortunes conjugales durent depuis début février.

— Docteur, quelle est mon espérance de...

— Vous ne connaîtrez pas la fin de l'an 1691, monsieur de Montespan. Que faites-vous ce soir ?

*

Le lendemain après-midi, après être descendu de la diligence au relais de poste situé à trois lieues de chez lui, Montespan poursuit à cheval son voyage jusqu'au castel en s'accrochant à la selle. La tête lui tourne. Il a mal au cœur et pense que ses os gonflent et s'effritent. En nage, dans la cour du château, il se laisse glisser de la monture aidé par Cartet :

— Vous avez reçu une lettre, capitaine.

— Ah ?... Une lettre de qui ?

— Je ne sais pas. Ça vient de l'abbaye de Fonte-vrault.

S'échouant dans son fauteuil dos à la fenêtre, au bout de la table de la cuisine, le cocu décachette la missive :

15 mars 1691

Louis-Henri,

Je sors d'un cauchemar. J'ai fait un mauvais rêve où je m'appelais Athénaïs...

Pétrifié, le marquis lit la suite. Lorsqu'il a fini, la lettre tombe de ses mains :

— Françoise, chassée de Versailles et entrée au couvent, me propose de revenir.

— Quoi ?!

— Elle demande pardon à son mari et l'autorisation de revenir près de lui s'il daigne la revoir...

La cuisinière n'en revient pas. Le concierge en a les moustaches qui tombent. Dorothée écarquille de grands yeux alors que Marie-Christine, sur ses genoux, demande :

— Que se passe-t-il, maman ? Une dame va venir habiter avec nous ? Quand ? Elle est gentille avec les enfants ?

La grand-mère de la petite pose devant Montespan un verre d'eau – tremblant miroir liquide où le cocu voit ses traits s'étirer, se tasser, s'étendre, onduler, modifier grandement son apparence :

— Je ne veux pas qu'elle revienne.

— Hein ?! s'exclame la cuisinière. Mais Monsieur, souvenez-vous, depuis la rue Taranne... cela fait vingt-quatre ans que vous attendiez ce jour pour...

— Pour quoi faire ? répond sèchement le marquis en ricanant affreusement. Lui présenter mon mal de genou et mes pantoufles ?... Je ne veux pas qu'elle assiste à ce que je vais devenir les prochains mois. Je ne veux pas qu'elle me voie dépérir. Je ne veux pas qu'elle garde cette image de son époux. Je ne l'ai pas espérée si fort, si longtemps, pour aujourd'hui lui offrir le spectacle d'un pauvre mari cassé et infirme sur le pot à pisser. Donnez-moi du papier et de l'encre.

Madame,

Je ne veux ni vous recevoir ni plus ouïr parler de vous le reste de ma vie.

Le soir, assis au bord des douves sous la lune, le concierge enlace la cuisinière à la tempe posée contre son épaule. Ils regardent à l'étage du castel la fenêtre éclairée, écoutent le marquis crier et pleurer toute la nuit.

53.

Le 1er décembre 1691, Louis-Henri de Pardaillan, marquis de Montespan, décline à cinquante et un ans dans sa chambre du château. Des draps couvrent les chaises de son théâtre, on a fermé le robinet du jet d'eau du parc, une mousse verte réapparaît à la surface liquide des douves.

Contre un mur de la cour, l'énorme glycine a envahi le carrosse cornu abandonné là depuis un quart de siècle. Les branches entrées à l'intérieur de la voiture ont dégondé les portes, sont sorties par les vitres après avoir déboîté le toit aux hautes ramures. La plante a poussé sa phénoménale force autour des roues qu'elle a soulevées de terre ou cassées dans l'étreinte, tordant le véhicule dans une posture ridicule. On ressent la plainte du pauvre carrosse oppressé aussi par le mouvement reptilien des branches, écrasant ses façades noires dans des éclats de planche. La nature le mâche. Le marquis est dans le même état...

Ses parents sont décédés, sa fille est morte de chagrin, il ne reverra jamais sa femme, son fils le dégoûte.

Ce rejeton de vingt-six ans, devenu gros mono-lithe, accoudé à la cheminée de la chambre, devant un mur illustré d'un ciel par Sabatel, observe avec mépris son père alité.

Un notaire – Me Faulquier – lit à voix haute le nouveau testament du cocu qui ordonne qu'après que son âme aura fait séparation d'avec son corps, celui-ci soit enseveli et inhumé sans pompe au pied de la croix du cimetière paroissial de Bonnefont.

Le fils du moribond, écoutant la suite, se dit que voilà une tombe qu'il n'ira pas fleurir souvent... Car si son père l'institue unique héritier et légataire universel, il lui demande de garder ses employés à qui il verse de belles sommes – trois mille livres au couple Cartet et mille cinq cents livres à Dorothée. Louis-Antoine, en cape à doublure d'hermine, pense que c'est de l'argent gâché. Il fait encore plus la tronche lorsqu'il entend que son géniteur offre un habit neuf à chacun des habitants de Bonnefont en considération des bons et agréables services rendus et les dispense d'une année d'impôts seigneuriaux.

— Là, c'est la fin, il faut l'achever. Il délire..., commente le gros fils courtisan.

D'Antin très attentif, sinon scrupuleux, en matière de successions grommelle, ricane et promet qu'il ne prendra pas ces dernières volontés d'aussi bonne manière au moment de leur exécution.

— Ah, mais ce n'est pas vous qui déciderez, intervient Me Faulquier auprès du fils indigne. Votre père a choisi son épouse pour exécutrice testamentaire.

Et le notaire, devant un d'Antin furieux, lit pour illustrer son propos :

... A dit aussi et déclaré, ledit marquis testateur, qu'il a toujours eu une confiance entière en la charité de Mme la marquise de Montespan, son épouse, et particulièrement à l'heure présente que ledit marquis en a le plus besoin, estant en un état infirme et atteint d'une maladie qui lui fait craindre les suites. C'est pourquoi il la supplie de vouloir faire prier Dieu après son décès pour le soulagement de son

âme, ce qu'il espère, et la prie de vouloir être son exécutrice testamentaire par toute l'amitié et la tendresse très sincères qu'il a conservées pour elle. Et ledit marquis testateur lui proteste, en reconnaissance, qu'il mourra content et très satisfait de l'avoir connue.

> *Louis-Henri de Pardaillan,*
> *marquis de Montespan,*
> *époux séparé quoique inséparable.*

Le pathétique de cet aveu brûlant, libellé en jargon de tabellion, n'émeut pas plus que ça le fils qui s'en va sans même un dernier regard pour son père.

Les Cartet, Dorothée et sa fille, restés à l'écart dans la chambre, s'approchent à leur tour du lit. La cuisinière plaque partout autour d'elle les mains contre ses vêtements et dans les poches.

— Si c'est votre chapelet que vous cherchez, lui dit doucement son mari, vous l'avez là, enroulé au poignet, madame Larivière...

— Oh oui, bon, ben ça va ! l'engueule la cuisinière déboussolée.

Montespan s'étonne en regardant le concierge :

— Vous appelez votre épouse Mme Larivière ?

— C'est l'habitude, capitaine.

Marie-Christine, au nez pointu de Lauzun, vient vers la tête de lit du marquis :

— Maman dit que tu vas partir. Où ?

Montespan chuchote à l'oreille de l'enfant :

— Je vais aller me cacher derrière un nuage pour attendre Louis XIV avec un gourdin...

La cuisinière s'énerve après le mourant (c'est bien le moment) :

— Mais alors, ça ne finira jamais ! Même là-haut ! Pour ce que ça vous aura rapporté, ici-bas... Rien ! Rien ! Rien ! Quels bénéfices ?!

Louis-Henri murmure :

— Je ne réclame que la gloire de l'avoir aimée...

Puis il baisse les paupières comme on monterait au ciel. L'ancien maréchal des logis se découvre de son chapeau en castor avec des plumes qu'il serre contre sa poitrine. Mme Cartet se jette les doigts au front, au ventre, à chacune des épaules. Voulant dérouler le chapelet autour du poignet, elle l'arrache et casse le fil, en fait tomber les grains qui rebondissent et roulent sur les tomettes : « Raah ! », tandis que Dorothée joint verticalement ses paumes devant elle et baisse le front.

54.

— Quel jour sommes-nous ?

— Jeudi 26 mai 1707, madame de Montespan.

— 1707..., répète celle qui est veuve depuis seize ans. Des flambeaux ! Des flambeaux ! Voilà la nuit.

— On les apporte et les allume. Regardez, marquise, je laisse même cette chandelle sur votre table de chevet, chantonne une soubrette.

— L'ombre s'anime. Ses griffes s'étendent vers moi, accrochent les draps. De la lumière ! De la lumière !

Des candélabres chargés de bougies inondent maintenant la chambre de clarté. Par la fenêtre aux rideaux ouverts, le crépuscule, derrière les trois tours de cette localité mi-féodale mi-thermale, est rouge d'incendie et de dégâts. Athénaïs panique. La marquise alitée a renoncé à ses robes légendaires, ors, perles, pour une « chemise conjugale » percée d'un trou... faite d'un drap de toile dure et grossière. Son corps autrefois si parfait a beaucoup maigri. Ses beaux cheveux blonds sont devenus blancs. Elle souffre d'un dégoût d'elle, porte des bracelets, jarre-

tières et une ceinture à pointes de fer qui lui font des
plaies. Françoise ne quitte plus des yeux le portrait
de son mari qu'elle a fait accrocher à un mur.

*Voici mon portrait, peint par Jean Sabatel, que tu
mettras dans ta chambre quand le roi n'y sera plus...*

Dans un couloir, des bruits de pas s'approchent
avec autorité. La porte de la chambre s'ouvre en
grand. C'est d'Antin !... suivi par la maréchale de
Cœuvres qui relate :

— La nuit du 22 mai, votre mère fut prise d'éva-
nouissements. On lui a apporté du vinaigre et de
l'eau froide. Comme on a cru à une crise d'apo-
plexie, nous lui avons administré de l'émétique mais
je crois qu'on lui en trop fait absorber. Elle a vomi
soixante-trois fois. Les médecins la déclarent per-
due. Un prêtre est venu lui administrer l'extrême-
onction. Alors on vous a dépêché un courrier à propos de *la grande attaque de vapeurs* survenue à la
marquise en cure à Bourbon-l'Archambault.

— À Livry, j'ai écourté une partie de chasse avec
le Grand Dauphin pour accourir aussitôt à cheval de
poste.

— Monsieur d'Antin, vous serez le triste témoin
de la mort d'une sincère pénitente.

Le triste témoin... Louis-Antoine s'approche du
lit. Il écoute la moribonde se plaindre d'être affaiblie
et ni si forte ni si saine qu'elle fut :

— Je n'ai plus d'appétit, je suis insomniaque, je
souffre d'indigestion.

— C'est que vous vieillissez.

— Mais quel moyen de sortir de cette langueur ?

— Le plus court, mère, c'est de mourir.

Le fils affectueux se signale ensuite par un exploit qui montre à nu la beauté de son âme – il arrache la clé que sa mère porte autour du cou avec laquelle il ouvre un tiroir du secrétaire :

— Je me suis fait avoir une fois, je ne me ferai pas avoir une seconde fois...

Il s'empare du testament de la mourante :

— Étant donné que vous possédez de grands biens et craignant d'être défavorisé au profit de demi-sœurs et demi-frères bâtards voire de domestiques, si vous mouriez *ab intestat* – sans qu'on retrouve vos dernières volontés écrites – je serais l'unique héritier aux yeux de la loi.

La marquise aux jarretières munies de pointes de fer soupire :

— J'aurais préféré que vous teniez de votre père... Et là, que faites-vous encore ?

— J'enlève ce portrait de votre mari que je vais brûler et ainsi personne ne saura plus jamais à quoi il ressemblait. J'ai fait casser à la masse les cornes en pierre de son portail et son blason. J'ai mis le feu à ses lettres. Le roi qui l'a appris va m'offrir une chaussée à Paris. Rendez-vous compte, mère... La chaussée d'Antin !

Et sans un mot de plus, le gros courtisan part sans attendre la mise en bière ni même la mort de sa mère. Le long du parquet, il déserte sur l'heure à grands bruits de talons rouges. Il rejoint son cheval dans la cour de l'hôtel particulier :

— Hue !

La marquise tourne la tête vers la porte laissée grande ouverte et aperçoit, dans la pièce d'à côté, des religieuses autour d'un tableau.

— Que font-elles ? demande une cuisinière. Et pourquoi ont-elles des pinceaux dans les mains ?

La soubrette attablée, décortiquant des écrevisses, raconte :

— Avant de quitter Versailles, l'ancienne favorite a voulu se faire peindre en Marie-Madeleine repentante avec dans la main gauche un livre ouvert puisqu'elle est gauchère. Mais les religieuses du couvent de La Flèche à qui elle a offert le tableau trouvent que cette Marie-Madeleine a les seins trop découverts, aussi elles font un *repeint de pudeur*. Les bonnes sœurs rajoutent un tulle bleu sur la poitrine de la Montespan pendant qu'elle se meurt. Quelqu'un d'autre veut des écrevisses ?

Sept ou huit filles mangent et boivent dans la chambre en discutant librement comme si la marquise n'était plus là. Celle-ci pourtant respire encore. Par moments, elle s'assoupit mais sort de sa torpeur en nage et hurlante. Vers trois heures du matin quelqu'un dit :

— Tiens, elle ne respire plus.

Le médecin de Bourbon-l'Archambault constate le décès.

— Vous êtes certain ? insiste la soubrette, parce

que dans sa généalogie il y a déjà eu une ressusci-
tée !

Le praticien vérifie qu'aucune buée ne se forme
sur le miroir qu'il approche des lèvres de la marquise – « Elle est morte » – et s'en va. La soubrette
demande :

— Où est passée la maréchale de Cœuvres ?

55.

— Qui me paiera les frais d'obsèques ? demande le curé de Bourbon-l'Archambault sous les voûtes de son église.

— Ah ça, on n'en sait rien, père Pétillon. D'Antin est devenu injoignable et les marquises, maréchales de la région qui, dans l'éventualité d'un retour en grâce, la visitaient et l'honoraient telle une reine en début de séjour nous répondent aujourd'hui que ce n'est plus leur problème. Les courtisans sont des êtres éminemment pratiques.

— Ah oui, mais vous ne pouvez pas me laisser ça, là, hein ! Ça fait trois semaines ! Elle pue.

— Que voulez-vous..., s'excuse la soubrette entourée des domestiques, valets de la défunte. Le duc du Maine a eu quelque difficulté à cacher la joie d'apprendre la mort de sa mère. Et quand on lui a parlé de frais d'enterrement, il a éclaté de rire. Le comte de Toulouse, lui, en la sachant au plus mal, s'était jeté sur la route de Bourbon mais, arrivé à Montargis, quand il a appris le décès et qu'on l'attendait pour organiser et payer les funérailles, il a tourné bride et fui au galop. Il a couru cacher sa peine à sa chaise percée.

— En revanche, on se disait..., intervient un valet, que puisque avant de mourir elle a enrichi les capucins de la ville et le clergé paroissial, vous pourriez, quand même, peut-être...

— Non, non, non, refuse le curé. Pour la plus grande catin de France ? Vous plaisantez. Adressez-vous plutôt à son ancien amant.

— On dit que le roi, apprenant la mort de la marquise, est resté impassible, qu'il a couru le cerf comme décidé avant la nouvelle et qu'ensuite il s'est promené seul dans ses jardins jusqu'à la nuit mais il n'a rien donné pour l'enterrer.

— Alors c'est vous qui paierez ! décide le curé. C'est vous qui me l'avez apportée, c'est vous qui payez.

— Quoi ? s'insurge la soubrette. La puissante tombée au néant, les yeux redoutables à peine clos, tout le monde fuit et le cadavre de la marquise est laissé à l'abandon et à la charge des valets ?

— Les domestiques se partageront les obsèques. Mais qu'est-ce qu'elle pue ! se désole l'abbé devant la bière posée sur les dalles dans l'église.

— C'est parce que ce corps, jadis si beau, a subi l'outrage d'un scalpel ignare. Avant qu'on vous l'apporte, il fut confié aux soins d'un médecin amateur qui l'a ouvert sans trop savoir comment s'y prendre. La marquise avait laissé des instructions sur le traitement qu'elle souhaitait qu'on réserve à son corps après son décès – léguer au prieuré de Saint-Menoux ses entrailles et son cœur.

— Son cœur ? Est-ce qu'elle en avait un ? sourit le curé. Et là, qu'y a-t-il dans cette urne ?

— Ben, justement, ses entrailles et son...

— Ah mais voilà l'infection ! Regardez, cette urne fut mal scellée. Virez-moi ça de là ! Mesnier ! appelle le père Pétillon, s'adressant à un habitant du coin, agenouillé sur un prie-Dieu, en cape de berger et bas colorés peu coûteux. Emporte cette urne au prieuré de Saint-Menoux. Allez ! Ce n'est qu'à trois lieues. Les domestiques de la carogne te donneront la pièce.

L'homme à cape de berger s'empare du vase et le renifle en grimaçant, sort, tandis que le curé déclare aux domestiques :

— En attendant que vous retrouviez d'Antin et qu'il prenne une décision, je garde encore la dépouille en dépôt et vous laisse une copie de l'acte de décès que j'ai rédigé le jour de son arrivée.

Aujourd'hui 28 mai 1707, par moi curé soussigné, a été apporté en cette église le corps de Françoise de Montespan, décédée en cette ville le vendredi 27 après avoir reçu tous les sacrements et où repose jusqu'à ce qu'on dispose autrement.

Sur la terre poudreuse de la grand-route qui mène à Saint-Menoux, en cette chaude fin d'après-midi de juin, l'homme, à qui fut remis l'urne, la porte au bout de ses bras tendus le plus loin possible devant

lui. Les bouffées du récipient mal fermé le dégoû-
tent, lui filent la nausée, des envies de vomir, et au
bout d'une demi-lieue, l'homme trop écœuré par
l'odeur émanant de l'urne n'a plus l'intention de
continuer le voyage :

— Mais qu'y a-t-il là-dedans ?

Il ouvre le vase aux flancs arrondis et ce qu'il voit
le dégoûte tellement qu'il renverse le contenu dans
un fossé. Des cochons et des chiens se précipitent
sur les entrailles. Alors que les porcs dévorent l'estomac et le foie dans l'herbe, les chiens se sauvent
avec les boyaux de la marquise, son cœur et ses poumons.

L'homme aux bas colorés observe ces faméliques
mâtins jaunes qui courent sur la route poudreuse,
traînant derrière eux les intestins de l'ancienne favorite du roi. Et celle qui avait la beauté du diable
paraît renaître.

Ses longs boyaux, au cul des molosses, s'élèvent
dans l'air, tournoient, balancent de droite à gauche
comme le bas de sa robe s'envolait lorsqu'elle dan-
sait en tournoyant dans des ballets de Benserade. Les
couleurs vertes, bleues, roses, de l'intestin grêle
accentuent l'effet. Les pattes arrière des chiens
s'empêtrant dans le gros intestin le déchirent et leurs
griffes tracent d'étroites traînées parallèles de merde
ressemblant aux rainures du parquet de Versailles.

Le soleil, en face, éblouit tout et les silhouettes à
contre-jour des peupliers semblent devenir des statues monumentales de Girardon aux lueurs de
bronze. Les longues pattes des dogues mangées de

lumière sont ondulantes et flottantes, et l'on entend des claquements de mâchoires. Deux chiens en courant, épaule contre épaule, se disputent les poumons de la marquise. Ils les étirent, les tassent, les étirent. Ça y est, elle respire ! En tête de meute, les crocs d'un cerbère aux babines très relevées mâchent le cœur d'Athénaïs d'où s'échappent, sur les côtés, des jets. Il bat ! Elle revit dans le mirage.

Au pied de la croix du cimetière de Bonnefont, les herbes et les fleurs sauvages d'une tombe s'animent et l'on croit percevoir un mot. D'aucuns diront qu'il s'agit du sifflement de la tramontane dans les feuilles, mais c'est en fait la voix de Louis-Henri qui se reprend à espérer encore et appelle :

— Françoise...

Remerciements pour leur collaboration plus ou moins volontaire à :

Jacques Estarvielle, *Monsieur de Montespan* (Firmin-Didot) / Ève Ruggieri, *L'Honneur retrouvé du marquis de Montespan* (Perrin) / Michel de Decker, *Madame de Montespan* (Pygmalion) / Lisa Hilton, *Athénaïs de Montespan* (Alvik éditions) / Jean-Christian Petitfils, *Madame de Montespan* (Fayard) / Arsène Houssaye, *Mlle de La Vallière et Mme de Montespan* (Flammarion) / Saint-Simon, *Mémoires* (Folio) / Madame de Sévigné, *Lettres choisies* (Folio) / Bussy-Rabutin, *Histoire amoureuse des Gaules* (Folio) / Princesse Palatine, *Lettres* (Mercure de France) / Christian Bouyer, *La Grande Mademoiselle* (Pygmalion) / Bernard Bachelot, *Louis XIV en Algérie* (Éditions du Rocher) / Jacques Levron, *Les Inconnus de Versailles* (Perrin) / François Trassard, *La Vie des Français au temps du Roi-Soleil* (Larousse) / Touchard-Lafosse, *Chroniques de l'œil-de-bœuf* / Dominique Gaussen, *Louis XIV et Versailles* (Mango) / Funck-Brentano, *Le Drame des poisons* (Hachette) / Molière, *Amphitryon* (Bordas) / René Pommier, *Sur une clef d'Amphitryon* / Charlotte Lacour-Veyranne, *Les Petits Métiers à Paris au* XVIIᵉ *siècle* (Paris musées) / Philippe Beaussant, *Le Roi-Soleil se lève aussi* (Folio) / La Bruyère, *Les Parisiens* (Paris Musées) / Scarron, *Roman comique* (Flammarion) / Verlaine, *Femmes* (La Pléiade).

La photocomposition de cet ouvrage
a été réalisée par
GRAPHIC HAINAUT
59163 Condé-sur-l'Escaut

Cet ouvrage a été achevé d'imprimer en février 2008
dans les ateliers de Normandie Roto Impression s.a.s.
61250 Lonrai (Orne)

N° d'édition : 48512/01 – N° d'impression : 08-0495
Dépôt légal : mars 2008
Imprimé en France